EN RESUMEN, UNA VIDA MARAVILLOSA

EN RESUMEN, UNA VIDA MARAVILLOSA

NELL STEVENS

Traducción de Daniel Casado Rodríguez

Ọ Plata

Argentina – Chile – Colombia – España
Estados Unidos – México – Perú – Uruguay

Título original: *Briefly, a Delicious Life*
Editor original: Picador, un sello de Pan Macmillan
Traducción: Daniel Casado Rodríguez

1.ª edición: marzo 2023

ISBN: 978-84-92919-25-3
E-ISBN: 978-84-19497-01-7
Depósito legal: B-1.152-2023

Fotocomposición: Ediciones Urano, S.A.U.
Impreso por: Rodesa, S.A. – Polígono Industrial San Miguel
Parcelas E7-E8 – 31132 Villatuerta (Navarra)

Impreso en España – *Printed in Spain*

Para Eley.

El cielo es turquesa, el mar es azul, las montañas son esmeralda, el aire es celestial. Días cálidos y soleados, todos con ropa de verano. Guitarras y canciones toda la noche... En resumen, una vida maravillosa.

Frédéric Chopin

¿Quién de nosotros no ha tenido alguna vez el sueño egoísta de dejar de lado sus asuntos, sus hábitos, sus conocidos e incluso a sus amigos para dirigirse a una isla secreta en la que vivir sin preocupaciones?

George Sand

Conociéndolos, estoy segura de que en menos de un mes de vivir juntos no se soportarán.

Marie d'Agoult

NOVIEMBRE

Dos hombres besándose

A ver, no era la primera vez que veía a dos hombres besarse. Era 1838 y para entonces yo ya llevaba más de tres siglos en la cartuja de Valldemossa. Si bien había visto a cientos de monjes llegar, besarse y morir, ver a aquellos dos me hizo detenerme en seco.

Los hombres —de cuerpos delgados, huesudos, ambos muy bajos, de pie sobre unas granadas medio podridas y rodeados de moscas del jardín descuidado de una de las celdas abandonadas— se estaban tomando el rostro el uno al otro, de modo que sus manos parecían máscaras. El hedor de la fermentación surgía del suelo y le otorgaba a aquella escena de amantes y besos una cualidad efervescente, demasiado caliente. El sudor había empezado a notarse a través de la camiseta y la chaqueta del hombre más bajo y se esparcía en una mancha oscura entre sus omóplatos (aunque era noviembre, seguía haciendo calor, y el mal tiempo todavía no había vuelto).

El hombre más alto pasó los dedos por el cuello del otro y le dejó la mano apoyada sobre el hombro. La mano era muy pálida, como si casi nunca recibiera los rayos del sol, además de sorprendentemente ancha, bajo una estrecha muñeca que parecía a punto de romperse. Unos huesos finos se marcaban en la piel, desplegados como un ala, y unos músculos gruesos se curvaban en la base del pulgar. Los dedos parecían pesados por el modo en que colgaban, ligeramente azules, y sobresalían de unos nudillos redondeados.

Un pájaro se asustó en el árbol situado sobre sus cabezas y emprendió el vuelo, lo cual soltó un pequeño revoltijo de plumas y hojas, y ambos hombres alzaron la mirada como si estuvieran esperando malas noticias.

Trescientos años antes, había visto al hermano Tomás y al hermano Mateo en aquel mismo jardín, con la barba de uno chocando con la del otro y el traqueteo de los rosarios al rozar con las rocas del pavimento. Más o menos una década después de aquello había visto al chico del pueblo que vendía naranjas malas con el chico de la cocina que preparaba conservas malas. Alrededor de finales del siglo XVI, se produjo un complejo triángulo amoroso entre los hermanos Agustín, Miguel y Simón. Y así una y otra vez a lo largo de los años: incontables combinaciones, edades distintas, niveles diferentes de prisa y cariño, pero siempre más o menos igual, los besos y los agarres y, muy a menudo, el mismo nerviosismo, el miedo tan justificado a que los fueran a descubrir, la sensación acechante de que alguien los estaba vigilando.

A lo que voy es a que estaba acostumbrada a ver cómo los hábitos caían de los hombros, al vello corporal de los pechos, espaldas, glúteos y demás. Lo disfrutaba. Me reconfortaba. Pues aquellos, al fin y al cabo, no eran el tipo de hombres que me preocupaban. Eran los otros, los que tenían menos secretos, quienes hacían que me anduviera con cuidado.

Lo que me sorprendió fue la presencia de aquella pareja en el jardín en sí. No había habido ningún monje en la cartuja desde que el gobierno se la había requisado a la Iglesia hacía tres años, tras lo cual los habían echado a todos. El desahucio se produjo rápido: la noticia, las lágrimas, los besos de despedida. Todos se dieron prisa para recoger las pertenencias que, en el sentido más estricto, no debían poseer, y que desde luego no se suponía que debieran importarles. Los candeleros acabaron metidos en sacos, y los crucifijos de oro sobresalieron de los pliegues de las faldas. Y, así, tintinearon y traquetearon por toda la colina descendente y me dejaron sola. Incluso al cura, el padre Guillem, la atmósfera muerta le había parecido demasiado opresiva, por lo que se había mudado a una casa en el lado opuesto de la plaza.

Había pensado —lo cual resulta gracioso en retrospectiva— que tal vez ya no me necesitaran allí. Empecé a pensar en abandonar el lugar y fantaseé sobre ocupar algunas habitaciones en el centro de Palma; nada demasiado elegante, sino tan solo un punto alto desde el que pudiera ver cómo la ciudad se desarrollaba. No había pasado demasiado tiempo lejos de Valldemossa, el pequeño pueblo de montaña en el que había nacido, y la idea de probar suerte en la ciudad me llamaba la atención. Nuevos olores, nuevas personas sobre las que preocuparme y a las que podía esquivar y cuidar. Solo que entonces contrataron a un sacristán para que se encargara de la cartuja, ya que no estaban los monjes, y, tras ver que este recorría el lugar como si fuera suyo, mientras balanceaba sus llaves; se echaba siestas en los catres desiertos de los monjes, donde roncaba y hacía sonar los labios mientras dormía; vendía todos los objetos de plata, luego todos los de oro, y se adueñaba de cada vez más cosas que no le pertenecían, me di cuenta de que debía quedarme un poco más para mantenerlo vigilado. Durante el silencio de la madrugada, esperaba el sonido de sus pasos pesados sobre las baldosas. Con el transcurso del tiempo, sus visitas se tornaron menos frecuentes, a medida que la novedad del trabajo del sacristán se iba desgastando. Aun así, me quedé allí. Estaba en silencio y observaba. Me empezaron a interesar las idas y venidas de las lagartijas y comencé a prestarles atención a las aves. A veces lanzaba objetos. Y esperaba, por si acaso.

Aquella mañana había ido al jardín para tratar de lanzar fruta de las ramas de uno de los árboles más altos, y, después de eso, intentar tomar por sorpresa a los estorninos con un aullido, lo cual los hacía salir volando todos juntos como si fueran un solo pájaro. Lo tenía todo planeado, por lo que no había estado preparada, en absoluto, para encontrarme con unos amantes no invitados a quienes no conocía.

Tras un rato, se separaron. El más bajo de los dos se puso bien su chaqueta y ladeó la cabeza. Fue la primera vez que le vi el rostro: labios rellenos, ojos oscuros, pestañas largas y unos rizos brillantes y morenos atados hacia atrás. Unas mejillas sonrojadas por el calor. Sudor en las sienes.

Y entonces me di cuenta de que, en realidad, no era un hombre, sino una mujer vestida de hombre.

Lo cual fue la segunda gran sorpresa de aquella mañana.

Me enamoro

Me llamo Blanca. Morí en 1473, cuando tenía catorce años, y he estado en la cartuja desde entonces. A lo largo de los siglos, supongo que empecé a pensar en ella como si fuera un dominio exclusivo para mí. Sabía más sobre el lugar que ninguna otra persona, eso estaba claro. Conocía a las generaciones de monjes, y, tras su partida, conocí el gran silencio de aquel lugar. Sabía un montón de cosas: tesoros enterrados, túneles sin salida, qué puertas quedaban cerradas a cal y canto en verano debido al calor y a cuáles les sucedía lo mismo en invierno por culpa de la humedad. Sabía por dónde goteaba el tejado y dónde se escondían las ratas. Y, aun así, por muchos conocimientos que tuviera sobre aquel lugar, no había ningún indicio en ninguna parte que indicara de dónde habían aparecido aquellas dos personas: los mismos pasillos antiguos, los mismos ecos, las mismas arañas que se arrastraban de viga a viga por el techo. Me había quedado sin respuestas.

El hombre que en realidad era una mujer estiró una mano para apartar una hoja que se le había quedado enganchada en el pelo al hombre que sí era un hombre.

Él era pálido, tenía los ojos rojos y parecía agotado. Ella era más baja que él, aunque, cuando la pude ver bien, me pareció que era la más grande de los dos. Se subieron con dificultad al muro bajo en un extremo del jardín y se sentaron en él de espaldas a mí para observar los campos a nivel llenos de almendros que descendían por la montaña. La mujer rebuscó en su bolsillo y sacó algo que no pude ver. Cuando giró la cabeza un poco, me di cuenta de que estaba fumando, lo cual era algo muy pequeño, pequeñísimo, pero debes comprender que, en todos los siglos que he pasado en este mundo, nunca había visto algo semejante: aquella mujer —ya había visto bien su forma, sus clavículas, sus pechos, sus caderas que se ensanchaban bajo su cintura—, que vestía como un hombre y besaba como un hombre, también fumaba como un hombre. Pasó una pierna por el otro lado del muro y lo montó como si fuera un caballo.

Eso fue todo. La curva de su pierna doblada contra las piedras. El modo en que su boca trazaba un ángulo alrededor del cigarro con un gesto que casi era una sonrisa. El ver a una mujer con una chaqueta y unos pantalones a medida. Algo inesperado, inimaginable. Una sensación de cosquilleo. Un vuelco en el estómago, un hervor de la sangre, una falta de respiración, una sacudida con un nudo en la garganta que reconocí, en aquel mismo momento, como el primer paso tambaleante hacia el enamoramiento.

Y entonces, detrás de mí, todo empezó a suceder. Unos ruidos estrepitosos pero tenues que cada vez se acercaban más: gruñidos, objetos pesados que alguien arrastraba por encima de los adoquines, los jadeos y los rebuznos ocasionales de un asno. Un niño soltó una carcajada. Un hombre gritó. Avancé a toda prisa y llegué a ver que las puertas de la cartuja se abrían de par en par, que un rayo de luz iluminaba las baldosas y que el caos arremetía dando tumbos por el umbral.

Una chica joven, con la cara muy roja y sudada por el ascenso, trataba de controlar a una niña de unos diez años que daba vueltas sobre sí misma sobre los peldaños desgastados para que su falda se levantara. Un hombre joven, aunque tal vez todavía fuera un chico, tratraba de dirigir a un ayudante que llevaba a un asno cargado de cajas.

—Es la Celda Tres —decía el chico—. Nos vamos a quedar en la Celda Tres.

Los desconocidos se quedaron en el umbral de la Celda Tres para observarla entre jadeos: sus montones de polvo, sus capas de polvo, el polvo que se arremolinaba como la nieve a través de las columnas de luz que entraban por las ventanas. Era una pequeña vivienda de tres habitaciones unidas, con techos altos y paredes gruesas, que olía a humedad y a leña. El suelo se mantenía frío en los meses calurosos, y las grietas de las baldosas estaban llenas de la piel muerta de todos los monjes que habían caminado sobre ellas. Había una pequeña fisura en el yeso sobre la entrada principal, que se había producido cuando, en 1712, el hermano Federico había lanzado un plato, borracho. Cada una de las tres habitaciones contaba con una entrada que se abría hacia el jardín descuidado y medio podrido en el que se encontraba la pareja. Unos zarcillos se adentraban por las ventanas y las puertas como si las plantas, al igual que aquellos desconocidos, estuvieran tratando de mudarse allí.

Durante los últimos años, la Celda Tres había sido la parte más ocupada de la cartuja, la cual debo decir que no era un lugar demasiado ocupado. El sacristán, tras haberse mudado al pueblo y haber vendido los pocos tesoros que los monjes habían dejado abandonados, dedicó sus esfuerzos a hacer de arrendador. Primero alquiló la Celda Tres a un refugiado político de España, quien había llegado con aspecto preocupado, arrastrando a su mujer, muy melancólica, y a su hija de catorce años. Todos ellos se mostraron muy agradecidos, de forma un tanto patética, con el sacristán, el cual esbozó una sonrisa y alzó las manos en señal de protesta mientras decía que era todo un placer. Y no perdió el tiempo en perseguir dicho placer, al dejar pequeños regalos para que la chica adolescente los encontrara bajo los arcos de los claustros, luego al murmurarle palabras bonitas al oído, luego al acariciarle la mejilla con los dedos, al poner sus labios contra los de ella y así sucesivamente. Había odiado verlo. Le había gritado mientras él hacía sus rondas, había arrancado hojas de la Biblia para lanzárselas a la cabeza. Aun así, a él nunca pareció importarle, pues se limitaba a recoger las bolas de papel y a mirar a su alrededor, perplejo, antes de volver a arrojarlas al suelo y patearlas hasta las esquinas.

Supe que la hija estaba embarazada antes que ella. Me colé en su cuerpo y noté aquel efecto doble, el segundo corazón que latía en su vientre. Era algo fresco y alarmante, los dolores y pinchazos, las náuseas. Empezó a vomitar. Encontré un cubo en el ático y lo arrastré hasta un rincón de su habitación. Cuando acababa, lo arrastraba al exterior y lo vaciaba. Crear un efecto como aquel en el mundo, mover un objeto de un lugar a otro, me exigía un esfuerzo enorme —soy débil, y mi habilidad para ejercer presión es bastante errática—, pero nunca me pareció que la chica se preguntara qué le había pasado al cubo ni cómo podía ser que volviera limpio cada mañana, sino que simplemente se aferraba a los bordes con sus dedos delgados y temblorosos y lo volvía a llenar.

Era casi esférica, como una montaña, para cuando sus padres se dieron cuenta de lo que había ocurrido. Ellos, junto con su hija, se enfrentaron al sacristán (quien casi no había vuelto a mirar a la chica desde que se le había empezado a notar el embarazo y desde luego no se había molestado en explicarle que lo que le estaba sucediendo era culpa de él y de nadie más). Al principio fingió no saber nada, pero luego, bajo la presión de sus padres y la mía —no dejaba de golpearle la cabeza, y él creyó que se trataba de una migraña—, se encogió de hombros y dijo que sí, que había sido él, pero que qué más daba.

Señaló a los cuadros de la madona que delineaban las paredes de los pasillos de la cartuja: lienzo tras lienzo de amplias frentes blancas, sonrisas de santa, pechos expuestos de forma ocasional para ofrecerlos a bebés con rostros de ancianos. Aquellas vírgenes, según dijo, eran las únicas a las que su deber le exigía proteger.

Aullé y aullé, y la hija alzó la mirada, con los ojos muy abiertos, aterrada de pronto. Pareció percatarse por fin del peligro al que se estaba enfrentando, comprender que lo que estaba creciendo bajo su piel podría salir de ella algún día con tanta violencia y de forma tan sangrienta que ella, o eso u otra cosa podrían morir.

Al día siguiente, la familia hizo las maletas y se marchó, y nunca me llegué a enterar de lo que sucedió.

Con el paso del tiempo, al sacristán empezó a interesarle menos el sexo y más la comida. Aceptó que una anciana llamada María Antonia viviera en la Celda Dos sin pagarle el alquiler a cambio de que cocinara para él. El sacristán le dijo que no le diera pan, y yo me percaté de que, cada vez que lo comía, se veía abordado por dolores y gases. Empecé a esconderle miguitas de pan en la sopa. El cubo que la chica española había usado seguía en la Celda Tres, y, cada vez que lo veía, me gustaba imaginarla a ella y a su bebé, allá donde estuvieran, vivos, juntos y en paz.

En aquellos momentos, la niña recién llegada corrió hacia una esquina, lo cual levantó una cortina de polvo tras ella, y miró al interior del cubo como si quisiera buscar su fortuna en el fondo. Lo volcó bocabajo e hizo que un escarabajo saliera de él.

—¿Por qué habéis tardado tanto? —La pareja, atraída por todo aquel estruendo, estaba ante la ventana. La mujer se asomaba hacia el interior, con los antebrazos acomodados en el alféizar. Tenía una voz clara y grave.

Se produjo un largo silencio hasta que el joven dijo, con cierta intención:

—Teníamos cosas con las que cargar, mamá.

—Amélie —la llamó la mujer—. Ve a hacer la cama de Chopin ahora mismo. Está agotado después de haber subido la montaña.

—La chica mayor se secó el sudor del rostro y se quedó mirándola con una expresión vacía, como si estuviera a punto de negarse—. Ahora —insistió la mujer, y Amélie se puso de pie.

Ordené a la familia mentalmente: Mamá, Chopin, hijo, hija y la ayudante reticente llamada Amélie. Los niños y la sirvienta parecían asombrados de encontrarse en aquel lugar; no dejaban de admirar los muros y el techo, sus pies y el suelo, como si aquello los hubiera sorprendido tanto como a mí. A los adultos no parecía importarles. Se dirigieron al interior de la vivienda.

Mamá se agachó junto a una maleta y la abrió. Dentro había un montón de objetos raros que olían a humedad y a algo extraño. Tras extraer un pañuelo, una sola polilla salió volando de la maleta y pareció, por un instante, que la propia tela había alzado el vuelo. Acercó una lupa hacia su rostro y miró la sala con un ojo gigante y aumentado, negro y sabio. Cuando parpadeaba, sus pestañas rozaban el cristal. Colocó la lupa en el suelo junto a su pie izquierdo, como si allí fuera donde pretendía guardarla, pero, en cuanto lo hizo, la niña pequeña se abalanzó sobre ella y se la llevó para examinar el polvo de una hendidura cerca de la ventana. Mamá sacó un par de compases y los hizo caminar, distraída, por su antebrazo. Las puntas se clavaron en su piel y dejaron unos puntos blancos que se encogieron y se volvieron rosados.

—¿Qué haces? —quiso saber el chico.

Mamá clavó la punta del compás bajo su uña y sacó suciedad en forma de medialuna antes de elevar la mirada.

—Deshago las maletas, Maurice.

Y así fue como la familia extranjera llenó las salas que me resultaban tan familiares con objetos que no me sonaban de nada. Mamá extrajo baratija tras baratija, pista tras pista, de su maleta y lo dejó todo a su lado en el suelo. Partituras escritas a toda prisa como si fueran la nota de un amante. Tabaco. Corbatas. Un montón de papeles metidos en una carpeta de cuero desgastado, con un estampado de letras medio borradas que rezaban: «De la pluma de George Sand».

—¿De verdad nos vamos a quedar aquí? —Maurice, que se había quedado en el umbral que conducía al jardín, se mostraba inseguro.

Ella devolvió su atención a sus manos y dijo, cansada, o eso me pareció:

—Sí, de verdad.

Mi corazón, o, mejor dicho, el lugar en el que había tenido el corazón cuando estaba viva, alzó el vuelo.

Mujeres bellas

Debería explicarme mejor: cuando estaba viva, me encontraba en una época de hombres apuestos. Estaban por todas partes, grandes, anchos y masculinos; se encargaban de todo de forma varonil, manifestaban lo que querían y maltrataban a lo que no. Me quedaba mirándolos, debo admitir. Todas lo hacían. Era lo normal, pues ellos eran muy guapos. Tal como mi madre solía decir, teníamos dos religiones: estaba la Iglesia y estaban los hombres.

Después de morir, me tocó compartir una época de mujeres bellas.

Me llevé toda una sorpresa al percatarme de ello, claro. No era algo que hubiera considerado en vida. Las mujeres solo habían representado la seguridad para mí, una comodidad aburrida. Mi madre, por ejemplo, que se había encargado ella sola del negocio de cerdos de la familia. Mi hermana. Las chicas del pueblo que me entendían a la perfección y que tenían sus propias preocupaciones, miedos y secretos que eran iguales a los míos. Nunca había visto nada siquiera un poco atractivo en ellas. ¡Habrase visto! Habría sido como si me hubiera sentido atraída por un vaso de leche.

Y, sin embargo, allí estaba, maravillada. Durante los primeros días después de morir, las mujeres del pueblo me parecieron deidades. Se movían por el mundo como si fueran distintas a él —de bordes nítidos, cubiertas de sus vestimentas—, mientras que los hombres parecían desvanecerse en la tierra y revelar que eran turbios, sucios y poco fiables. Para entonces ya me había hartado de los hombres por siempre jamás. Aprendí demasiado tarde a andarme con cuidado, a sospechar, a rebuscar entre sus pensamientos para ver si tenían intenciones perversas, pero empecé a hacerlo después de morir por el bien de las mujeres que sí seguían con vida.

¡Las mujeres que sí seguían con vida! Salían de sus casas hacia la luz del día, y, si aún pudiera respirar, me habría quedado sin aliento al verlas. Las manos de las mujeres. Los tobillos de las mujeres. Las voces de las mujeres cuando se llamaban las unas a las otras desde lados opuestos de la plaza. Me habría gustado darme una patada por no haberme percatado de ello antes.

Quería saberlo todo, quería saber cómo olía una mujer, no solo desde lejos, sino de bien cerca, con la nariz en la axila, en el pie, en la entrepierna. Quería saber a qué sabía una mujer. Cómo era la sensación de la boca de una mujer cuando te besaba. Solo podía imaginarme aproximaciones, las cuales resultaban insuficientes y eran demasiado poéticas. Debía ser como el ala de una paloma que te roza los labios. Debía ser como alguien que aplasta la cabeza de una rosa contra tu lengua. Después de todo, durante aquellos primeros días de muerte, seguía siendo una adolescente: pensaba como una adolescente y esbozaba sonrisas como una adolescente.

Menudo desperdicio de cuerpo, pensé, al no haber descubierto todas aquellas cosas cuando había tenido tiempo para notarlas.

Con el tiempo, me acabé enamorando. Me llevó un par de décadas, pero, cuando llegó el momento, no lo pude evitar. Fue de una chica llamada Constanza, la cual siempre estaba sola, y por quien habría estado dispuesta a morir otra vez. «Constanza, Constanza», solía susurrar mientras ella deambulaba hasta el río para lavar la ropa. Les daba patadas a las piedras por el camino. Se mordía las uñas. Tarareaba. Cuando las yemas de los dedos se le arrugaban por culpa del agua, las solía frotar juntas hasta que la piel se le pelaba en unos pequeños rollitos grises. Después de colgar la colada en los arbustos, al sol, se solía sentar con las piernas cruzadas y las rodillas separadas. Siempre tenía algo en la mano con lo que juguetear: palos, comida, el doladillo roto de su falda; nunca se estaba quieta. Verla retorcer una rama de romero entre los dedos era el mejor entretenimiento del mundo. Ver cómo hacía rodar una oliva entre el índice y el pulgar, con aquel caminito brillante de aceite que le dejaba en la piel, era un deporte que lo ocupaba todo.

Me imaginaba cómo sería apretarme contra ella, entre los dedos de sus pies, en la curva de su codo, en la arruga entre su nariz y su mejilla, aunque nunca me atreví a intentarlo. En su lugar, me colocaba bajo el goteo constante de la ropa mojada en las ramas y pensaba en todo lo que se podía hacer entre dos mujeres que poseían cuerpos, en los efectos que podían conseguirse con los dedos y la lengua.

Constanza tenía dieciséis años cuando me enamoré, y no estaba casada. Su futuro suponía una pesada carga para las dos. Ambas sabíamos que no podía pasárselo siempre sola en el valle, dándole vueltas con destreza a una pluma entre los dedos de una mano mientras las camisetas y los vestidos limpios se endurecían bajo el sol. Cumplió los diecisiete, y luego los dieciocho, y parecía que, si me distraía por un momento —con un pájaro que pasaba por allí, un rayo que hacía estallar una tormenta—, ella cumpliría un año más.

A los veinte se casó con un primo segundo. Al principio la trataba bien, luego ya no tanto. Tuvo un bebé, y otro, y otro, y otro. Constanza a los veinticinco años, Constanza a los treinta. Su marido bebía, se volvía agresivo, alzaba la voz y agitaba los puños. Yo estaba anonadada, sorprendida, ofendida por que no se diera cuenta de lo bella que era su mujer, de lo adorable que era, de lo fugaz que podía ser su oportunidad de ser feliz.

Me quedé cerca e hice lo que pude. Le volcaba la copa, le derramaba las bebidas en el suelo y aguaba el vino. Cuando se abalanzaba sobre ella debido a algún enfado provocado por la bebida, trataba de hacerlo tropezar antes de que llegara a ella, lo cual unas veces surtía efecto y otras no. Se despertaba, abatido y confuso, y yo le susurraba al oído: «No volverás a hacer esto nunca, bruto asqueroso, no volverás a hacer esto nunca», hasta que él se lo acababa repitiendo en voz alta a Constanza: «No volveré a hacer esto nunca, soy un bruto asqueroso». Pero siempre volvía a hacerlo.

Constanza era estoica. No le daba demasiadas vueltas a las cosas. Comprendía la naturaleza de su marido tan bien como la suya propia. Sabía que a él no le interesaba para nada, ni a él ni a ningún otro hombre, y sabía que no podía hacer nada al respecto. Yo solía tumbarme con ella por las noches y trataba de amortiguar los ronquidos de su marido con conversaciones de cama. Me imaginaba cerrando los labios alrededor de la punta de su meñique, pasándole la lengua por el borde de la uña. Ella se imaginaba los cuerpos desnudos de las mujeres. Me imaginaba aferrarme a su antebrazo con la fuerza suficiente para notar los huesos cruzados en su interior, el músculo bajo la piel, el suave vello que se erizaba. Ella se imaginaba que la persona que la besaba no era su marido, sino la mujer del panadero, o alguna de las mujeres viajeras que pasaban por el pueblo de vez en cuando. Cada vez que él se ponía encima de ella, yo cantaba tan alto como podía, y ella cerraba los ojos.

Constanza a los cuarenta, a los cuarenta y cinco, a los cincuenta años, y a mí me aterraba el trepidante ritmo al que transcurría el tiempo. Su carne empezó a quedar suelta sobre sus huesos, sus ojos se tornaron más pálidos, y su cabello, más escaso. Sus bebés tuvieron bebés, y estos, a su vez, tuvieron más bebés. Se convirtió en bisabuela antes de cumplir los sesenta y murió así: cuando su marido regresó a casa una noche, la empujó —no con demasiada fuerza, pero sí la suficiente—, y ella cayó de espaldas. Tenía la pared justo detrás, de piedra desigual, y su cráneo en aquel momento era tan frágil como una cáscara de huevo. La cabeza chocó contra la roca; un crujido. No gimoteó, sino que se desplomó en el suelo. Pese a que el tiempo avanzaba a toda prisa, aquello pareció suceder de forma gradual; toda una vida se produjo en aquel instante: el arco que trazó su cuerpo en el espacio entre su marido y la pared, un único estruendo provocado por el impacto, como un aplauso que nunca se llegaba a producir. A la mañana siguiente, cuando su marido se despertó y la encontró tirada donde la había lanzado, no se acordaba de cómo había llegado hasta ese lugar. Si hubiera sido capaz de matarlo en aquel mismo momento, lo habría hecho sin pensármelo dos veces.

Quise a otras mujeres después de ella, aunque no fueron muchas. Sucedía con poca frecuencia, y ellas siempre morían.

Todo esto ha sido para decir que, para cuando los desconocidos llegaron a la cartuja aquel invierno, para cuando empecé a enamorarme de la mujer extranjera, con sus botas, su forma de fumar y su voz grave y áspera, ya lo sabía todo sobre todo. Sabía sobre hombres, sobre mujeres, y sabía exactamente lo que quería.

No un piano

Muchas cosas habían llegado ya a la Celda Tres, una detrás de la otra: la pareja, los niños, la luz del sol, el equipaje.

La siguiente fue María Antonia, quien llegó cojeando sin que nadie la hubiera invitado.

María Antonia, la arrendataria y cocinera personal del sacristán, solía encontrarse agazapada junto a su horno en la Celda Dos, donde cocinaba con entusiasmo y sin talento. Preparaba unos grandes estofados con verduras marchitas y pescado de un olor demasiado intenso como para que resultara saludable. Al sacristán no parecía importarle, y María Antonia parecía pensar que se había ganado el derecho de ser un elemento permanente en la cartuja. Por muchas veces que le dijera que ni siquiera sabía lo que significaba ser permanente, que era tan temporal como una polilla, que no tenía ni idea, ella no podía oírme.

—Señor —dijo María Antonia, mientras se acercaba a la familia extranjera—. ¿Señora? —Su voz sonaba más ronca de lo habitual.

Mamá alzó la mirada de su maleta y se puso de pie. Los niños se volvieron para mirar a la anciana. Chopin no se movió.

—Señor —repitió María Antonia—. Señora. —Pareció notar, tal como había hecho yo, que Mamá era quien mandaba, por lo que caminó encorvada hacia ella, con los ojos posados no más arriba de sus rodillas. El efecto general que consiguió fue el de una mujer al borde de la muerte.

»Inclino la cabeza, avergonzada —empezó a decir, sin antes presentarse siquiera—, porque soy su sirvienta y no hablo francés. —Se enderezó lo suficiente para sacar una jarra de café de entre los pesados pliegues de tela que la envolvían—. Pero mi querido amigo el sacristán me ha avisado que ibais a llegar hoy. Os traigo algo de beber después de vuestro viaje y os aseguro que todas vuestras necesidades se verán satisfechas en este lugar por mí, su sirvienta.

Los rostros de la familia estaban en blanco. Mamá parecía haber entrado en pánico, pero entonces se aferró a un pequeño bolso de cuero, del cual extrajo unas cuantas monedas. Se las ofreció sin demasiados ánimos a María Antonia.

—Por el café —dijo Mamá, en lo que supuse que sería francés. Hasta aquel momento, no me había percatado de que la familia hablaba un idioma que no era mallorquín ni español, sino algo completamente nuevo para mí, aunque no tenía ninguna dificultad para entenderlo. Los conocimientos y las habilidades que la muerte me había otorgado no dejaban de sorprenderme.

—¡Café! —exclamó María Antonia, asintiendo, radiante. La palabra era la misma en ambos idiomas.

—Café —repitió Mamá, y volvió a presentarle las monedas.

—¡Ah! —dijo María Antonia, como si acabara de entender que las monedas eran para ella—. No, no hace falta pagar, nada de pagar. —Colocó la jarra sobre una de las cajas para quedarse con las manos libres y luego se cubrió el rostro, como si el dinero la ofendiera—. Os serviré por el amor de Dios —continuó—. ¡Por Dios! —Señaló hacia arriba y se santiguó—. Y por la amistad.

¿A qué estás jugando, María Antonia?, me pregunté. Vi cómo sus ojos se dirigían hacia las pilas de maletas sin deshacer para calcular lo que había en su interior, lo que podría valer para ella.

—No mientras yo pueda impedirlo —dije, y habría empezado a expulsarla de allí si no hubiera ocurrido otra cosa: el golpe del bastón de un hombre contra la puerta abierta de la celda. Era un día en el que no dejaban de ocurrir cosas.

—Disculpen. —Un hombre del pueblo asomó la cabeza por la sala—. Disculpen, pero ¿dónde quieren esto? —Miró sin demasiado entusiasmo de Chopin a Mamá, y de esta a María Antonia.

Ninguno de ellos reaccionó, pues ninguno de ellos podía ver lo que era «esto». Salí de inmediato a comprobarlo. Una vez en el pasillo, seguía sin estar segura de lo que estaba viendo: un gran mueble cubierto con una tela. El hombre arrastró los pies hacia atrás, se puso tras el mueble y empezó a empujarlo hacia la sala. El artefacto emitió un sonido musical y confuso al moverse.

—¿Qué es eso? —preguntó Mamá.

Entre jadeos, el lugareño se detuvo para retirar la tela y mostrar una estrecha caja de madera con remaches y bisagras en sitios extraños.

—Un piano —explicó—. Nos dijeron que querían un piano.

Chopin, quien hasta entonces no había abierto la boca, dio unos pasos hacia delante. Miró la caja de cerca y acarició la parte superior y los laterales antes de desplegar un panel de madera, lo cual dejó ver unas teclas amarillentas, como unos dientes descuidados. Extendió un dedo con mucha intención y pulsó una de ellas. El sonido que emitió fue tintineante, similar al alarido de un pájaro asustado. Se echó atrás como si se acabara de quemar.

—¿Crees que esto es un piano? —preguntó. Aquella fue la primera vez que oí su voz. Era aflautada, más aguda de lo que me había imaginado. Tosió después de hablar.

El hombre del pueblo, quien seguía hablando en mallorquín a pesar del francés de Chopin, repitió lo que acababa de decir:

—Nos dijeron que querían un piano.

—¡Qué bien! —exclamó María Antonia, avanzando para retomar las riendas de la situación, y, con su entusiasmo, se olvidó de cojear—. ¡Un piano! Tendremos música y bailes con nuestros nuevos amigos extranjeros. —Le dio unos golpecitos al instrumento, como si este fuera el mejor cerdo de la piara—. Llévalo dentro, venga. —Chopin se quedó a su lado, aunque no ayudó a trasladarlo. Parecía no sentirse cómodo con que otras personas tocaran el instrumento, y se estremeció cuando una gota de sudor del hombre cayó sobre la tapa, pero, al mismo tiempo, también parecía que le daba miedo volver a tocarlo él mismo. Retiró los dedos al ver las teclas, y las manos le quedaron flotando como colibríes.

María Antonia llevó una mano a la palma de Mamá, en la que esta todavía sostenía las monedas que le había ofrecido por el café, y le quitó dos. Le pagó al hombre por haber llevado el piano —una moneda— y se despidió de él. La mirada de la niña siguió el trayecto de la segunda moneda hasta la manga de María Antonia, y abrió la boca para decir algo, pero Maurice negó con la cabeza y le susurró:

—No, Solange.

María Antonia hizo un gesto hacia el piano, los niños y el café que les había llevado, como si todo aquello fueran unas alegrías inimaginables para ella. Entonces, al fin, se fue cojeando tras musitar casi de forma ininteligible algo sobre que volvería más tarde para servir la cena. Tras su partida, Maurice cerró la puerta de la celda, se apoyó contra ella y se dejó caer hasta el suelo.

—¿Quién carajos era esa? —preguntó. Su voz, todavía no formada del todo, empezó grave y acabó en un gallo.

Solange se dispuso a servir el café, lo olió, recelosa, y metió un dedo en el líquido.

—Una araña —respondió, hundiendo los hombros y formando garras con las manos.

—Una araña —asintió Chopin, y se dispuso a imitar la pose de la niña antes de pulsar las teclas del piano con sus dedos doblados: un estruendo de sonido.

Todos parecían estar más cómodos una vez que pensaron que se encontraban a solas, con pasos más ligeros mientras se juntaban alrededor de las tazas de café. El hijo y la hija se dirigieron al jardín, donde se sentaron en la sombra con las piernas cruzadas mientras bajaban la cabeza para beber y entrecerraban los ojos por culpa del sol. Mamá le dio la mano a Chopin para alejarlo del piano con delicadeza, luego con un poco más de firmeza, y siguió a los demás hasta el brillante exterior.

El calor del día se había retirado, aunque las cabras de la colina debajo de la cartuja seguían estando letárgicas, y las campanas repicaban cada vez que levantaban la cabeza. Los pájaros se dejaban caer un poco en el aire. En una de las cabañas situadas más abajo, alguien empezó a rasguear una guitarra, y el sonido llegó hasta el jardín. Chopin dio un largo suspiro al acomodarse cerca del niño y la niña e inclinó la cabeza hacia el sol con los ojos cerrados. Sus dedos se movían al ritmo de la música, pero el resto de su cuerpo permaneció inmóvil. Mamá se tumbó en el suelo, con la cabeza sobre el regazo de Chopin, y yo me senté al lado de ella. Nadie dijo nada.

Tras un rato, la respiración de Chopin se volvió más ronca y pesada, y sus dedos se ralentizaron. La niña pequeña dejó su taza a un lado y se quedó dormida con la boca bien abierta. Maurice parpadeó sin decir nada, al igual que Mamá, quien miraba hacia el cielo a través de las ramas entrecruzadas del árbol. Era como si ninguno de ellos estuviera esperando nada, como si ninguno de ellos fuera a irse a ninguna parte.

Miré de Chopin a Mamá, de ella a Maurice y a Solange, y vi todo un cuadro de posibilidades. ¡Pianos que tocar! ¡Bromas que gastarle a María Antonia! ¡Bocas que besar bajo el granado! Y Mamá en sí, cuyo nombre tal vez fuera George Sand, quien guardaba papeles envueltos en cuero y lo miraba todo —a sus hijos, a Chopin, a los desconocidos, a las paredes, a los lugares en los que me encontraba (aunque ella no supiera que así era)—, con la misma curiosidad encantadora de ojos negros. *Va a ser divertido*, pensé.

Lo que podía hacer

Me llevó mucho tiempo darme cuenta de que no tenía que estar sola. Después de morir, pasé años deambulando por la cartuja como si todavía estuviera dentro de un cuerpo, atrapada en mi propio interior, marginada de las mentes de los demás, como había sido antes.

Busqué a otros como yo, más personas que hubieran terminado varadas en el lado incorrecto de sus muertes. Imaginaba que en cualquier momento doblaría una esquina y me encontraría con hordas de muertos reunidos que se hacían compañía los unos a los otros, que se consolaban entre ellos, que contaban el tipo de chistes que podían ofender a los vivos y estaban dispuestos a ofrecer consejos a los recién llegados como yo. Estudiaba a todas las personas con las que me cruzaba, en busca de indicios de que ellas también estuvieran muertas, aunque no estaba muy segura de qué era exactamente lo que las podría delatar. Por mucho que me hubiera convertido en una entidad invisible para los vivos, no tenía ninguna certeza sobre cómo los muertos se veían entre ellos. ¿Me verían como cuando estaba viva? Y, si así era, ¿en qué punto de mi vida me verían? Esperaba que mi forma eterna no fuera la última que había tenido en vida: cubierta de sangre, salpicada de vómito y enfurecida a más no poder. Esperaba tener un mejor aspecto que aquel. También esperaba que, cuando me reuniera por fin con todos los demás muertos, ellos tuvieran un aspecto saludable y robusto. No tenía el estómago necesario para tolerar ver sangre, extremidades mutiladas ni rostros enfermos.

En ocasiones veía una silueta que se encontraba a solas, a lo lejos en algún campo, o en el océano, o en la niebla, con un aspecto tan perfectamente solitario como el mío, y me dirigía hacia ella a toda prisa. Sin embargo, en el momento en que deberían haberse dado la vuelta para mirarme a los ojos, siempre miraban a través de mí, y me habrían atravesado si yo no me hubiera apartado.

¿Acaso era la única? ¿Era la primera persona que no había muerto al morir? ¿O el problema era que éramos invisibles los unos para los otros? No sabía qué opción era peor. Me imaginaba el ambiente cargado de fantasmas, todos buscándonos entre nosotros sin descanso. Luego me imaginé el ambiente vacío, insulso, sin espectros. Ambos eran lo peor.

Lloraba cada día, aunque sin ojos y sin lágrimas, y me enfadaba tanto que hacía que todo el lugar se quedara helado. No obstante, al percatarme de que mi ira ayudaba a los monjes durante los cálidos meses de verano —pues estos sudaban menos y parecían tener más energía—, decidí calmarme. Aprendí a tener menos expectativas sobre las esquinas cada vez que estaba a punto de doblar una, ya que, al fin y al cabo, los muertos nunca estaban al otro lado.

Me enseñé a disfrutar de los placeres más simples: hacer que las personas se sobresaltaran, volcar objetos, hacer tropezar a los transeúntes, y, en especial, a mis enemigos. Y empecé a comprobar los límites de lo que era capaz de hacer. Traté de buscar los horizontes de mi nueva esencia.

La primera vez fue casi un accidente. Pasó mientras el hombre al que acechaba, el hombre al que odiaba con todo mi ser, aquel a quien consideraba responsable de mi muerte, estaba durmiendo. Se llamaba hermano Ramón, aunque, para empezar, no era ningún hermano, sino solo un novicio. Respiraba hondo, y, con cada exhalación, su labio superior se hinchaba en una colina cubierta por unos cuantos vellos. Estaba cerca de su cabeza y lo observaba: el atisbo de sus dientes, los párpados hinchados que se sacudían, y tenía mucha curiosidad por saber lo que estaba soñando.

Aquel día había hecho varias cosas para molestarlo. Había volcado vino por todo su catre para que, cuando fuera a echarse una siesta, el colchón soltara sonidos húmedos. Había birlado un tentáculo de pulpo de la cocina y lo había escondido detrás de su estantería; hacía bastante calor, y el tentáculo ya estaba empezando a oler. Cuando había recitado sus avemarías, le había gritado a pleno pulmón: «¡A María no le caes bien! ¡A María no le caes bien!», y había esperado que parte de aquella sensación le hubiera llegado, aunque fuera solo un poquitito, lo suficiente para incomodarlo.

¿Estaría soñando conmigo? ¿Acaso me recordaba todavía? ¿Se llegaría a preguntar por qué siempre estaba mucho más incómodo que sus hermanos o por qué su celda olía peor que las de ellos? ¿Por qué siempre tenía tan poco equilibrio o por qué cada vez que algo se caía, siempre aterrizaba en su cabeza y no en la de nadie más? ¿Alguna vez notaría que su comida sabía amarga o que su pan estaba seco o húmedo? ¿Se preguntaría por qué tenía aquella extraña y devastadora sensación de que Dios, la Virgen y todos los santos lo odiaban?

Me acerqué más y más a su cara, y entonces…

Me encontré en su interior.

Y lo podía ver todo.

Estaba soñando con agua. Estaba sentado en el jardín junto a su celda, a la sombra ondeante del granado, y bebía agua. Estaba tibia. Un insecto muerto que había estado flotando en la superficie se quedó en el costado del vaso cuando lo inclinó para llevárselo a la boca.

Todavía me emociona pensar en todo el caos que sembré en aquel sueño. Cómo convertí el agua en orina y se la derramé en el regazo. Cómo el árbol soltaba granada podrida tras granada podrida hasta que el granado entero acabó cayendo sobre él para atraparlo bajo su peso. Cómo le empujé el tronco inclinado hacia el cuello hasta que empezó a toser y a asfixiarse y luego, por fin, se despertó.

Jadeaba, con el corazón latiéndole a toda prisa. Acomodada en su interior, incluso al despertarse, notaba los nervios latientes, el picor del sudor bajo sus brazos, y supe que tenía sed. Cuando alzó una mano en busca del vaso que tenía en la mesita, salí de su cuerpo para alejárselo.

Fue así como me enteré de lo que podía hacer, como me enteré de que el límite entre los vivos y los muertos se podía manipular como si fuera arena. Fue todo un alivio, por decirlo de algún modo. Ya no estaba sola, sino que podía volver a formar parte del mundo. Si volvía a notar una punzada de tristeza, de dolor por la muerte de un ser querido y la recurrente decepción por que ellos, a diferencia de mí, no se quedaban en el mundo a pesar de su fallecimiento, o frustración porque nadie me oyera o porque no pudiera impedir que ocurrieran desgracias, me acomodaba en la mente de una niña feliz, notaba el sol en su piel, saboreaba el impacto dulce y agudo del jugo en su boca. Y entonces me sentía mejor. Otras sensaciones que me consolaban: la lengua rasposa de un perro que saludaba a su dueña; la corteza de un árbol contra las palmas de un niño que lo escalaba; el ondulante orgasmo de una mujer que había descubierto cómo usar los dedos para darse placer; la sal en los labios de alguien que había estado nadando en el mar. Me gustaba notar el pelaje suave y sedoso de un gato al acariciarlo. Me gustaba el sabor del vino.

Con la llegada de la nueva familia a la cartuja, me entusiasmaba pensar en los placeres que podrían experimentar, lo que yo podría experimentar con ellos o junto a ellos. Me llevaría un tiempo —había descubierto que siempre me tomaba cierto tiempo adentrarme en las cabezas de los recién llegados—, pero yo siempre había sido persistente, y todo lo que había visto sugería que iban a ser felices, que solo iban a experimentar sentimientos placenteros, que se iban a querer los unos a los otros sin problemas.

Aquel primer día, desde luego, todos los indicios eran positivos.

Esperé hasta el anochecer para comenzar a acercarme. Chopin tenía una habitación para él solo, con una cama individual y el nuevo piano. Maurice, Solange y Mamá tenían tres pequeños catres uno al lado del otro en la habitación situada en el lado opuesto de la sala de estar. Amélie iba a quedarse en la habitación contigua con María Antonia, una noticia que había recibido con frialdad, como si le hubieran dicho que debía pasar la noche fuera, con el ganado o con los perros. Cuando empezó a hacerse de noche, Chopin, quien había dormitado la mayor parte del día, se estiró como una sombra y se esfumó.

—Me voy a la cama —anunció.

Mamá cruzó la sala y le dio un beso. La mandíbula de ella sobresalió hacia un lado cuando se inclinó hacia él, y noté una sensación vertiginosa al verlo. Sus manos se apoyaron en la espalda del otro y se quedaron allí durante unos segundos. Maurice se miró los pies, y Solange dedicó toda su atención a su madre. Ninguno de los niños parecía sorprendido; era como si aquello ocurriera cada dos por tres.

—Buenas noches, mi Chopinet —dijo la mujer.

Él contestó: «Buenas noches, George», por lo que supe que ella se llamaba George de verdad.

Poco después de que Chopin desapareciera de la sala, Maurice bostezó y, tras darle un beso a su madre, anunció que él también se iba a dormir. George mandó a Solange con él, y, cuando la puerta se cerró en su habitación, me quedé esperando. Esperé a que George se pusiera de pie, se lavara la cara, acabara de rezar y siguiera a Maurice y a Solange a la cama. Me hace gracia, al pensar en retrospectiva, lo poco que la entendía aquella primera noche. Desde luego, no sabía todo lo que iba a tener que esperar para que George se pusiera a rezar.

En su lugar, se dirigió al escritorio que había colocado junto a la ventana y se encendió un cigarro. Todo estaba muy tranquilo; el único movimiento que había era el humo que ascendía desde la punta de sus dedos. Este absorbió parte de la luz de las velas, naranja y espesa. Aún quedaba café que había sobrado de la cena, tibio e infusionado de más, y ella se lo sirvió en la taza. Usó una manga para limpiar las gotas marrones y granuladas del borde de la taza y luego extrajo los papeles de la carpeta de cuero, mojó su pluma y empezó a escribir. Su mano emitía un susurro al deslizarse por toda la página, y solo se detenía de vez en cuando para secar unas palabras húmedas con papel secante.

Escuché el siseo de su piel contra la página y el rasgar de la pluma. Murmuré alguna de las palabras que estaba escribiendo y percibí el olor terroso de su tinta y el humo del cigarro. Me acerqué y noté su aliento pastoso con olor a café. Me acerqué más aún y noté la piel salada en su nuca. Estaba segura de que iba a irse a dormir pronto, pero George se quedó despierta y continuó trabajando como si el dormir fuera algo que solo les ocurría a otras personas. Consumió tres velas seguidas y, por mucho que en aquellas primeras horas diera vueltas, me retorciera y me apretujara contra ella, solo logré entrar en su cabeza el tiempo suficiente para echar unos vistazos, unos breves segundos antes de que la sorpresa de su estado de alerta, la nitidez de su mundo y del brillo de la vela y la velocidad de sus pensamientos me expulsaran. Dejaba de escribir solo para encenderse más cigarros y sorber café frío, tras lo cual volvía a ello, y su mano se movía a tal velocidad por la página que parecía que la pluma estaba viva y que lo único que hacía George era tratar de controlarla.

—*¿Qué haces aquí?* —le pregunté, pero ella no alzó la mirada.

«¿Qué haces aquí?». Quería tallarlo en las paredes, o en el alféizar, o deletrearlo con piedrecitas en el jardín. «¿Qué haces aquí?» escrito en giros ornamentados con cáscaras de naranja.

—*¿Qué haces aquí y cómo puedo persuadirte para que te quedes?*

Su respuesta fue fumar, beber y escribir, como si la pregunta nunca hubiera sido formulada. Me percaté de: un cosquilleo en su garganta; un dolor en la base de su columna vertebral, como si tuviera que colocarse la cadera en su lugar; el atisbo de un pensamiento sobre un conejo; la sensación de su sangre moviéndose por las venas y las arterias de su garganta.

Estaba escribiendo sobre un monasterio; no la cartuja, sino algún otro lugar imaginario con los mismos crujidos e igual de barrido por el viento, oscuro y hecho de piedra. Escribía sobre monjes, los cuales, en resumidas cuentas, eran el tema del que yo más conocía, solo que aquellos monjes no eran como ninguno de los que yo había conocido, pues pasaban todo el tiempo preocupados por sus almas y sus espíritus y visitaban las celdas de los demás para hablar de la «verdad», fuera lo que fuere eso, y me pareció un contraste extraño con el exterior de George, tan seguro de sí mismo y sólido, y aquel interior, que, a pesar de que no podía adentrarme en él todavía, se estaba derramando por la página. Quería preguntarle sobre ello. O, mejor dicho, quería que ella me preguntara sobre ello. Quería ponerle la mano sobre la suya y decirle: «Puedes preguntarme todo lo que quieras sobre el alma, el espíritu, la vida y la muerte. Tengo todas las respuestas, si las quieres». Sin embargo, ella continuó escribiendo y movió a los monjes por su monasterio a través de noches tormentosas y días asediados por el viento.

El sol se alzó alrededor de las siete, aunque la luz no iba a alcanzar la cartuja hasta el mediodía, pues la cima sobre la que se erigía estaba entre dos montañas más altas que la ocultaban de la luz directa salvo por unas pocas horas alrededor de las doce. Sobre las tres de la tarde, todo volvería a estar cubierto de sombras una vez más. George no se dio cuenta de que había amanecido hasta casi las nueve, cuando alzó una mirada distante, parpadeó y pellizcó la llama de la vela para apagarla. Se alejó del escritorio, el cual había quedado lleno de manchas de ceniza y de tinta, y las patas de la silla se arrastraban sobre las baldosas. Estiró los brazos por encima de la cabeza, bostezó, le dio la vuelta a las páginas que había escrito para que estuvieran bocabajo y se fue a la cama (este proceso duró, como mucho, unos cuarenta segundos: se quitó las botas con fuerza, dejó caer su chaqueta, se desató el pelo y entonces, al instante, se quedó catatónica sobre el colchón).

Por fin se había quedado dormida, y me acurruqué junto a ella, emocionada, para esperar el primer sueño, un modo de entrar, una rendija en la pared a través de la cual pudiera escabullirme para descubrir cualquier otra cosa que quisiera saber: quién era, quién iba a ser, quién había sido. Era un truco que me había enseñado a mí misma a lo largo de los años. Una vez que descubría un modo de entrar en la cabeza de una persona, sus pasados estaban ahí mismo, bajo la porquería y la marea de los sentimientos de la superficie, y lo podía ver todo por mí misma como si estuviera traduciendo un idioma que no sabía que hablaba. Me adentré en George.

George recuerda

Hay treinta niñas apretujadas en una sala mal iluminada y de techo bajo. Todo huele a humedad, así como a humo de la estufa. Las paredes son de color amarillo yema, lo que hace que los rostros de las niñas parezcan cetrinos, enfermos. Estas se remueven en sus asientos, retuercen sus mangas con las palmas de las manos y juguetean con hilos sueltos. En la parte frontal de la clase, hay un crucifijo de yeso que se está desmoronando, copo a copo, sobre las baldosas del suelo. Junto a él hay una monja inglesa, en plena clase, y dice:

—*Hay un lugar en el que languidecen las almas de los niños que mueren sin ser bautizados.*

En la parte trasera del aula está George, a sus trece años, y lo está asimilando todo mientras se le forma un nudo en el estómago: no le gustan las sombras; el olor; el crucifijo que se desintegra; la sensación de que el aula no es un aula, sino el estómago de alguna criatura dispéptica que se los ha tragado a todos. Es su primer día de clase en el Convento de los Agustinos Ingleses en París, y no le gusta la pinta que tiene.

—*¿Cómo se llama ese lugar?* —pregunta la monja—. *Ese lugar en el que las almas de los bebés languidecen durante toda la eternidad. Dime, Aurore Dupin, dime cómo se llama ese lugar.*

George, quien en aquel punto de su vida se llama Aurore Dupin, se tensa. Mira a su alrededor en busca de alguien cuyo nombre pueda ser el mismo que el suyo. Lo que ve: los rostros amarillentos de sus compañeras y la pared trasera del aula.

—*¿Yo?*

Piensa en los grandes terrenos de la casa de su abuela, donde había sido libre para corretear y escalar tan solo unos pocos días antes. Había tanto tiempo en aquel lugar, tanta luz... Todo lo que la había frustrado o molestado en aquel entonces —la meticulosidad de su abuela, el mal aliento de su tutor— le parecían cosas insignificantes, diminutas, hasta encantadoras. Si tan solo pudiera volver a casa en aquel momento, se habría inclinado cerca del rostro de su tutor, y, cuando él hubiera tosido, ella habría inhalado como si estuviera oliendo a pan recién hecho o a alguna flor grande y extravagante de los jardines.

La monja se acerca a ella.

—*¿Cómo se llama, Aurore Dupin, el lugar en el que languidecen las almas...?*

Se produce un siseo en algún lugar detrás de la cabeza de George. Alguien le está dando la respuesta. Se queda aguardando, con la esperanza de que pueda decirlo una vez más, un poco más claro, pero la respuesta no llega. La palabra que había oído sonaba como a «nimbo».

Decide aventurarse con un intento:

—*¿Olimpo?* —En cuanto habla, se percata de lo absurda que resulta su respuesta. Suelta una sola carcajada impulsiva antes de taparse la boca con la mano.

Detrás de ella, a alguien se le escapa una risa por la nariz. Todas las demás guardan silencio.

La monja se pone a mirar a través de la pequeña ventana sucia como si estuviera distraída, antes de decir:

—*Aurore Dupin, me pareces una persona muy disoluta.*

Después de clase, a George se le acerca una chica pelirroja.

—Te he dicho que era «limbo» —dice la chica—. ¿De dónde has sacado «Olimpo»?

George sabe cómo se llama la chica. O al menos sabe cómo la llaman: «Chico». George ha oído hablar de ella a través de los susurros de otras compañeras. Fue prácticamente lo primero que alguien le dijo nada más llegar: lo escandalosa que era Chico, tan rebelde y aterradora, de comportamiento tan masculino. Todas afirmaban que Chico les caía mal, aunque, por alguna razón, no podían dejar de hablar de ella.

George estudia a Chico, quien no parece tan aterradora, sino más bien desvergonzada. Debe tener un año más que George, es de caderas anchas y ya ha empezado a tener la apariencia de una mujer.

Sin previo aviso, Chico le da un golpe en el hombro a George, con la fuerza suficiente para hacer que retroceda. George da medio paso hacia atrás, pero conserva el equilibrio y absorbe el impacto. Mira a Chico a los ojos y pone toda su fuerza en un golpe recíproco. Chico suelta un grito ahogado, se lleva una mano al lugar en el que George la había golpeado y se acaricia con una expresión de deleite.

—Puedes venir a verme esta noche si quieres —dice Chico—. En los claustros. —Lo dice como si no le importara, y luego aprieta los labios, como si las palabras fueran ácidas—. Si es que no te da miedo.

George le responde que no tiene miedo, que no ha estado asustada en la vida.

Se pasa todo el día esperando que llegue la noche. Se mueve entre el aula amarilla en la que se reúne la clase baja y el comedor y vuelta a empezar, a través de pasillos rodeados de jazmines y vides, por delante de estatuas rechonchas de la madona y cuadros del rey Carlos I de Inglaterra, y durante todo ese tiempo piensa en Chico: el cabello pelirrojo de Chico, el puñetazo de Chico, el lugar en su propio hombro en el que se le está formando un moretón. Piensa en la voz de Chico susurrándole «limbo». Ve las puertas pesadas que conducen hasta los claustros. Aun así, aquella noche se pierde tratando de encontrarlas. Dobla esquinas y aparece exactamente donde había empezado, por lo que comienza a entrar en pánico. Está segura de que Chico se aburrirá de esperar y se marchará.

—*Nunca me aburro* —dice Chico, cuando llega hasta ella por fin, y George nota algo que se hincha en su pecho.

Se sientan en el suelo, con la espalda apoyada contra la pared, y Chico le habla a George sobre la chica que hay encerrada en el convento. En algún lugar, según Chico, las monjas han encerrado a una chica en un agujero profundo e impenetrable, una celda excavada en los muros del edificio o una mazmorra en las bóvedas, las cuales se extienden varios kilómetros más allá de los confines del convento. Si encuentran el modo de entrar allí abajo, Chico dice que pueden salir del convento hacia las catacumbas o hacia los sótanos de algunas de las casas más grandes de París. En algún lugar de ahí abajo se encuentra la prisionera, y, por muy débil, hambrienta o sola que esté, por muy hundida que esté en el suelo, Chico la oye pedir ayuda a gritos por las noches. Morirá pronto si Chico no da con ella y la ayuda a escapar.

—*Puedes ayudarme a buscarla si quieres* —dice Chico, y George, que sabe que algo puede ser inventado y urgente al mismo tiempo, sigue a Chico a través de escaleras oscuras hasta las habitaciones más tenebrosas de los sótanos más bajos del convento. Recorren las paredes con las manos con la esperanza de encontrar un botón o una palanca que pueda hacer que se abra algo. George les da patadas a peldaños en busca de alguna trampilla. Se imagina la emoción de descubrir una entrada hacia una sala oculta, como las que ha conocido en novelas, las cuales crujían al abrirse y revelaban todos sus secretos. Chico detecta un gancho en la pared, pero, cuando tira de él, este sale junto con una pequeña nube de polvo de yeso y no sucede nada.

Colocan la oreja contra la superficie de las paredes para escuchar los gritos de la chica.

—¡*Ahora!* —exclama Chico—. ¿*Has oído eso?*

—*Sí* —responde George, aunque no había oído nada.

Se disponen a demoler la pared a base de puñetazos y patadas y la empujan con todas sus fuerzas. George se imagina que acaba cediendo, y que todo el convento se derrumba piedra a piedra, vid a vid, madona a madona, encima de ellas. Se imagina escondida entre las ruinas con Chico, con sus dos cuerpos cálidos bajo aquel peso frío. Para cuando se dan por vencidas, cansadas y empapadas en sudor, no han hecho ni una pequeña hendidura en la pared.

A la noche siguiente, George y Chico regresan a la sala subterránea, y lo mismo la noche siguiente y la siguiente. Dejan de dar patadas y, en su lugar, tratan de rascar con las uñas para arrancar el yeso en fragmentos polvorientos. Arañada y abollada, la pared empieza a parecer una partitura, con finas líneas entrecruzadas. Entonces desisten de seguir arañando y se sientan una al lado de la otra para inventarse historias sobre la cautiva: es la hija ilegítima de una de las monjas, es la hermana perdida de George, es una princesa extranjera secuestrada, es la chica a la que intercambiaron por Chico al nacer; y a veces George pretende que son Chico y ella quienes están presas, que, en lugar de estar interviniendo en una misión de rescate, lo que quieren es tratar de huir de allí.

—¿Qué harás cuando la encontremos? —le pregunta George.

—La besaré —responde Chico.

Y George no cree en la chica, no de verdad, ni un poquito, pero en ocasiones, en los momentos silenciosos entre las frases de Chico, cuando apoya la cabeza en el hombro de Chico y nota sus jadeos contenidos contra la mejilla, se convence a sí misma de que puede oír a alguien gritar, a lo lejos y de forma intermitente, muy por debajo de ella, fuera de alcance.

In perpetuum

Cuando me entrometía en los recuerdos de los demás, buscaba dos cosas: experiencias formativas y partes groseras. Es decir, buscaba esos sucesos cristalizadores que moldean a una persona hasta convertirla en lo que es y cualquier cosa que tuviera un atisbo de sexo. Lo más interesante que aprendí sobre George era que, para ella, las experiencias formativas y las partes groseras solían ser las mismas, y, cuando pasé por el convento y por Chico, me pareció haber encontrado un camino hacia mi propia esperanza. ¡George era alguien que confundía la estancada tierra de nadie que era el limbo con el Olimpo, el hogar de los dioses! ¡Era alguien cuyo primer amor, aunque fuera tan solo un intento sin pronunciar y sin formarse del todo, había sido una chica llamada Chico! Y no solo eso, sino que también era alguien que buscaba chicas perdidas en lugares oscuros. Todo aquello, teniendo en cuenta mis circunstancias, parecía un golpe de buena suerte.

Conforme el ambiente se volvía cálido hacia la mitad de la mañana, George continuó durmiendo, y los niños empezaron a despertar. Supuse que así sería con aquella nueva familia: unos relevos de vigilias sin fin. Primero Solange y después Maurice. Abrieron los ojos y se quedaron mirando el techo. Pareció llevarles un momento recordar dónde estaban. Entonces Solange bajó de la cama de un salto, corrió hasta la de su hermano, y se sentó, cómoda, junto a su cabeza.

—Me muero de hambre —dijo. Traté de meterme en su cuerpo para percibirlo por mí misma, aquella sensación insistente y alentadora, la sensación del estómago al bostezar, pero su estado despierto era como un frágil caparazón que la envolvía y que, como el de su madre, me costaba penetrar—. Maurice, vamos a buscar algo de fruta.

Maurice se retorció hasta enderezarse y dejó colgar las piernas por el colchón. Me acomodé en su cuerpo y noté las baldosas frías contra las plantas de sus pies. Había un dolor punzante bajo el dedo meñique de su pie izquierdo, donde la piel se había endurecido y partido. Estaba mirando a Solange y pensaba: *Está siendo demasiado buena. ¿Por qué? ¿Qué es lo que quiere?* Sin embargo, también estaba lleno de amor por ella, además de alivio, y vi el atisbo de un recuerdo con el que él estaba jugueteando, en el que Solange era una niña muy distinta: mimada y enfadada, un diminuto diablillo disfrazado de niña pequeña que hacía pataletas y decía: «No quiero, no quiero, os odio a todos». *Tal vez Mallorca le haga bien, tal vez lanzó toda su maldad por la borda*, pensó. Y entonces se hizo una nota mental para repetirle aquella frase a su madre, porque sabía que iba a hacerle gracia. *Quizá toda su maldad salió cuando estaba mareada en el barco*, probó. *Quizá vomitó toda su maldad al mar.* Tenía que salirle bien antes de que la dijera en voz alta.

Con el pelo revuelto y descalzos, los niños se dirigieron hacia la sala central, que todavía olía a café y a cigarros. Aquel olor hizo que Maurice ansiara algo borroso y maternal, y noté que casi se volvía para ir a buscar a su madre, aunque luego desvió la mirada hacia el jardín. Observó los árboles y sus ofrendas con ojo crítico: granadas que aún no habían madurado, los últimos membrillos de la temporada y nísperos crujientes. Al final se dirigió al naranjo y lo sacudió para que cayeran algunas frutas, lo cual era lo que yo había planeado hacer el día anterior antes de encontrarme con

Chopin y con George. Atrapó una al vuelo con la mano, mientras que otras cayeron al suelo y salieron rodando, y Solange se cayó en su afán por recogerlas. Cuando ella metió un pulgar en la cáscara, una gota de jugo le salpicó en el ojo, por lo que una de sus mejillas redondeadas se arrugó al guiñarlo. Maurice la observó mientras comía, con la boca llena de jugo. Recordó a su madre hablándole de Mallorca.

—¿Cuánto tiempo nos quedaremos? —le había preguntado él.

—Todo el que queramos —había contestado ella, despreocupada—. Tal vez para siempre. —Y yo me emocioné al oírlo.

Le dio con la lengua a una membrana y conjugó en silencio el verbo «comer» en latín: *Edo, edis, edit, edimus, editis, edunt*. El ritmo lo adormecía. *In aeternum*, pensó. *Para siempre. In perpetuum. También para siempre.*

Sonó un traqueteo. Maurice alzó la mirada y vio que la contraventana de la habitación de Chopin se abría y chocaba contra la pared exterior de la celda. El rostro de Chopin: enmarcado en la ventana. Sus manos: retrocediendo hacia la sala oscura. Parecía como si alguien hubiera levantado el telón antes de que estuviera preparado y tuviera un poco de miedo escénico.

—¡Se ha levantado! —exclamó Solange, y fue como si acabara de decir que era el sol el que había salido, como si el día justo acabara de empezar. Se limpió la boca con la manga.

Maurice se sintió apesadumbrado. Rebusqué entre sus pensamientos para descubrir por qué. No estaba pensando con claridad, sino que solo se había entristecido al ver que se abrían la ventana y las contraventanas. Se quitó un trozo de pulpa de entre los dientes con el pulgar y preguntó:

—¿A dónde vas?

Solange ya había cruzado medio jardín.

—A verlo, claro —respondió ella—. ¡A darle los buenos días!

Maurice puso fin a mi confusión con un pensamiento claro y rencoroso: *¿Por qué ha tenido que venir?* A través de la ventana oí la voz de Solange, canturreando:

—¡Buenos días, Chip-Chip! ¿Has dormido bien?

Maurice torció el gesto, peló otra naranja y entonces, al percatarse de que estaba satisfecho, la dejó caer y la aplastó con el pie. Escuchó con desgana el sonido de Chopin y Solange hablando, aunque tratara de centrarse en el canto de los pájaros, en las campanas de las cabras que tintineaban en la colina bajo la cartuja, en el siseo ocasional de la brisa. Un grupo de hormigas ya había descubierto la naranja desechada y se estaba reuniendo a su alrededor. Maurice respiró hondo y trató de regresar a la paz en la que había estado sumido antes. Al fin y al cabo, todavía estaban en Mallorca, todo seguía siendo muy bonito, y en algún momento su madre se despertaría y ocurriría algo bueno.

—Vamos a dar un paseo.

George nos sorprendió a los dos, de pie, completamente vestida, en el umbral de la puerta. No podía haber dormido más que un par de horas. Maurice giró sobre sí mismo para verla.

—Venga, vámonos —dijo ella. Y, casi al instante, Maurice ya estaba a su lado.

Planearon recorrer el pueblo, y yo me empecé a preocupar y a intentar explicarles por qué deberían pensárselo mejor.

—*No, no, no, no salgas con esas pintas* —le dije—. *¡Seguro que no quieres salir con esas pintas!*

Pantalones de vestir oscuros. Grandes y pesadas botas de hombre. Una camisa rígida. Pese a que el atuendo de George era el mismo que había llevado el día anterior, me sorprendió que planeara llevarlo más allá de los muros de la cartuja. Supongo que me había imaginado que era algún gusto privado de ella, el pavonearse disfrazada por su propio territorio. No me parecía nada vergonzoso el pretender ser un hombre, el imaginarlo. Yo misma me había imaginado cosas más alocadas para mis adentros. Aun así, no había pensado que fuera a pasearse vestida así a través de un pueblo de granjeros y campesinos, quienes, en plena mitad del siglo XIX, todavía pensaban que una mujer que se levantaba la mantilla un domingo era algo subido de tono.

Un ejemplo de lo que sucedía en estos tiempos: alrededor del cambio del siglo, al carnicero de la zona lo había visitado la hija de su primo desde Barcelona. Ella había cabalgado sobre una mula con una pierna a cada lado de la montura, y, cuarenta años después, la gente seguía hablando de ello (la chica en cuestión había participado en actos mucho más interesantes mientras se encontraba en Valldemossa, el más memorable de los cuales, al menos para mí, había ocurrido cuando robó el vino de su tío y se emborrachó tanto, escondida en los arbustos detrás de su casa, que le susurró una canción de amor tierna e íntima a un cactus; sin embargo, el único de aquellos actos que había presenciado la gente del pueblo, y, por tanto, el único que importaba, fue el cabalgar sobre la mula). Por tanto, sabía de lo que estaba hablando cuando le dije a George, y se lo dejé bastante claro, que no debía salir con aquellas pintas.

Solange, quien había estado revoloteando entre las tres habitaciones, preocupándose por Chopin y metiéndose por medio, volvió a salir vestida con un mono de niño. Llevaba el cabello recogido dentro de una gorra, y, al principio, el efecto fue lo suficientemente convincente como para que pensara que podría salirse con la suya. Pero entonces le cayó un rizo por el rostro, y luego otro, y me quedó claro que, aunque aquello pudiera ser un disfraz para ella, no la escondía para nada. No se podía negar que era lo que era: una niña pequeña con ropa de niño.

—*Me niego* —dije—. *Las dos tenéis que volver y cambiaros ahora mismo.*

Maurice, el único cuerdo de los tres, las acompañó con unos pantalones largos, y George les dio la mano a los dos niños. Caminaron juntos por el pasillo hasta la puerta de la cartuja, tras lo cual George la abrió de par en par. En el exterior, en aquella plaza brillante, entrecerraron los ojos y se hicieron sombra con las manos, y fue en ese momento cuando me di cuenta de que habían dejado atrás a Chopin sin decir ni una palabra. Todos nos habíamos olvidado de él.

—¿Por dónde vamos? —preguntó Maurice.

—No sé —dijo George.

—*Por aquí* —dije yo—. *Esta ruta os lleva fuera del pueblo, por los campos de almendros, y luego, un poco más abajo, hasta la casa en la que habitaba cuando era pequeña y seguía viva.* —De aquel modo podrían evitar que alguien los viera, lo cual era lo más importante, y, además, quería mostrarles mi antigua casa, como si, al ver aquellas paredes viejas y decrépitas, así como a la señora vieja y decrépita que vivía sola entre ellas, con sus cataratas y temblores (mi tataranieta a lo largo de varias generaciones), pudieran, en cierto modo, verme a mí—. *Venga* —los animé—. *Por aquí.*

Por supuesto, decidieron ir por el otro lado, por la plaza y hacia el centro del pueblo. Aquel camino tenía un aspecto más apetecible, el terreno estaba más desgastado entre las piedras. Solange le dio la mano a Maurice, y noté la capa de sudor entre sus palmas.

Las fachadas se miraban la una a la otra desde lados opuestos del camino estrecho, y, a pesar de que todo era más ruidoso en aquel lugar —las voces dentro de las viviendas y las ruedas de los carros sobre los adoquines—, el ambiente pareció silenciarse de forma extraña cuando llegó la familia. La mañana estaba llegando a su fin, por lo que la gente estaba cocinando: todo olía a ajo y a aceite de oliva de mala calidad. Como la cosecha se había echado a perder aquel año por culpa de unas lluvias inesperadas, el aceite se había vuelto rancio, pero nadie tenía otra opción más que usarlo.

Solange se tapó la nariz al pasar por las ventanas abiertas.

—¿A qué huele?

—Es lo que comen aquí —explicó George.

—Lo odio —sentenció Solange.

La mujer que vivía en la antigua panadería estaba en su puerta con una escoba en la mano y los ojos muy abiertos, y no dijo nada según se acercaba la comitiva. Cuando pasamos por delante de ella, esperaba notar hostilidad, pero, en su lugar, lo que percibí fue miedo, un miedo que chisporroteaba de ella como una llama al apagarse. *¿Qué queréis?* —pensaba la mujer—. *¿Qué queréis de nosotros?*

Un anciano que vendía ramos de flores medio marchitos en una bandeja vio a un hombre y a dos chicos que se acercaban; se limitó a saludarlos con un ademán de la cabeza y una sonrisa y les ofreció las flores mientras decía:

—Señores, flores. Flores para los jóvenes.

Luego pasaron por delante de Fidelia, una niña un poco mayor que Maurice, quien lo miró de arriba abajo y le gustó el modo en que el cabello le caía por la frente, el modo en que sus manos se balanceaban desde sus muñecas. Notó una punzada de emoción. *¿Quién es?*, pensó y ni siquiera se percató de la presencia de George ni de Solange, pues solo tenía ojos para Maurice.

Me dije a mí misma que tenía que calmarme. ¿Acaso no había pensado, apenas habían llegado, que no tenía que preocuparme por George? A George no le pasaba nada. Podía cuidar de sí misma. Incluso en aquel momento, mientras paseaba por el pueblo con sus hijos, lo hacía con cuidado. Saludaba con la cabeza a los rostros llenos de sospecha con los que nos cruzábamos, a las amas de casa y a los comerciantes, obreros y granjeros de Valldemossa, incluso cuando ellos no le dedicaban ninguna respuesta más allá de olvidarse de parpadear. Y no pasaba nada malo. Nadie los estaba atacando ni les estaba deseando lo peor.

—*De verdad, Blanca* —me dije—. *Te estás volviendo de lo más neurótica.*

Aun así, me habría gustado que no se comportaran como unos locos, aunque, por desgracia, lo eran. Y no era solo por la ropa. Los tres parecían borrachos, pues exclamaban ante cualquier cosa ordinaria con la que nos encontrábamos. ¡Las piedras! ¡Las plantas de aloe! ¡El musgo! ¡Las zarzas! Y las flores, los arbustos, los árboles e incluso las moscas que los seguían y trataban de posarse en su piel. Solange y Maurice no dejaban de recoger cosas del suelo: principalmente piedras pequeñas, las cuales sostenían en dirección a George, y ella se maravillaba y decía:

—¡Mirad eso! ¡Todos esos colores! ¡Qué encantador!

Solange salió disparada y se agachó para recoger algo del camino. Volvió acunando una lagartija muerta en las manos, y todos exclamaron incluso sobre aquello, hasta sobre una pequeña lagartija muerta y disecada en medio del camino.

Así que ¿quién podía culpar a todas las miradas que se volvían hacia ellos? Miradas a través de las ventanas, desde las puertas. Miradas que pasaban sobre los tres en el camino. Además, ¿acaso no estaba haciendo yo lo mismo que todos los demás? Me había quedado mirando a aquellos extranjeros, curiosa y sorprendida. Ni siquiera podía dejarlos a solas.

Y entonces llegó, con intensidad y precisión: una piedra golpeó a Solange en la nuca. Ella soltó un grito y se volvió de inmediato, pero no había nadie a la vista.

—¡Mamá! —exclamó—. ¡Una piedra acaba de darme! —Como si lo hubiera hecho la piedra por voluntad propia. La recogió del suelo y examinó sus bordes afilados con los dedos antes de acordarse de llorar.

—¿Quién ha sido? —dijo George, girando sobre sí misma para mirar hacia la calle.

Ni siquiera yo era capaz de ver quién la había lanzado.

—¿Aquel que está libre de pecado? —propuso Maurice; Solange no lo entendió, y George no le hizo caso, pero a mí me pareció una buena broma.

Se quedaron quietos, mirando la calle. No había nadie en las ventanas ni en las puertas, y las únicas sombras del lugar provenían de las plantas y de las paredes. Vi en sus rostros que su emoción se había reducido, que el día había perdido su brillo. Los niños dejaron de examinar las piedras, y George caminaba más tensa y sonreía con menos calidez a los transeúntes. Cuando, tras un rato, dieron media vuelta y empezaron a ascender hacia la cartuja, los adelanté, con miedo e incomodidad y tan ansiosa como ellos —o tal vez más— por volver a casa.

Es decir que estaba a solas y para nada preparada cuando entré de golpe en la Celda Tres y encontré a Chopin en su piano, con las salas llenas de un sonido que, en todos mis cientos de años, no había oído nunca.

Preludio n.º 11 en si mayor, *vivace*

Imagina que estás a punto de darle un bocado a una manzana. Imagina que nunca le has dado un bocado a ninguna manzana antes. La fruta que tienes en los labios es algo desconocido. ¡Podría estallar como un tomate! ¡Ceder como un melocotón! ¡Partirse como una zanahoria! No tienes ni idea de lo que contiene: ni su color, ni su textura. No tienes ninguna razón para sospechar que será blanca como una nube, sin jugo, espumosa y crujiente. Una manzana podría ser como una naranja: segmentada y jugosa. Una manzana podría estar salada y dura como una piedra.

Así fue para mí la primera vez que oí a Chopin tocar el piano.

La cabeza se te llena de manzana. Tu cabeza se convierte en una manzana. El sabor de la manzana es indescriptible, a decir verdad, y solo se puede decir que es «manzanoso».

La melodía que tocó duró medio minuto de principio a fin. Una repentina descarga de alegría inquieta. Unos dedos sobre las teclas, como si fueran alas. Un «ya no lo podía contener más tiempo», como si hubiera estallado de él antes de que lo hubiera pensado del todo, un poco balbuceante antes de adquirir coherencia alrededor de lo que, en el fondo, quería decir. Con cada repetición, la melodía sonaba más y más como ella misma, y Chopin detenía y volvía a empezar aquella pequeña composición, se paraba para inclinarse hacia delante y garabatear algo en el papel: unas marcas similares a renacuajos de grandes cabezas negras y colas de movimientos rápidos bajo el título «Preludio».

—*¿El preludio de qué?* —le pregunté—. *Oye, Chopin, ¿el preludio de qué?*

Llegué a entender, mientras miraba sus papeles conforme tocaba el piano y lo volvía a tocar, cómo las anotaciones se correspondían con las teclas que pulsaba, la velocidad rápida y lenta y el subir y bajar que contenía; entonces comprendí que, cuando veía que los puntitos se alzaban sobre las líneas, sus manos se iban a mover hacia la derecha y que el efecto de la música sería un ascenso vertiginoso, que, de algún modo, sería como el sonido de una sonrisa, si lo tuviera. Era una sonrisa amplia y lenta que estiraba y curvaba los labios.

Era el efusivo alivio de orinar después de haber estado cruzando las piernas durante demasiado rato.

Era una araña, deliberada y larguirucha, que hacía girar una mosca en una telaraña.

Cuando le pregunté «¿el preludio de qué?», de verdad había pensado que la melodía era solo un inicio, que lo que vendría después iba a ser un medio y un final. Sin embargo, Chopin nunca avanzó del principio, sino que se limitó a repetirlo y a repetirlo como si aquello fuera suficiente por sí mismo.

Eran intestinos que se ondulaban por los nervios.

Era una polilla atrapada en unas costillas.

Era una hoja muerta que se desmoronaba al caer de una rama y zigzagueaba hasta aterrizar en un estanque.

Y entonces Chopin se alejó del piano, alzó las manos al aire y dijo a nadie en particular (o eso creyó él):

—Este piano me va a matar. —E hizo sonar una nota irritada y estrujada.

Ni se me había pasado por la cabeza que a él no pudiera gustarle el sonido que estaba creando, que él oía algo distinto de lo que oía yo, pero, cuando volvió a tocar, me acomodé en su cabeza y me quedé anonadada. El piano era horrible. Algunas de las teclas no sonaban: se producía el golpe seco del impacto del dedo, aunque ninguna nota. Y, además, tenía problemas de tonos. Era como si el piano se pasara el día borracho y creyera que sonaba muy bien, cuando, en realidad, el sonido que producía era amargo y estridente. *Esto me va a matar*, pensó, cuando presionó la tecla del fa sostenido y sonó tan bemol que parecía un fa común.

Aun así, conforme volvía una y otra vez a la melodía, sus chispas de irritación iban perdiendo fuerza y, con el tiempo, dejaron de volar. Sus ojos se volvieron vidriosos, y sus dedos se movieron por el teclado como si estuviera acariciando a un gato. Me fue sorprendentemente fácil meterme en su cabeza en aquel estado: cuando tocaba el piano entraba en un trance similar al de una persona al soñar y se olvidaba de sí mismo, de la sala en la que estaba, de sus manos y sus pies. Solo que en algún momento dado algo salía mal con la melodía, o pulsaba una tecla muda, o, como en aquel caso, George y los niños regresaban de su paseo, daban portazos, soltaban cosas al suelo y hablaban, y él aterrizaba en su propio cuerpo como si lo hubieran lanzado desde una montaña. Solange se asomó por la puerta, vio que Chopin estaba ocupado y se retiró sin decir ni una sola palabra, pero ya era demasiado tarde: Chopin había vuelto a despertarse, y su enfado hacia aquel instrumento insuficiente amenazaba con sobrepasarlo. Lo notaba de lo más incómodo bajo los dedos, pues las teclas eran rugosas como el papel de lija. Así le era imposible componer. Y, además, le dolía todo.

Todo dolía. Aquellos primeros días junto a Chopin fueron un curso intensivo sobre el dolor. Durante aquella primera mañana, y en los días siguientes, me sorprendió de verdad lo mucho que dolía ser él. Casi no podía soportarlo: el inmenso peso de sus extremidades, las respiraciones cortas y repentinas, cómo sus huesos parecían estar en lugares equivocados y cómo parecía no haber ninguna postura con la que pudiera estar cómodo.

Solía cerrar los ojos. Solía llevarse los dedos con fuerza a las sienes. Solía mover los brazos y las piernas a su alrededor como si fueran las hojas rebeldes de una planta. Nada de aquello funcionaba. En ocasiones sus dedos no hacían lo que él quería sobre las teclas; eran lentos y torpes, y aquellos eran los peores días. Hasta el propio aire le parecía abrasivo.

Llegué a entender dos cosas muy importantes: la primera era que Chopin estaba muy enfermo, y la segunda, que si la enfermedad no acababa con él, sin duda lo haría el piano.

Aproveché la oportunidad para rebuscar en el pasado de Chopin cada vez que podía y descubrí que era encantador, toda una obra maestra. Lo escaneé, por costumbre, en busca de sexo, flirteos e intrigas y no me llevé ningún chasco: una chica de la escuela cerca de donde vivía, fuera de su alcance, pero que siempre era la protagonista de muchas fantasías picantes; encuentros amorosos frustrados con chicos de la escuela y cartas de amor garabateadas: «¡Titus, hoy soñarás que me estás besando! Quiero verte y espero que estés bien afeitado». ¡Qué emoción! Luego había una bella chica de dieciséis años que se sentaba a su lado en el taburete del piano, supuse que para aprender a tocarlo, y la curva desnuda de su cuello lo distraía de sus manos en las teclas. Su gusto era variopinto, sin ningún patrón que pudiera descifrar. Titus era un joven de espaldas anchas y mejillas sonrosadas; la chica del piano era delgada y pálida.

Además de aquellos amoríos, también encontré la miseria envolvente de su mal estado de salud. Era como una marea que se encogía y se esparcía por su cuerpo de forma alternativa. Unos resfriados persistentes que se aferraban a él. Unos dolores de cabeza que parecía que le estaban desintegrando el cráneo. Comidas que le retorcían el estómago y provocaban días de diarrea líquida y dolores agudos. Tos, muchísima tos, que hacía que notara como si los órganos se le estuvieran moviendo y tenía la fuerza suficiente para hacerlo escupir gotas de sangre, como un despliegue de notas musicales por todo su pañuelo. También había momentos de descanso en los que se despertaba y no se sentía enfermo ni adolorido ni se compadecía de sí mismo, en los que parecía que escuchaba la música con claridad por primera vez, como si no hubiera oído nada con tanta claridad antes. Entonces prometía no volver a dar por sentada la sensación de no estar dolorido. Sin embargo, en cuanto empezaba a olvidar lo que era estar enfermo, cuando la normalidad volvía a parecerle normal, la tos regresaba.

Y además estaba George. Había imaginado que la George de los primeros recuerdos de Chopin iba a ser joven, una adolescente, con unos pocos años más que cuando la había visto en el convento en los recuerdos de ella. No obstante, la primera vez que Chopin había visto a George había ocurrido hacía dos años. ¡Solo dos años! Reconfiguré mi comprensión de la familia: los hijos no eran de él, no tenían nada que ver, y él y George seguían siendo nuevos el uno para el otro. Cuando la vio por primera vez, ella estaba en el otro lado de una sala llena de personas, con una daga como collar alrededor del cuello y un aspecto horripilante, deprimente, feo y repugnante. Daba la impresión de que también olía mal. Tenía una sonrisa lujuriosa y poco fiable que hizo que a él se le retorciera el estómago. Todo el interés, la alegría y la esperanza que experimentaba al verla en aquellos momentos, la que experimentaba yo al verla, no existían. Ella estaba un paso por detrás de un grupo de personas y parecía como si prefiriera estar en cualquier otro lugar.

—¿De verdad esa es una mujer? —le dijo Chopin a su amigo—. No me lo creo.

No dejaban de encontrarse en distintas fiestas; Chopin se sorprendía cada vez, y George un poco menos, lo que me hizo sospechar que no se trataba de ningún accidente por parte de ella. Le enviaba mensajes a través de amigos mutuos en los que le hablaba de las reuniones que organizaba, las cuales él al principio había tratado como una útil lista de lugares a los que no ir. Sin embargo, con el paso del tiempo, la opinión que Chopin tenía de George se suavizó y mejoró: el tema de que olía mal se evaporó, y la sonrisa se tornó menos distante, y, por tanto, menos amenazadora. Siempre se lo quedaba mirando, incluso mientras hablaba con otras personas, y a Chopin dejó de importunarle aquella faceta de ella. Empezó a dejar el collar de la daga en casa. Cuando George metía las manos en los bolsillos y balanceaba su peso entre las puntas de los pies y los talones, parecía que escondía algún secreto.

Con el paso del tiempo, George se convirtió en alguien irresistible, más bella incluso de lo que estaba en Mallorca, con unos ojos oscuros que ocupaban todo el espacio de cualquier sala. Se sentaban en sillas que, para Chopin, estaban demasiado alejadas la una de la otra. Él no sabía qué hacer con las manos; jugueteaba con sus guantes, y luego con el botón superior de su chaqueta. A ella no parecía interesarle nada de lo que él conocía lo suficiente como para hablar de ello —la moda, la música, el diseño de interiores—, salvo los cotilleos. A ella le encantaba que le contara cotilleos.

—¿Y qué hizo Liszt entonces? —le preguntaba George—. ¡Seguro que la condesa no permitiría algo así!

A pesar de su interés, a él le daba la impresión de que ya sabía todo lo que le estaba contando y que estaba fingiendo.

Delante de otras personas la llamaba «la Sand» de aquel modo familiar y ligeramente burlón que tenían todos sus amigos cuando querían que se supiera que la conocían. Pero nunca la llamaba «la Sand» a la cara. La llamaba George, y solo en ocasiones recordaba que no era su nombre de verdad. Siempre se le olvidaba su verdadero nombre.

Se percató de que estaba pensando en sus hombros. Se percató de que pensaba en el oscuro triángulo que se le formaba en la esquina de la boca cuando sostenía un cigarro entre los dientes. Se percató de que pensaba mucho en sexo, en cómo sería estar con ella. No se lo podía imaginar. Cuando ella lo besó, lo tomó por sorpresa. Sabía a tabaco. Era como besar a un hombre.

Y entonces ella le dijo que se iba a Mallorca.

—Quiero llevar a mis hijos a un clima más saludable —le explicó—. El médico dice que nos irá bien, y, en cualquier caso, cuanto más nos alejemos de mi marido, mejor.

Chopin asimiló la noticia y soltó sin previo aviso:

—Creo que voy a morir muy joven.

Y luego añadió:

—Ojalá tuviera a alguien que me quisiera lo suficiente como para llevarme a Mallorca. Si tuviera la posibilidad de ir a Mallorca en lugar de Maurice, estoy seguro de que me curaría al instante —concluyó Chopin.

Ella accedió nada más decirlo, y le dijo que podía ir, no en lugar de Maurice, sino con ellos. De hecho, estaba segura de que debía ir, de que era una idea maravillosa.

En aquel punto, él entró en pánico y se arrepintió de haber abierto la boca. No sabía nada de Mallorca, y si bien estaba bastante seguro de que estaba enamorado de George, tampoco sabía muchas cosas sobre ella. ¿Por qué iba él a dejar París en algún momento? ¿Por qué alguien lo haría? Miró a su alrededor, a las salas que había decorado a su gusto en lo que llamaba «colores perla»: amarillos, rosas y azules pálidos, como un amanecer de invierno. Tenía un buen sirviente, la mayoría de sus amigos le caía bien y, cada vez que necesitaba dinero, podía simplemente anunciar que iba a dar un concierto y se volvía a hacer rico. En París había champán. En París había trufas. ¿Habría trufas en Mallorca?

Aun así, ya no podía echarse atrás. George estaba emocionadísima. ¡El clima! ¡La luz! ¡Las propiedades saludables del aire mediterráneo! ¿Y qué mejor modo de pasar el invierno que juntos? ¿Qué lugar sería mejor que Mallorca para forjar una vida en común como artistas y tal vez una especie de familia nueva? Donde vivir seguro que iba a ser fácil y barato y sus hijos se lo iban a pasar bien y el propio Chopin había dicho que se iba a curar.

—¿Y qué pasa con mi piano? —dijo él. Menuda lástima. Le habría encantado, pero, oh, vaya, no podía dejar su piano. Era un instrumento bello e irreemplazable, hecho por Pleyel; el único piano con el que podía trabajar bien.

George dijo que no sería ningún problema, que podían hacer que enviaran el piano hasta allí. Que los estaría esperando cuando llegaran.

Solo que aquello, al igual que las otras predicciones de George, resultó no ser nada preciso. Cuando llegaron a Palma, les habían informado que el piano Pleyel aún no había salido de Francia y que iba a necesitar que se pagaran ciertos aranceles antes de que lo llevaran al barco siquiera. George, obcecada en su optimismo a pesar de ese contratiempo y de otros cuantos más (no había ningún hotel en Palma, ni tampoco nadie dispuesto a alojar a cinco extranjeros que no hablaban español y que no parecían saludables del todo; el viaje había sido horrible y Chopin se lo había pasado tosiendo sangre; cuando las personas del lugar veían que estaba enfermo se echaban atrás como si pudiera infectarlos con la mirada), dijo que ya hallarían otro piano para él. Dijo que le conseguiría un piano mallorquín.

Encontraron alojamiento, primero en habitaciones llenas de ruido cerca del muelle, luego en una casa bonita pero con goteras en las afueras de la ciudad, y luego en la cartuja de Valldemossa. Entonces habían preguntado por médicos, y un conocido de George en el consulado de Francia les había proporcionado varios nombres. Y, por último, el piano sustituto había llegado a la cartuja el mismo día que ellos, tintineante y poco adecuado.

Chopin sabía muy bien que todos esos desafíos se producían para ponerlos a prueba, y el piano había sido una de las más duras. Aun así, cuando se sentaba para tocarlo, todavía llegaba a aquellos momentos de ensueño en los que salía de su cuerpo, se convertía en un espectro y quedaba aliviado. Cuando George asomaba la cabeza por la puerta y lo veía tocar, el estómago se le hacía un nudo y notaba un cosquilleo en la piel. La sensación era como una frase acabada en una cadencia engañosa, que flotaba, maravillosa y sin resolver. Había algo perturbador y adolescente en todo ello, como si ambos fueran jóvenes que se hubieran enamorado por primera vez.

Recuerdo

Es un día festivo, y los hermanos de la cartuja están de procesión por el pueblo. Tengo trece años y la boca muy abierta al verlos. Es imposible no sorprenderme. Pensar en que todos ellos han vivido sobre nosotros todo este tiempo, en la cartuja, en todos esos cuerpos escondidos en aquel edificio viejo y oscuro. ¡Tantos músculos y peso y grasa y sus encantadores hombros anchos bajo sus hábitos! Tantos pies, polvorientos y pesados, y, de repente, están aquí presentes. Los rosarios que cuelgan de sus dedos me hacen pensar, pensar de verdad, en el modo en el que usan las manos o en el que podrían hacerlo; me hacen pensar en lo que mi hermana María me dice que hace con nuestro vecino Félix, o, mejor dicho, en lo que él le hace a ella, y en cómo cuando ella me lo susurra por la noche, la voz se le vuelve más tensa. Se me hace difícil olvidarlo cuando intento quedarme dormida, y también ahora.

Los hermanos nunca salen de la cartuja así, pues es una ocasión especial cuya razón no se nos ha comunicado demasiado bien, pero a todos nos alegra verlos. Es nuestra oportunidad de mirarlos boquiabiertos, de beber un sorbo de ellos, y todo el mundo se ha quedado prendado en los umbrales de sus puertas y se los quedan mirando. Ya casi han pasado todos por delante de nosotras, pues nos encontramos en la parte final de la procesión y solo quedan los más pequeños, los novicios. Mi madre me pone una mano en el brazo y me dice:

—*Blanca, vivimos rodeadas de hombres apuestos.*

—*¿A dónde van?* —le pregunto, aunque ella no lo sabe.

Podría seguirlos y descubrirlo, pienso. Se supone que debo estar vigilando a los cerdos, pero, en cualquier caso, eso parece haber pasado al olvido.

—*¿Puedo seguirlos?* —le pregunto a mi madre, tras volverme hacia ella.

—*Ve, ve* —me dice, con los ojos muy abiertos—. *No los pierdas de vista. Dime exactamente a dónde van. Dime qué aspecto tienen cuando están sudorosos por el sol.* —A mi madre siempre le ha gustado el sudor en un hombre. Me habla del sudor de mi padre, tanto en vida como en su lecho de muerte, con mucho cariño. La veo observar las coronillas húmedas de los hermanos conforme estos se acercan a la curva en el camino; querrá saber hasta el último detalle, cada gotita, cada pequeña perla.

Corro para alejarme de la casa hacia los novicios de la parte trasera de la procesión. Echo un vistazo hacia atrás: mi madre se ha dirigido a la casa de nuestra vecina y le está diciendo otra vez eso de vivir rodeadas de hombres apuestos. Fijo la mirada al frente, en sus bonitas espaldas, y me apresuro a seguirlos mientras levanto el polvo al correr.

Los hermanos se están alejando del pueblo, ya están más allá de las casas y se han dirigido a los campos, donde las mujeres boquiabiertas son reemplazadas por cabras, olivos y, de vez en cuando, granjeros, quienes alzan la mirada hacia el alboroto y luego hacia mí, como si no fuéramos ni más ni menos interesantes que el ganado.

Vayan adonde vayan, su destino está muy lejos, y el calor me está dando sed. Para distraerme, me centro en el hombre, aunque más bien es un chico, que se encuentra en la parte trasera de la procesión. Me gusta la curva rosada de su oreja, que sobresale de su cabello como un ratón recién nacido en un nido. Me gusta el modo en que su capa de novicio se mece alrededor de sus caderas, demasiado pesada para llevarla en un día tan caluroso, demasiado grande para sus hombros estrechos. Lo más probable es que sea de mi edad, tal vez uno o dos años mayor que yo: debe tener catorce o quince. Mientras camina, echa vistazos a izquierda y derecha, a las cabañas de los granjeros y a los animales, como si estuviera a punto de salir corriendo.

Y eso es exactamente lo que hace. Gira a la izquierda, lejos de la procesión, por un camino situado entre dos grandes árboles. Me quedo en la bifurcación, miro a los hermanos que siguen recto y a aquel chico que se escabulle de ellos. Está bajando por la pendiente, de modo que ya no veo las partes inferiores de sus piernas. Doy un paso en dirección a los hermanos y entonces, como si mis pies supieran lo que quiero hacer antes que yo, empiezo a perseguir al novicio.

Seguir a una sola persona sin que esta se dé cuenta es más complicado. Me oculto entre las sombras y avanzo en pequeñas ráfagas, como un gato que persigue a un pájaro. Él avanza deprisa por el camino conforme este se inclina hacia la costa, por encima de rocas y a lo largo de pequeños terrenos de granjas. Estoy jadeando y empapada en sudor, pero él, visto desde atrás, parece imperturbable con su capa que se mece, ágil y rápido. El horizonte se vuelve plano, y él acelera el paso. Se está dirigiendo al mar.

El descenso final hacia el agua, si se hace a esa velocidad, es más resbalar que bajar. Levanta columnas de polvo conforme patina, se tambalea y se aferra a rocas y arbustos para mantener el equilibrio. Yo reduzco el paso, pues, al fin y al cabo, solo hay un lugar al que puede ir, no voy a perderlo. Respiro hondo. El aire que viene del agua es suave y está lleno de sal. Una hoja puntiaguda de aloe me araña el tobillo y me dibuja una línea roja en la piel. Avanzo con unos pasos cautelosos, arrastrando los pies, hasta que empiezo a ver la playa, que más que nada son guijarros rodeados de rocas, con la ropa del novicio en un montón a un lado, como si él se hubiera evaporado.

—¿*No vienes?*

La voz casi me hace perder el equilibrio. El novicio se ha metido en el agua hasta el cuello, por lo que solo es una cabeza flotante que se mece como un pato o un trozo de madera a la deriva.

—*¿Es que no vienes?* —grita.

Desciendo con dificultad por las últimas rocas y aterrizo con un crujido de guijarros.

—*¡Ven!* —me llama, cada vez más lejos, con el cabello mojado y negro.

Me quito los zapatos. Me detengo. Y entonces, porque ya he llegado hasta aquí y hace calor y de todos modos ya estoy empapada en sudor y porque el agua está limpia y brillante y es tentadora y el novicio, con el rostro mirando hacia mí, es limpio y brillante y tentador, lo sigo hasta el mar.

Nadamos poco tiempo, la mayoría del cual lo pasamos en silencio. Chapoteamos por la playa y nos quedamos mirando el horizonte. Me golpea en la pierna con el pie y noto el ondeo de los dedos de sus pies rozando contra mi pantorrilla. Entonces, sin decir nada, empieza a dirigirse a la orilla. Está completamente desnudo, y, cuando sale del mar, me quedo mirando sus nalgas, hundidas y pequeñas, y el vello húmedo aplastado contra la parte trasera de sus piernas, que hace que su piel parezca gris. Se viste con cierta dificultad, dándome la espalda.

—*Volveré aquí la semana que viene* —me dice. No se ha puesto ninguna prenda bien, y todo está torcido, doblado y arrugado—. *¿Quieres venir a nadar conmigo la semana que viene?*

Me agacho en la orilla, en silencio, y observo cómo sube por el acantilado y desaparece de la vista. Aun así, no puedo pensar en otra cosa durante toda la semana. Mientras bato huevos en un cuenco, pienso: *¿Debería ir a nadar con el novicio otra vez?* Mientras barro, lavo los platos, lanzo a la calle una telaraña con araña incluida que estaba en el marco de la ventana: *¿Por qué no debería ir a nadar con el novicio otra vez?*

Y, por ello, decido hacerlo.

—*Podríamos encontrarnos aquí en algún momento* —dice el novicio—. *Podríamos hacer que fuera algo regular.*

Estamos flotando en el agua en la parte profunda, más allá de la nube de algas. El fondo, inalcanzable, es oscuro; el agua, casi verde; parece más espesa en aquel lugar que en la parte turquesa de la orilla. También se me hace más difícil mantenerme a flote. Y está más fría.

—*¿Por qué?* —le pregunto.

—*¿Por qué no?* —responde—. *Ahora somos amigos, ¿no?*

Una ola pasa por nosotros y nos levanta la cabeza por encima del agua. Me inclino para quedarme casi horizontal. Un salpicón de agua salada me golpea la nariz. Me hace sentirme muy muy despierta.

—*¿Cómo te llamas?* —le pregunto.

Me contesta justo cuando una gaviota grazna sobre nosotros, y lo que oigo es la palabra «jamón».

—*¿Jamón?* —le pregunto.

—*Sí* —me responde.

—*Yo me llamo Blanca* —le digo, aunque no me lo haya preguntado.

—*Sí* —se limita a repetir él.

—*Es que los hermanos nunca vienen a nadar* —le explico—. *Los hermanos nunca salen de la cartuja. Nunca los vemos.*

Se tumba de espaldas, y el pecho le sobresale del agua, con los pezones duros y pálidos.

—*Todavía no soy hermano. Solo soy un novicio.*

—*¿Y no vas a ser hermano?*

Mueve las manos alrededor de su cintura y se acerca a mí. Su cabello en el agua: una mancha marrón que se desvanece de su cráneo, como si su cabeza se estuviera derritiendo. Está lo suficientemente cerca de mí como para que el agua parezca más cálida.

—*No sé* —dice—. *¿Quieres que nos besemos?*

Me lo pienso.

El beso que me doy con Jamón, cuando ocurre, está lleno de agua salada. Nos cuesta mantenernos a flote juntos, con los labios húmedos apretados contra los del otro. Sus manos en la parte superior de mis brazos me dificultan moverlos hacia abajo, por lo que se me complica el impulsarme hacia arriba. Trago varios sorbos de mar entre el interior cálido de su boca, su lengua se sacude entre su boca y la mía como un pez. Una sensación ocasional de dientes, arenilla y tierra. Cuando me aparto para respirar, el aire me golpea las mejillas, y yo las extiendo como velas de un barco.

—*¿Quieres que nos besemos otra vez?* —me pregunta Jamón, como si hubiera podido respirar perfectamente todo ese tiempo, y yo no quiero, no de verdad, al menos no sin el apoyo de la tierra firme, por lo que empiezo a nadar hacia la orilla. Miro hacia atrás, pero él no me está siguiendo, sino que sigue en el agua de un tono verde oscuro, solo una cabeza y unas ondas ocasionales cuando mueve los brazos bajo la superficie.

Me siento en las rocas, con la ropa pegada, y espero a que Jamón me siga. En su lugar, él se pone a nadar hacia el horizonte, tan lejos que el sol me lo oculta cuando trato de mirarlo. Me pregunto qué haré si no vuelve nunca, si esta es la última vez que lo veo yo o cualquier otra persona, y me pregunto si, en cuestión de semanas o meses, al pueblo llegará el rumor sobre el novicio que desapareció, y yo sería la única que sabría la verdad: se ahogó porque yo no quise volver a besarlo. Lo más frustrante de todo es que ahora, con las puntas afiladas de las rocas que se me clavan en las manos y en el trasero y la ropa que se empieza a secar por el calor, la idea de besarlo me parece más apetecible, casi hasta una necesidad, y empiezo a entrar en pánico por lo vacía que está el agua, por las olas sin perturbar, por la falta de Jamón.

Cuando por fin sale del mar, con las mejillas rojas y jadeando, actúa de forma despreocupada y se acomoda en la orilla un rato antes de ponerse de pie. Ahora sí lo veo todo: me está mirando, tan desnudo como siempre, y es el primer pene que he visto. Me lo quedo mirando porque a él no parece importarle.

—*Lo más probable es que no te hagas hermano* —digo, aunque más bien es una pregunta.

Él se echa a reír.

—*Puede que no.* —Luego añade—: *Aunque hay comida gratis.*

—*Todo gratis* —asiento.

—*¿Qué es lo que probablemente no vayas a ser tú?*

Lo considero. Mi futuro como unas puertas cerradas a cal y canto.

—*Un hermano* —respondo—. *Es lo más seguro.*

Asiente. Asiento.

—*Nadaré contigo la semana que viene, y te besaré otra vez ahora* —digo.

Bajo de las rocas hasta colocarme donde está él, todavía desnudo, con los pies aún sumergidos. Cuando nos besamos por segunda vez, resulta menos oceánico. Su lengua me parece más firme, y sus dientes, más suaves. Ahora todo es olor a aire y a piel, viento y manos, con su pene alerta y apretándose contra mi pierna como algo extraño que ha quedado varado en la orilla.

¿Qué haces aquí?

Me aficioné a quedarme sentada con George durante toda la noche, a acomodarme en sus pensamientos junto a ella mientras escribía su libro sobre el monasterio. Aquellos primeros días era tan clara y tan directa que cada vez se me hacía más fácil estar con ella, como si su mente se reuniera con la mía sin que ella lo supiera. Como si, quizá, tal vez, a lo mejor, supiera que estaba ahí y no le molestara mi presencia. O al menos eso era lo que me decía a mí misma en ese entonces. Ella brillaba en la celda oscura y estaba muy abierta, muy alerta. Había una respuesta para casi cada pregunta que tenía.

Pregunta: ¿Quién eres? ¿Quién eres de verdad, George?

Respuesta: George trataba de oír indicios de que sus hijos seguían dormidos, de que Chopin estaba a salvo descansando en su habitación. En ocasiones, una tos o un crujido hacían que el corazón le latiera deprisa, le despertaban un pánico inmediato, un temor porque alguno de ellos fuera a encontrarse mal. Pensar en el dolor de Chopin hacía que algo en su pecho se retorciera. Que sus hijos estuvieran enfermos: algo que resultaba insoportable imaginar, aunque sí que lo hacía, y a menudo, como una especie de compulsión por rascarse una costra. Pensaba que todos tenían mucho amor. Que todos eran de lo más encantadores y preciosos. Y, aun así, cuando los oía moverse de noche, su miedo por ellos se combinaba con un temor secundario: que el tiempo que tenía para ella sola iba a acabar. Si se despertaban, si interrumpían su soledad nocturna, si se adentraban en su espacio de madrugada porque querían algo —porque, por Dios, siempre querían cosas, todos ellos, todo el día—, pensaba que podría darles un puñetazo. Lo único que les pedía era aquellas horas vacías y oscuras junto a su vela, sus escritos y su cigarro.

George pensó: *Tengo que acabar esta novela*. Pensó en su editor, quien todavía esperaba el manuscrito; en sus lectores; en las palabras de la página, algunas de las cuales le gustaban, mientras que a otras las tachaba como si las hubiera escrito alguien a quien odiaba, como si la ofendieran de algún modo. Movía a los personajes por doquier como una anfitriona que organizaba una mesa y colocaba tarjetas con el nombre de cada comensal antes de cambiar de opinión y volver a organizarlo todo desde cero. Algunas noches no hacía más que escribir, y otras se las pasaba tachando lo que había escrito la noche anterior. En varias ocasiones alimentó a la vela con algunas de sus páginas con el mismo cuidado con el que le daría papilla a un niño pequeño.

Pasaba tanto tiempo en su escritorio, escribiendo, fumando y observando el jardín desde la ventana, que parecía fuera de lugar en cualquier otro sitio. La silla parecía abandonada y extraña cuando ella no la ocupaba, con las páginas que había escrito colocadas del revés. Algunas veces, cuando algo necesitaba la atención de George y ella tenía que alejarse de su trabajo, me percataba de que su mano derecha se movía contra su muslo, con los dedos agrupados contra la punta del pulgar, como si siguiera escribiendo.

Nunca había visto a alguien como ella. Aquella era la cuestión. Ninguna mujer había sido tan definida, tan robusta. Ninguna mujer, ningún hombre, ninguna persona había sido tan ella misma como lo era George.

Cada día, en cuanto se levantaba tras sus escasas horas de sueño, empezaba, poco a poco, a volver a formarse, a definirse en la forma de una madre, y, al mismo tiempo, a retroceder. Parecía que todos olvidaban quién era de verdad hasta después de la cena. Se producían infinitas peticiones para que les dedicara su tiempo y su atención. Solange quería ayuda con sus lecciones, y luego que hiciera de público para una obra de teatro de una sola actriz que había escrito, y luego ayuda para desenredarse el pelo. Maurice quería mostrarle todo lo que hacía, cada nota que había extraído de sus libros de filosofía, cada pequeña decisión que tomaba en sus traducciones y ejercicios de gramática. Amélie quería saber si debería prepararle algo de comer a Chopin, y, si así era, qué debía preparar; y si así era, cuándo debería prepararlo; y, si no era así, si hacía falta llamar al médico. Era un no parar. Era, como pensaba a veces, lo que constituía su «vida real». Solo que yo sabía —y, a decir verdad, ella también— que su vida real transcurría en los breves momentos de oscuridad que conseguía tener por las noches.

Pregunta: ¿Qué haces aquí, George? ¿Por qué has venido a Mallorca? ¿Qué es lo que quieres hacer aquí?

George pensó, una vez más: *Tengo que acabar esta novela.* Pensó en los preludios de Chopin también. Se imaginó que tal vez moriría, y pensar en ello la hizo sudar, aunque el frío se estaba colando en la celda a través de las rendijas de las ventanas y de los muros de piedra. Pensó: *Aquí hace más frío de lo que pensaba.* Después de todo, habían ido a Mallorca por el clima, por la calidez del invierno mediterráneo, que haría que sus hijos fueran más fuertes y mantendría con vida a Chopin. George había tenido visiones de color azul, de cielo y agua. Se había imaginado comida fresca y sana; menos nata de la que comían en Francia, menos azúcar y más pescado. Se había imaginado que sus cuerpos se fortalecerían y se desplegarían como tallos que crecían hacia el sol y que todo iba a ser fácil: su novela, sus hijos y estar enamorada de Chopin.

Pregunta: ¿Podrías llegar a quererme, George? ¿Podrías quererme más que a nada, más de lo que quieres a los demás? ¿Podrías quererme tanto que ni siquiera te importara descubrir que me paso las noches aquí, como una intrusa en tus horas de soledad, si descubrieras que, a pesar de lo que creías, no estabas sola?

A esas preguntas no les encontré respuesta, no una de verdad, aunque escudriñé sus recuerdos en busca de pistas y seguí pululando a su alrededor, embelesada, maravillada por cada pestaña blanca rodeada de las negras, por el bulto rosa de cartílago dentro de su oreja, por el padrastro que tenía en el dedo anular. George, según llegué a ver, era una persona que se enamoraba con facilidad, y es fácil enamorarse de las personas que se enamoran con facilidad. Menuda sensación esa, la de enamorarse de alguien, la de querer saberlo todo sobre una persona y, al mismo tiempo, pensar que hasta el más ínfimo detalle —un trozo de piel suelta que se pela de la esquina inferior de una uña— es demasiado encantador como para poder soportarlo.

George recuerda

George se va a casar. Está sentada a su escritorio y se repite a sí misma: *Me voy a casar. Voy a ser Madame Dudevant. ¡Buenos días! Soy Madame Dudevant, y este es mi marido, Casimir Dudevant. ¡Mi marido! Voy a tener un marido.* Tiene dieciocho años y se va a casar. Se imagina lo seria que se va a sentir, lo significativa que va a ser. Entonces toma su pluma —tiene una carta escrita a medias y se ha distraído— y no se le ocurre nada que escribir.

Piensa: *Voy a ser una esposa.*

Es como si, de repente, su condición de esposa se hubiera convertido en su característica más importante. Se la imagina ocupando un espacio de su cabeza y echando a todos sus demás rasgos de allí. Por alguna razón, se imagina la condición de esposa como una especie de sapo grande y verrugoso y con una garganta que ondula con cada respiración. Destrozado bajo el sapo: lo que fuera que hubiera estado a punto de escribir; quien había sido ella antes de enamorarse; todas las personas, jóvenes y mayores, hombres y mujeres, de quienes había creído estar enamorada antes. No sabe exactamente qué pensar del sapo.

Había conocido a su prometido en París, en el Café Tortoni, donde ella había estado comiendo un helado de albaricoque después de ir al teatro. Estaba sentada junto a la ventana y observaba la calle, oscura, mojada por la lluvia y llena de caballos que pateaban barro en dirección al café, cuando una de las amigas con quien estaba había dicho: «¡Mira, allí está Casimir!» y le había dado unos golpecitos al cristal. George había estado de mal humor; la obra de teatro había sido de lo más aburrida, lo que era peor que si hubiera sido mala a secas, y notaba el cerebro apagado por eso. No había estado haciéndole demasiado caso a la conversación de sus amigas y, en su lugar, se había centrado en darle unos mordiscos al helado que hacían que le dolieran los dientes inferiores. Pero entonces allí había estado, un hombre llamado Casimir, alto y atractivo, que cruzaba la calle hacia ella. Había abierto la puerta del café con el hombro y la había mirado de arriba abajo. En un susurro lo sufi cientemente alto para que George lo oyera todo, les había preguntado a sus amigas quién era.

—Vale, la aceptaré —había dicho él—, si queréis entregármela.

—No es nuestra para dártela —había contestado su amiga.

Solo que George, aliviada por no estar aburrida y emocionada por pensar en que se la llevaran hacia la lluvia, había dicho:

—Vale, yo también acepto.

Desde aquel primer momento, el hecho de que se iban a casar había sido una broma, hasta que, al final, dejó de serlo.

¿Por qué le gustaba él? Nunca había parecido que la persiguiera durante los primeros días en que se habían conocido. En su lugar, bromeaba con ella y la trataba como a uno de sus amigos de la escuela. Se refería a ella como «colega». George se sentía un poco alocada en su compañía, como si su virilidad se le estuviera pegando, como si su confianza y la facilidad con la que se movía por el mundo se estuvieran convirtiendo en algo suyo también. Solían jugar a juegos infantiles en el jardín de la casa de campo de sus amigas —carreras, encantados o pillapilla—, y, cuando ella corría detrás de él, sus amigas gritaban desde la ventana: «¡Venga, Aurore, atrapa a tu marido!». Y ahora allí estaba, tras haberlo atrapado: enamorada y a punto de casarse.

Ya ha estado enamorada en otras ocasiones. Ya ha notado las mariposas y los cosquilleos y no ha sido capaz de concentrarse en otra cosa que no fuera una muñeca, un cuello o una forma de caminar en particular. Los objetos de su afecto han sido compañeros de clase, profesores y personas de la calle. Sin embargo, nunca se había sentido como con Casimir, pues, con él, el amor es abierto y a propósito. No hay nada a escondidas en ese amor, nada encubierto ni clandestino. De hecho, sus amigos y familiares lo fomentan. El romance con Casimir es como estar sobre un escenario, con todo el mundo aplaudiendo noche tras noche y exigiendo que repitan la interpretación.

Así que se va a casar. Todo ese asunto parece imposible e inevitable al mismo tiempo. Es imposible que ella, quien se cree una persona extraña y poco consistente, haya encontrado a un hombre con el que quiera casarse y que él quiera casarse con ella (y sabe perfectamente lo conveniente que ha sido haber encontrado a alguien con quien quiere casarse justo en el momento de su vida en el que la sociedad espera que se case con alguien. Es todo un alivio no haber tenido que casarse por el mero hecho de hacerlo ni haber tenido que plantarse y no casarse con nadie). Y, a su vez: inevitable. ¿Qué posibilidades había de que, a sus dieciocho años y comiendo helado de albaricoque en una velada lluviosa de París fuera a alzar la mirada para encontrar al hombre con el que se iba a casar? Ciento por ciento, o así lo ve ella. Le parecía que ella y Casimir se habían conocido de toda la vida, que el tiempo que había pasado anhelando y deseando a otras personas no había sido nada más que ensayos. Se ve a sí misma como un animal que recorre un camino del deseo a través de un prado, guiada hacia delante sin saberlo.

En cualquier caso, todo está en marcha ya. La boda, dónde irán, dónde vivirán (en la casa de la infancia de George, que sigue siendo su casa y con la que practica para decir «nuestra casa, nuestra casa, nuestra casa»). Su vida, por decirlo de alguna manera, ya está planeada. Ser una esposa, una madre, tener un hijo detrás de otro, cuidar de la casa y mantener conversaciones interesantes con su marido hasta el día en que mueran. Los bordes afilados de su personalidad se tornarán suaves. La carga de ser difícil, obstinada e impulsiva se aliviará de forma gradual. Se convertirá en una persona más tranquila, más sosegada. Y sí, la idea de ser una esposa, aquella perturbación con forma de sapo en su mente, la distrae cuando quiere ponerse a escribir, a pensar y a leer. Le deja muy poco espacio para el resto de su ser. Aun así, está segura de que ello, junto con todo lo demás, se le hará más fácil con el paso del tiempo. Se imagina leyendo junto a Casimir, uno al lado del otro, con libros, vino y un perro durmiendo estirado entre sus regazos. Es algo tan simple, placentero y reconfortante como el sabor del helado de albaricoque en la punta de la lengua, el barullo de la barra del café tras ella, a través de la ventana empañada de la calle de París empapada de lluvia, y todo ocurre tal como debería.

Toc, toc

Los tres médicos llegaron en tres días consecutivos, como en un chiste. «Paciente: Doctor, doctor, soy adicto a los consejos médicos. Doctor: Ha llamado a las personas adecuadas».

Allí había un chiste hecho realidad, que llamaba a la puerta de la cartuja y se dejaba guiar por María Antonia hasta la Celda Tres: los doctores Vilar, Grec y Porras.

«Doctor: Parece que ya tose usted mejor. Paciente: Sí, me he pasado la noche practicando».

La familia llevaba cuatro días en la cartuja para entonces, y en todo ese tiempo la salud de Chopin no había mejorado de lo mal que había estado durante el viaje en barco. Cuando el sacristán había ido a presentarse, después de haberse recuperado de lo que describió como «una enfermedad debilitante» (su sopa había tenido mucho pan por algún motivo), el compositor casi no pudo superar los saludos requeridos antes de tener que retirarse a su habitación. Por las noches, cuando bajaba la temperatura, a Chopin le dolían los huesos y se sentía como si no pudiera respirar. Se sentaba, desesperado, en el piano, hasta que Amélie le llevaba algo de beber. Al verlo con problemas, ella se retiraba como un gato que acababa de ver a un perro y le decía a George que su «amigo» no estaba bien.

—Necesita un médico —había dicho George. Una especie de tormenta se estaba generando en su pecho, una muy oscura. Resentía aquella situación: un problema, un obstáculo, una situación que no iba según lo planeado.

—Necesita cien médicos —había musitado Amélie, lo cual me impresionó porque era una broma solo para sí misma, no era graciosa ni ayudaba en nada; como si la efectividad de los médicos fuera acumulativa. Por aquel entonces, solo había siete médicos en toda Mallorca, e incluso menos a los que se pudiera persuadir para tratar a un extranjero farfullador y lleno de gérmenes en una cartuja remota situada en la cima de una montaña.

El primero en llegar, el doctor Vilar, alto y de mejillas coloradas, era un completo desconocido para mí. Era uno de los nombres que la mujer del cónsul francés en Palma le había dado a George: un favor de valor cuestionable, debo decir, dado que el doctor Vilar era un viajero intranquilo y había calmado los nervios en los estrechos pasos de la montaña bebiendo vino. El aliento le olía a humedad y a alcohol.

Al menos hablaba francés, por lo que pudo superar las típicas preguntas de «cuál parece ser el problema». Lo que parecía ser el problema, tal como le contó George, era que Chopin parecía estar muriendo.

El doctor Vilar vaciló y dijo:

—Oh, claro que no, claro que no, señora. —Según explicó, muchas personas creían estar muriendo, pero muy pocas de ellas llegaban a morir de verdad.

—*Si me permitís...* —dije—. *Si me permitís, podría ofrecer ciertas pruebas anecdóticas que indican lo contrario.* —Pero no. Nadie escuchaba a la única persona de la sala que sabía algo sobre la muerte.

George explicó que Chopin había viajado hasta Mallorca desde París con el único propósito de recobrar su salud, aunque, a pesar de su optimismo inicial, no parecía que hubiera progresado demasiado;

cada día tocaba menos el piano y se quejaba más de él, y, entre queja y queja, tosía sangre sobre las teclas.

El doctor Vilar frunció el ceño.

—Si me permite la pregunta, entonces ¿por qué han venido a una posición elevada como Valldemossa, tan mal comunicada con esos caminos horribles, y más en los meses de invierno, cuando las tormentas pueden ser muy graves y la temperatura no es nada cálida?

—*Muy buena pregunta* —dije.

George se echó a reír y señaló hacia el sol del jardín.

—El tiempo es magnífico, doctor Vilar. —Pensó por un instante en el frío que se colaba en la celda cada noche.

Tanto el doctor Vilar como yo respondimos con algo como «es probable que eso cambie pronto».

Chopin recibió al primer médico con cansancio y un poco molesto, aunque se animó al oírlo hablar francés. Describió unos síntomas que yo sabía que eran ciertos: la tos, el cansancio, los sudores nocturnos, el dolor de huesos y las flemas ensangrentadas; una sensación de que todo lo que tenía bajo la piel estaba hecho de la misma mucosidad burbujeante y tóxica y que en algún momento inevitable iba a apoderarse de él por completo. Para causar un mayor impacto, añadió algunos síntomas que sabía tan bien como yo que no tenían nada que ver con la enfermedad, pues estaban relacionados con el piano: terribles dolores de cabeza, incapacidad para concentrarse y disposición deprimida.

El doctor Vilar escuchó la descripción de lo mal que dormía Chopin y de su fiebre con la expresión de un hombre que pretendía prestar atención, si bien solo se inmutó ante la mención de las flemas. Sacó un pañuelo del bolsillo de su chaqueta, uno que no estaba limpio del todo, y le pidió a Chopin que tosiera en él. Chopin, quien ya pensaba que todo lo que había en Mallorca estaba tan sucio que no podía tocarlo, incluido él mismo, lo tomó con una mano envuelta en un guante y lo sostuvo bastante lejos de su boca. Le llevó varios intentos, con George, Solange, Maurice, Amélie, el doctor Vilar y yo apretujados a su alrededor y sumidos en un silencio incómodo, hasta que logró producir la flema que el médico le había pedido. Cuando lo consiguió, Maurice y Solange aplaudieron.

—Felicidades —dijo Maurice—. Ha sido tu mejor espectáculo.

—Nada más hablar, empezó a pensar en cómo podría haberlo expresado mejor. ¿Su mejor composición? ¿Una actuación legendaria? Estaba lleno de dudas y sentimientos amargos. ¿Una producción maravillosa? Eso habría sido mejor.

George no pareció percatarse de la presencia de sus hijos.

—¿Qué opina, doctor?

El doctor Vilar colocó la nariz demasiado cerca del contenido del pañuelo. Olisqueó, miró y tocó la flema. Todos lo observamos en un silencio horrorizado cuando lo volvió a doblar para metérselo en el bolsillo. Nadie soltó palabra. Se produjo un largo silencio, y entonces Chopin volvió a toser.

—Señora —le dijo el doctor Vilar a George—, tengo algo que decirle en la otra sala.

Lo que le dijo en la otra sala fue «muerto».

—El paciente, señora, está muerto.

George sospechó que había tenido algún problema con el francés, por lo que le pidió que se lo repitiera. Él lo hizo con las mismas palabras. Al parecer, se trataba de una de esas pocas ocasiones en las que la persona moría de verdad.

George le dio las gracias por su opinión y le deseó suerte en el camino de vuelta a Palma. Había empezado a llover —un chispeo muy ligero—, y el corazón del doctor Vilar ya le latía a toda prisa al pensar en el barro y en el movimiento del carruaje. Se dio un golpecito en el bolsillo en el que llevaba su petaca, que era el mismo en el que se había metido el pañuelo.

—Buen viaje —le dijo George con una sonrisa y, cuando la puerta se cerró tras él, gritó—: ¿Has oído eso, Chopinet? Estás muerto, querido.

—Eso pensaba —repuso él—. Lo sabía.

Y eso fue lo que Chopin le contó al doctor Grec, quien acudió a ellos al día siguiente.

—El doctor Vilar me pronunció, en esencia, muerto. O de forma literal. O tal vez metafórica. Era una persona muy poco clara.

El doctor Grec, muy jocoso y solo un poco más alto que Maurice, sonrió y dijo:

—Mi impresión clínica inmediata sobre el paciente es que sigue en este mundo. —El doctor Grec hablaba francés con entusiasmo pero sin precisión. La familia entendió algo así como un tercio de las palabras que usaba, aunque sí comprendió lo que quería decir. Hubo mucha mímica durante su visita. El doctor Grec se llevó las manos a las mejillas—. Sigue con nosotros.

—Vaya —soltó George—, ¿quién lo habría dicho?

El doctor movió a Chopin como si este fuera un maniquí, lo inclinó hacia delante y colocó una oreja en su espalda. Escuchó la respiración del músico, su tos y el sonido que hacía al aguantar la respiración. Yo me coloqué a su lado y noté los bultos de las costillas y la columna de Chopin al tiempo que oía el traqueteo, los crujidos y los gorgoteos bajo los huesos.

—¿Quiere que escupa en su pañuelo? —se ofreció Chopin.

El doctor Grec puso una expresión llena de espanto.

—No —respondió—. Por Dios, no. Quiero que escupa sobre su propio pañuelo.

Al final de la visita, el doctor Grec le pidió a George que se dirigiera a la otra sala.

—¿Cuántos años tiene su marido, señora?

—No es mi marido —repuso ella.

El doctor Grec negó con la cabeza y repitió la pregunta, más despacio y a mayor volumen.

—No, no, ¿cuántos años tiene su marido?

—Que no es mi marido, es un buen amigo —explicó ella. Dicha información no era nada nueva para mí a aquellas alturas, claro, aunque me seguía sorprendiendo que creyera que era el tipo de cosas que podía mencionar así sin más.

—¿Cuántos años tiene su marido? —El doctor Grec no tenía ningún gesto para decir «años», pero no dejaba de señalar a la habitación de Chopin para referirse a «marido».

—Veintiocho.

Si bien podría haberlo averiguado yo misma al rebuscar en el pasado de Chopin, no lo había hecho. Había experimentado su cuerpo como lo hacía él mismo y había notado en sus huesos los achaques y los dolores de un hombre mayor. Habría dicho que, como mínimo, se acercaba a los cuarenta.

—Veintiocho —repitió George, indicando la cifra con los dedos.

El doctor Grec asintió, todavía con una sonrisa en el rostro, aunque esta se había vuelto incómoda.

—Menuda lástima. Un hombre tan joven… Se está muriendo.

Por tanto, cuando llegó el tercer médico sin que nadie lo hubiera llamado, George estuvo dispuesta a dejarlo entrar. Yo conocía muy bien al doctor Porras, ya que era el médico de Valldemossa y vivía en una gran casa en las afueras del pueblo con una mujer muy guapa. Provenía de una larga ascendencia de médicos, aunque no tan larga como él presumía. «En mi familia ha habido médicos desde hace seis siglos», le gustaba decir, lo cual yo sabía personalmente que se trataba de una mentira flagrante, porque, si hubiera habido algo parecido siquiera a un médico de verdad en Valldemossa en el siglo xv, tal vez yo habría vivido más de catorce años. Cada vez que decía algo así, a mí me gustaba darle una bofetada en el carrillo, lo que él experimentaba como una brisa o un golpe de viento que nunca conseguía desalentarlo a decir esas cosas.

Había oído que había un inválido en la cartuja, según le dijo a George, y que la familia había estado buscando atención médica. Estaba preocupado porque, al no ser de Mallorca, fueran a aceptar los consejos de un charlatán por no saber a quién acudir, y quería asegurarse de ofrecerles sus servicios para que pudieran beneficiarse de unos consejos expertos, fiables y a un precio bastante razonable.

Para aquel entonces, Chopin ya estaba harto de médicos y respondió a que lo inclinaran, lo escucharan, lo retorcieran y le dieran golpecitos con un rostro sin expresión y poniendo los ojos en blanco de vez en cuando. Respondió las preguntas del doctor Porras con monosílabos, y, debido a que el médico insistía en hablar con un francés con acento terrible y Chopin estaba pensando en otra cosa, a menudo malinterpretaba lo que se le preguntaba.

—¿Sufre de fiebres altas?

—Un metro setenta —repuso Chopin.

—¿Qué tal anda de apetito?

—Sí —dijo Chopin.

Basándose en aquella información, el doctor Porras recomendó reposo en cama y una dieta que consistía en leche, huevos crudos, un poco de pan y jugo de carne de vacuno concentrado.

—Leche, en su mayoría —insistió.

—¿De dónde sacaremos la leche? —preguntó George—. No sé dónde comprar leche.

—Les diré a los chicos que les traigan a diario —respondió el doctor Porras.

No especificó qué chicos. Aquello despertó mi curiosidad y tuve la sospecha de que quizá no fuera a cumplir con su palabra. Al final de la visita («No está muriendo exactamente —le explicó a George—, pero es muy probable que se trate de tuberculosis, lo que significa que seguro que va a morir», tras lo cual George se llevó las manos a los bolsillos y dijo: «Bueno, ¿no es así como acabaremos todos?», aunque el estruendo de su pecho se tornó más fuerte y le hizo presión contra las costillas), lo seguí por la ladera desde la cartuja. Pasó el rato por el pueblo, donde se entretuvo para intercambiar saludos banales con casi todo el mundo con el que se encontró, hasta que se detuvo en casa de un amigo para invitarlo a cenar. Caminaron juntos a través del valle hasta la casa del doctor Porras y tomaron por sorpresa a la señora Porras, que solo había preparado suficiente comida para dos. Sin mayor expresión en el rostro, le sirvió al amigo de su marido su propia porción. La conversación de los hombres fue de lo más aburrida al principio, conforme se preguntaban por sus mujeres.

—*Tu mujer está aquí mismo* —le dije al doctor Porras, y la señalé por si no podía verla. Ella estaba en el umbral de la puerta de la cocina y trataba de meterse en la conversación para preguntarles qué querían de beber. *Ella misma podría decirle cómo está*, pensé.

—¿Qué te trae por el pueblo? —le preguntó el amigo, y, cuando el doctor Porras le explicó que había querido ofrecerles sus servicios profesionales a los recién llegados, el amigo continuó—: ¿Los extranjeros de la cartuja? —Estaba lleno de curiosidad y preguntas sobre ellos.

El doctor Porras empezó a contarle lo que opinaba. Dijo que la cartuja parecía un manicomio. Que había una mujer que se vestía de hombre. Que había una niña pequeña que imitaba todos los peores rasgos de la madre, y un jovencito que, al parecer, era idiota, pues murmuraba cosas para sí mismo y siempre parecía distraído.

Y además estaba el inválido que nunca debería haber salido de su país, quien se movía con delicadeza y tosía sangre y nunca se quitaba los guantes.

—Suena extraordinario —dijo el amigo, de lo más entretenido por la historia—. Todos se mueren por enterarse de lo que pasa ahí.

El doctor Porras frunció el ceño. Consideró soltar una broma del tipo «Sí que se morirán de verdad, en cuanto el tuberculoso de la cartuja nos infecte a todos», pero era demasiado fácil. En su lugar, carraspeó para decir:

—Es probable que el hombre acabe muriendo. No está bien, nada bien, para nada.

El amigo del doctor Porras soltó una sola carcajada sin alegría y se quejó de lo locos que eran los extranjeros. Sin embargo, la señora Porras, que seguía en el umbral y había abierto mucho los ojos al oír hablar de escupir sangre, conocía los síntomas de la tuberculosis y sabía lo que esta significaba para el paciente, su familia y cualquiera que se le acercase. Se le aceleró el pulso y tomó una decisión. Pensó que aquellas personas eran peligrosas e insensatas. Podrían contagiarlos a todos, y entonces morirían más personas y sería su culpa. Al igual que sería culpa de ella misma si, sabiendo lo que sabía, no hacía nada por evitarlo.

Decidió que debería mencionarlo, de forma discreta, a unos cuantos de sus amigos, sin decir ningún nombre ni especificar ninguna enfermedad.

Cosas que iban a pasar

Cuando aún estaba con vida, tenía la costumbre de dejar que mis pensamientos se dirigieran al futuro. Me imaginaba catástrofes. Fantaseaba sobre posibilidades deslumbrantes. No se me daba bien vivir en el presente, y, tras morir, se me da todavía peor: una vez aprendí bien el arte de ver en el pasado de las personas, descubrí que también me era posible ver su futuro, aunque esta era una tarea más difícil y arriesgada. Aun así, en aquellos primeros días que George pasó en la cartuja, hice todo lo posible por quedarme en el momento, en el allí y en el ahora, por resistirme a la tentación de avanzar demasiado.

La visión de George sobre su estancia —el buscar el bienestar y posponer la muerte— era, por motivos obvios, algo que me emocionaba. ¡Los quería bien de salud! ¡Los quería felices! ¡Los quería conmigo *in perpetuum*! Aun con todo, albergaba ciertas reservas sobre su plan. Haber ido a Valldemossa en noviembre era una elección un tanto extraña.

El pueblo, en la semana que habían llegado, se aferraba al final del calor del año. Todavía se producían tardes llenas de calor, y el sol bajo hacía que todo pareciera más dorado y cálido de lo que era en realidad. Los árboles estaban llenos de frutas. Las cabras deambulaban para arriba y para abajo por la colina, con las campanas que llevaban al cuello tintineando en la lejanía. Las lagartijas salían y entraban a toda prisa en sus recovecos y lamían el aire. Todo el lugar parecía vivo de un modo en que las personas que no lo conocían asociaban con el verano. Desde luego, no se parecía a un noviembre en París, ni en Varsovia: no había nada de nieve, nada de hielo. Por tanto, pude ver por qué, a simple vista, podrían pensar que habían tomado una buena decisión. Su estúpido deleite sobre las cosas más comunes, sus exclamaciones de alegría al ver muros de piedra seca o insectos de lo más ordinarios, era el estúpido deleite de unas personas que no sabían lo que se les iba a venir encima.

Yo, por otro lado, sí que lo sabía. Tanto en el sentido de que había ocupado aquel lugar en lo alto de Valldemossa durante siglos y entendía su clima mejor que nadie como en el de que disponía de lo que me había enseñado a mí misma a hacer, esa habilidad con la que podía vislumbrar el futuro de las personas que me rodeaban. Por muy compleja que fuera dicha habilidad, la cual ni siquiera yo entendía del todo, la realidad era bastante sencilla: su futuro estaba ahí mismo, bajo la superficie de las personas en cuyas mentes me adentraba. Su vida entera estaba en su cabeza. Estaba su pasado, en el que me permitía entrar por completo, porque no me parecía que saber tanto sobre ellos como ellos mismos fuera hacer trampa. Sin embargo, también estaban todos los demás momentos: su día siguiente, su próximo mes y sus años hasta el punto de su muerte, todo ese tiempo en su interior que iban a llenar de un modo u otro. Lo podía ver todo. Las personas eran como los juguetitos mecánicos que se habían puesto de moda entre los niños ricos de Valldemossa a principios del siglo XIX. Una vez que se les daba cuerda, continuaban haciendo el movimiento para el que se los había diseñado hasta que se les agotaba la energía y se detenían. Nunca hacían otra cosa.

En el caso de George y de su familia, no es preciso del todo decir que sí sabía lo que iba a pasar, sino que, más bien, lo podía saber. Y la opción de saberlo, la tentación que me provocaba, las ganas de adelantarme a los acontecimientos, era con lo que estaba batallando. Lo veía como un monje alcohólico veía el vino: «No debo, no debo, no debo». Y aquellos monjes siempre acababan bebiendo otra vez.

El primer futuro que vi no fue el de un monje, ni tampoco el de uno de los otros habitantes de la cartuja, sino que fue el de mi tataranieta, y lo vi el día antes de su cumpleaños número catorce. Pasé mucho tiempo con mi familia después de morir, pues estar con ellos era como un antídoto para todo el tiempo que compartía con los monjes. Me ayudaban a recordar quién había sido. Entendía sus bromas privadas, sus rencores y patrones, el modo fácil y descuidado en el que se querían entre ellos. Allí no tenía que estar enfadada por nada.

A mi tataranieta le habían dado mi nombre, y la quería más de lo que podía comprender. Era el final de la tarde, y, a la mañana siguiente, Blanca iba a cumplir la edad que había tenido yo al morir. Quería alegrarme por ella y relajarme, pero el miedo me carcomía por dentro. Tenía la sensación de que aquella chica, mi mejor amiga del mundo entero que nunca llegó a saber que estaba allí con ella, estaba a punto de experimentar algo terrible. Su madre, mi bisnieta, parecía no estar al tanto de ello y seguía canturreando para sí misma mientras comía bocaditos de queso.

Tal vez no fue ninguna coincidencia que aquello ocurriera justo cuando me estaba enseñando a mí misma a leer. No sé cómo ni por qué esos dos hechos podrían estar relacionados, pero, cuando pienso sobre ese periodo, todo el recuerdo está mezclado con la textura del papel y de las cubiertas de cuero, además de con la ira física (e incorpórea) que experimenté al aprender a descifrar las palabras que, cuando había estado viva, me habían sido leídas o bien simplemente no me habían sido mencionadas.

Empecé con las cartas que los monjes se escribían entre ellos. Había muchas, pues la mayor parte del tiempo los hermanos no podían hablar. Me entrometía en la cabeza del hermano que hubiera recibido la nota y, mientras él leía, yo seguía sus palabras y emparejaba las palabras en las que pensaba y los sentimientos que sentía con las formas de la página. «Mi hermano, mi amor —esa era mi carta favorita, y la leía y la releía cada dos por tres—, te oigo respirar hasta cuando no estás cerca». Aquel tipo de cosas me encantaban y me parecían de lo más románticas. La primera palabra que aprendí a leer fue «cuándo». «¿Cuándo vendrás a verme? ¿Cuándo podré verte?». Siempre tenían mucha prisa por volver a estar juntos.

Lo siguiente que leí fue la Biblia y me enfadé mucho. Me molesté por todas las cosas que los curas debían haber sabido que eran molestas, porque habían decidido no mencionarlas a la congregación. Digamos que, cuando leí lo que le ocurrió a Tamar —*Mas él no la quiso oír, sino que, pudiendo más que ella, la forzó*—, decidí dejar de leer ese libro. En cualquier caso, dado que disponía de pruebas personales que socavaban la premisa, todo el proyecto tenía problemas de credibilidad para mí.

Sin embargo, lo que realmente me enfadó, me enfadó de verdad, sin razón, sin control, fue la poesía. Ahí fue cuando puse el grito en el cielo.

Nuestras vidas son los ríos
que van a dar en la mar,
que es el morir.

¿Cómo era que el poeta sabía eso, que la vida y la muerte estaban hechas del mismo material, que la vida era muy corta y la muerte muy larga, y podía escribirlo todo como si no le tomara ningún esfuerzo y nadie me lo hubiera contado ni mostrado ni se hubiera molestado en enseñarme a leerlo yo misma? ¿Cómo era que nunca lo había sabido? La poesía me volvía incandescente, llena de indignación y pena, y me pasé toda la semana siguiente volcando todo lo que veía y lanzando Biblias por las ventanas, lo que aterró a los monjes, quienes pensaron que debían exorcizar el lugar.

—¡Ja! —Me reí en sus caras y, empoderada de forma repentina por la ira, retorcí un candelabro hasta convertirlo en un aro—. *Exorcizad esto.*

Todo esto lo menciono porque es lo que me había estado pasando justo antes de que Blanca cumpliera catorce años. Aquella tarde ella se había sentado en la ventana de la casa y miraba la calle. Pensaba en cumplir años, en lo mayores que le habían parecido los chicos de catorce años cuando era más joven. En si su mejor amiga se iba a acordar de su cumpleaños.

Y entonces me percaté de que estaba pasando la página, por decirlo de algún modo, y que estaba leyendo un capítulo por delante. Fue la cosa más fácil del mundo, y casi ni me di cuenta de lo que había pasado. En esa otra página, vi que Blanca se despertaba a la mañana siguiente y salía corriendo para anunciar a su madre y a su padre que había cumplido los catorce. Vi que su mejor amiga no se iba a olvidar de su cumpleaños, sino que iba a pasarse por su casa con una flor que había recogido de un árbol del camino, lo que a mí me pareció el esfuerzo más mínimo, pero sería algo que haría que Blanca se emocionara de manera indescriptible.

Vi que a Blanca le iba a bajar la regla por primera vez tres días después, y que eso iba a horrorizarla. La iba a hacer sentirse como si no pudiera caminar bien. Iba a caminar como un pato por los trapos que llevaba entre las piernas e iba a romper a llorar cuando se quedara sola. Se iba a sentir sucia, pegajosa, abominable. Dolorida. No iba a poder creer, le iba a parecer imposible, que aquello le fuera a ocurrir cada mes durante años y años y años.

—¿Cómo puedo hacer que pare? —le iba a preguntar a su madre, quien le sonreiría de un modo muy molesto que yo recordaba que era característico de las mujeres mayores cuando estaba viva.

—Ah, hay un modo de hacerlo, pero no lo sabrás hasta que estés casada.

Ante ello, Blanca iba a tomar una mala decisión. O se vería forzada a sufrir la miseria —indignidad, vergüenza, mal olor e incomodidad— de que le bajara la regla o bien iba a tener que casarse y quedarse embarazada, lo que no formaba para nada parte de sus planes por aquel entonces. Por tanto, ideó otra manera, que involucró dejar de comer, ser cada vez más y más delgada hasta que fue más pequeña de lo que había sido cuando tenía seis años. Se tornó frágil y le creció vello como de ratón por todo el cuerpo. Los ojos se le hundieron en las cuencas, y la piel se le estiró a su alrededor, de modo que parecía muy despierta durante todo el día, incluso cuando estaba tan cansada que casi ni podía alzar la cabeza. Dejó de bajarle la regla. Sin embargo, todavía no era capaz de volver a comer, no fuera a ser que un trocito de pan, una gotita de aceite o unos restos de pollo fueran el bocado que la hiciera volver a sangrar.

Vi que todo eso iba a ocurrir y que iba a morir antes de cumplir los dieciséis.

Y, al haberlo visto, tuve que volver al día en cuestión, a la última tarde de sus trece años, cuando desconocía tanto su futuro como yo hasta unos momentos atrás, y tuve que celebrar su cumpleaños con ella.

Desde aquella primera vez, me percaté de los peligros de mirar hacia el futuro. Aprendí lo entumecedor que era saber lo que iba a ocurrir, pues lo amargaba todo. Aprendí que el peor sentimiento del mundo es la felicidad de recibir una rama de flores de almendro de tu mejor amiga el día de tu cumpleaños antes de estar a punto de matarte de hambre.

Después de eso, tuve la precaución de solo mirar el futuro de las personas que no me importaban demasiado. E, incluso así, verlo lo empeoraba todo. Saber lo que iba a suceder amortiguaba los interludios entre el presente y lo que estaba por venir. Hacía que el tiempo transcurriera más despacio, un goteo enfermizo de acción tras la inundación de saberlo todo de golpe. ¡Qué aburrido era todo! ¡Cuánto parecían tardar las personas en llegar adonde se dirigían! Traté de dejar de mirar el futuro para siempre.

En el caso de George y su familia, me resistí, me resistí y me resistí. Cuando notaba que mi mente, dentro de las de ellos, se dirigía en la dirección del «y luego ¿qué?», trataba de alejarme, de cerrar el libro, de no pensar en nada. Me ponía los dedos en las orejas, por así decirlo, y cantaba «la, la, la» hasta que estaba segura de que el impulso había acabado.

Aun así, sí que estaba muy segura de algunas de las cosas que iban a pasar. Sabía sin tener que mirar, por ejemplo, que María Antonia iba a robarles dinero y comida y algunas de sus posesiones. Sabía que iban a celebrar misa cada domingo. Y sabía que, tras una semana o así desde su llegada, la primera de las tormentas de invierno de Valldemossa iba a cernirse sobre la montaña y lo iba a teñir todo de negro.

Recuerdo

Mi hermana María se va a casar con Félix, nuestro vecino, y yo me voy a casar con Jamón. Pese a que solo uno de esos hechos es definitivo, sigo convencida de ambos, pues no parece haber ninguna otra posibilidad. María ya tiene fecha para la boda, y nuestra madre le está cosiendo ropa nueva, pero, cuando miro hacia mi propio futuro, solo veo una cosa: soy la mujer de Jamón. Han pasado cinco días desde que nadamos juntos por segunda vez y nos besamos por primera.

Seré la mujer de Jamón. Jamón dejará la cartuja y encontrará trabajo en el pueblo. Traerá comida a casa y tendremos bebés, a quienes querré un poco, aunque no tanto como a él. Claro que dejará la cartuja; abandonará por completo toda la idea de ser monje. En su lugar, estaremos él y yo: mi vida, trasplantada del cuidado de mi madre al de Jamón, de pronto elevada, de pronto importante.

Cuando paseo por el pueblo, lo hago con la seguridad de una mujer a quien alguien ha escogido.

Cuando María me habla de Félix, sobre su futura vida y lo que esta conllevará, yo me vuelvo impaciente y quiero decirle: «Sí, sí, lo sé, de verdad que lo sé». Aún no le he hablado de Jamón, no se lo he contado a nadie. Sin embargo, las ansias por menear la cabeza y soltarlo todo son de lo más fuertes cuando María y yo estamos tumbadas juntas en la oscuridad y ella empieza a contarme sus historias sobre Félix una vez más. «Primero hizo esto, y luego dijo lo otro, y luego sentí aquello…». Según dice, solo le deja usar los dedos y la boca. El resto es para cuando se hayan casado.

Cuando estoy sola, pienso en Jamón, una persona a quien casi no conozco, e imagino todo lo que podría descubrir sobre él: que es gracioso (probablemente); que es muy astuto (casi seguro); que, cuando esté preocupada, insegura o confusa por mi vida o por mí misma, me acariciará el cabello y la mejilla y me reseguirá los labios con los dedos y me lo explicará todo y me dirá que todo va a ir bien (seguro). He estudiado a los maridos del pueblo para buscar un modelo en el que basar esta fantasía, pero todos se han quedado cortos. Por tanto, he cosido algunos recuerdos de mi padre con las cosas más fantásticas que María me cuenta sobre Félix y con algunas impresiones generales de comportamientos de buenos maridos que he aprendido cuando las amigas de mi madre se quejan sobre sus matrimonios. También añado a la lista: Jamón será limpio, no será un borracho, volverá a casa cuando diga que va a hacerlo, se limpiará los pies antes de entrar a casa y no se olvidará de los nombres de sus propios hijos.

El día anterior a mi tercer encuentro para nadar con él, le pregunto a María cómo me ve.

—*Bajita* —responde—. *¿Por qué?*

—*¿Y qué más?*

—*Sucia* —dice—. *Apestosa.*

—*No puedo verme apestosa* —replico—. *¿Y qué más?*

—*Mona* —me concede—. *Dulce. Bonita sonrisa. Te estás haciendo mayor.*

Pienso para mí misma: *Mona. Dulce. Bonita sonrisa. Me estoy haciendo mayor.*

Esa misma noche, como si mi cuerpo hubiera escuchado a María y se hubiera percatado de que tenía que ponerse al día, me baja la regla por primera vez: un retortijón en el bajo estómago, seguido de la sensación cálida y preocupante de habérmelo hecho encima.

El flujo es abundante y no parece tener fin. Por la mañana, en las sábanas parece que hubieran sacrificado algo. El colchón queda para el arrastre, y mi madre grita y murmura sobre tener que quemarlo entero y sobre si quiero llevar la familia a la ruina. Aún sigue molesta a la hora del desayuno, y me grita órdenes para que limpie y lave y les dé de comer a los cerdos, y a mí me preocupa no poder salir de allí a tiempo. Acalorada y con un pánico creciente, pienso en Jamón esperándome a solas en el agua, flotando a la deriva y olvidándose de mí. María, en un momento de empatía bastante sorprendente, me busca la mirada.

—*Ve a tumbarte* —me dice—. *Yo también lo odié al principio. Si los cólicos son malos, bebe agua caliente.*

Así que hago como si me fuera a acostar, me escapo y ando como un pato tan deprisa como puedo hacia la costa. Los paños que llevo entre las piernas se mueven y se salen de su sitio y necesitan que los vuelva a ajustar una y otra vez. Me escondo entre los árboles para llevarme la mano hasta allí y colocarlos bien; cuando acabo, tengo los dedos pegajosos y rojos. Me los limpio con la hierba y la corteza de los árboles.

Jamón me está esperando en las rocas, todavía vestido, y me deslizo hacia él, muy consciente de que hay algo en mí hoy que huele a metal y a carne. Quiero mantenerme lejos de él, o, al menos, lanzarme al agua de golpe para lavarme.

—*Has venido* —me saluda—. *Estás muy guapa.*

—*Tú estás muy guapo también* —respondo, sorprendida de algún modo por verle la cara, que en la semana que ha transcurrido desde que lo vi por última vez había cambiado en mi imaginación hasta convertirse en algo un poco diferente. Me parece más redondeado de lo que creía, con las mejillas rellenas y jóvenes y la barbilla acunada por otra barbilla más pequeña.

—*¿Quieres nadar?* —me pregunta.

—Sí.

—*Quítate la ropa* —me dice—. *Es más fácil así. El mar no intentará arrastrarte si estás desnuda.*

—*¿Que me quite la ropa?* —repito, para ganar algo de tiempo. No había pensado en ello y ahora no sé qué hacer. Si me pongo a nadar con ropa, las posibilidades de que los paños de la regla se sequen después son ínfimas, y voy a tener que volver a casa con eso empapado entre las piernas, o tendré que cargar con ellos hasta casa mientras sangro en mi falda y camino así por todo el pueblo. Aun así, si me pongo a nadar desnuda, me imagino que todo el mar se teñirá de rojo y que Jamón y yo quedaremos cubiertos de sangre.

—*Quítate la ropa* —insiste, y empieza a desvestirse—. *¿Qué pasa? ¿Por qué no te quieres quitar la ropa?*

—*Estoy sangrando* —respondo.

—*¿Y?* —dice.

Así que hago lo que me pide. Noto el aire en la piel, en el estómago, en las caderas, algo brillante y prohibido, emocionante. Me apresuro para salir de la orilla y meterme en el agua, nerviosa y con ganas de esconderme lo antes posible. Hace calor y el mar está moteado por sombras, y la mano de Jamón se dirige a mis hombros, mi cuello, mis pechos. Cuando miro abajo, veo una pequeña nube rosa que flota alrededor de mi entrepierna, borrosa, del modo en que se pone el agua alrededor de un pez al que han pescado y han devuelto al mar. Jamón también se da cuenta, pero no deja de tocarme y acariciarme, y aquella reacción me parece correcta, e incluso placentera, por parte del hombre que va a ser mi marido.

Tiene el pene duro otra vez, algo distorsionado bajo el agua, de modo que parece ondeante. Se ha acercado a mí y se refriega y me roza un poco entre las piernas.

—*¿Quieres hacerlo?* —me pregunta, haciendo un gesto extraño con sus caderas hacia las mías.

—*Estoy sangrando* —repito.

—*Lo sé, así es mejor. Significa que no te puedes quedar embarazada.*

No sé cómo sabe eso ni por qué piensa que eso puede ser cierto, pero le digo:

—*Vale.*

Y él me acomoda las piernas alrededor de su cintura, con mis brazos rodeándole el cuello, y con las manos me toca la entrepierna y busca algo.

—*¿Qué pasa?* —le pregunto.

Tuerce el gesto, concentrado, y nos quedamos así durante varios minutos mientras él intenta encontrar el ángulo correcto, el punto de entrada óptimo. Me muevo arriba y abajo y me aferro a él mientras tantea y busca. En un momento casi parece que lo ha metido —un bulto extraño y cálido—, pero, un instante más tarde, ha desaparecido, y él se pone a gruñir y a probar otra vez.

—*Quizá no funciona en el agua* —le digo.

—*No lo había pensado* —responde, con el ceño fruncido—. *Quizá no.*

—*¿Quieres probar en las rocas?*

Solo que ya no está duro, y tiene las mejillas encendidas, y dice:

—*De hecho, creo que tengo que volver a la cartuja.*

—*¿Quieres que nademos otra vez la semana que viene?* —le pregunto.

Ya está saliendo del agua.

—*Tal vez* —responde.

Me tumbo de espaldas en el agua y me quedo mirando el cielo, tan brillante que tengo que entornar los ojos, e intento pensar en cosas que no sean Jamón. Cuando cierro los ojos me veo a mí misma flotando, tal como estoy, solo que cubierta de sangre, y el agua es sangre, y, por un momento, la imagen me resulta tranquilizadora por alguna razón: es el fin del mundo, y yo floto sobre él. Cuando vuelvo a mirar hacia la costa, Jamón ya no está.

Preludio n.º 4 en mi menor,
largo

Al principio solo caía una ligera llovizna que hacía que las baldosas del patio se tornaran de color gris oscuro. Ya había chispeado alguna que otra vez desde que había llegado la familia, pero aquella era la primera vez que se convertía en una lluvia torrencial de verdad: grandes gotas que salpicaban al tocar el suelo y un sonido como de crepitar en todas direcciones. El jardín se llenó de repente del olor de las hojas y la tierra mojada. Amélie, que había colgado la colada entre los árboles para que se secara, sábanas y camisas y los pequeños pañuelos de Chopin, salió corriendo y empezó a recogerla. Un pájaro que se movió tan rápido que no pude ver lo que era (¿tenía alas amarillas?) salió a toda velocidad de los arbustos, con el agua cayendo de las plumas de su cola.

Desde su asiento en el piano, Chopin alzó la mirada. Con una mano envuelta en un guante, tocó una sola nota al ritmo del goteo incesante del agua que resbalaba por las hojas del granado, y, con la otra, bebió de su vaso de leche.

Por la mañana dos chicos habían llegado a la cartuja cargando un cubo de líquido blanco. Pese a que había sido leche cuando habían salido de la granja, fresca de las cabras de su familia, para cuando habían llegado a lo alto de la colina habían bebido tal cantidad y la habían reemplazado con agua, que ya no era leche de verdad.

—¿Qué es esto? —les preguntó María Antonia—. ¿Quién os ha mandado aquí?

—El doctor Porras —respondieron—. Y es leche.

María Antonia esbozó una sonrisa y mandó a Amélie a despertar a George, que justo se acababa de acostar.

—Dile que necesita pagar por la leche.

María Antonia metió un vaso en el cubo y bebió un sorbo. Una sonrisa traviesa se formó en su rostro al tragar, y, cuando Amélie regresó con el dinero, María Antonia solo les dio la mitad a los chicos y se guardó el resto en su bolsillo antes de decir:

—Como mucho, esto es solo mitad leche, jovencitos. ¡Así que nada de recibir el pago completo!

En la privacidad de su propia habitación, María Antonia sacó varios vasos de leche y volvió a llenar el cubo con agua. Cuando arrastró los pies hasta la Celda Tres, dejó el cubo en el suelo con tanta fuerza que salpicó.

—¡Miren! ¡Leche! —dijo, lo cual era, de forma paradójica, algo obvio y, a esas alturas, nada cierto al mismo tiempo.

Durante el resto del día, Chopin siguió el consejo del doctor Porras y bebió tanta leche como buenamente pudo. Le costó bastante, pues la leche de cabra, débil pero intensa, se le revolvía en el estómago. La notaba sacudiéndose como un océano en su interior cada vez que pasaba de su papel a las teclas del piano. Sus composiciones se veían interrumpidas por sorbos esporádicos y oleadas de náuseas.

Entonces empezó a llover, y el aire se refrescó al instante. Se sintió aliviado por tener algo que lo distrajera de su cuerpo, su trabajo y el piano, que lo estaba volviendo loco. Unos momentos más tarde, la humedad lo hizo toser. En cosa de una hora, la lluvia caía con más fuerza, sin cesar, y a Chopin le dolían las extremidades. Notaba la piel demasiado tirante. Dos horas más tarde, estaba agazapado en un rincón de su habitación y vomitaba toda la leche aguada en su sombrero.

Cuando se produjo el primer trueno, Solange salió al jardín a toda prisa como si la tormenta la hubiera llamado. Se quedó mirando el cielo, a la expectativa, y, cuando se desató el siguiente rayo entre las nubes, soltó un grito. El sonido me atravesó por completo y me hizo entrar en pánico. Pensé que había ocurrido algo terrible, que no había podido mantenerla a salvo, o que, mientras estaba distraída por la batalla de Chopin con la leche, algún depredador la había atacado. Sin embargo, volvió a gritar, y vi que tenía los ojos brillantes y que su boca esbozaba una sonrisa. Empezó a girar sobre sí misma. Se lo estaba pasando en grande.

—¡Mamá! —gritó—. ¡Mamá! —Cuando sonó otro trueno, ella soltó un aullido a través de la montaña, salvaje y extraño, como una tormentita dentro de la tormenta.

George apareció en la ventana de su habitación, con la piel de la mejilla marcada por las arrugas de su almohada. Se inclinó hacia el exterior para que la lluvia le cayera en el rostro.

—¿Qué es esto? —le preguntó a su hija—. ¿Una fiesta? —Que le cortaran el sueño le molestaba menos que cuando la interrumpían mientras escribía. Dormir era una necesidad aburrida, como tener que ir al baño. Prefería mil veces ver a su hija aullar y danzar bajo la lluvia que volver a cerrar los ojos.

—¡Sí! —exclamó Solange. Los pantalones se le estaban pegando a sus delgadas piernecitas; su camisa, empapada hasta volverse transparente, mostraba los huecos oscuros entre sus costillas y la sombra de su ombligo. Se sacudió como si fuera un perro.

La lluvia contra el tejado, el suelo y las hojas de las plantas… todo sonaba como un gran aplauso entusiasta. Todo era ensordecedor: los truenos y los pasos de Solange a medida que perseguía torrentes y charcos. En la lejanía, audible de repente, o, al menos, más fácil de imaginar, el mar se había embravecido y chocaba y rugía contra la costa.

—¿Cómo? —gritó George—. ¿Qué has dicho?

—¡Que sí! —le respondió Solange a gritos—. ¡Una fiesta! ¡Sí! Sobre su cabeza, una gaviota graznó.

La fiesta de la tormenta duró toda la tarde, hasta ya entrada la noche. George salió al jardín con Maurice con el único propósito de empaparse juntos. Cada vez que abrían la boca para hablar o reír, acababan tragando agua de lluvia. Corrieron por los claustros, entrando y saliendo del aire mojado y del seco del modo en que las aves vuelan bajo las copas de los árboles, y, cuando el viento cobró fuerza y aulló, ellos le devolvieron el aullido. Las ráfagas soplaban entre los arcos; hacían que las hojas de la hiedra se mecieran y arrancaban piedras sueltas de los muros. Encontraron partes del monasterio que habían quedado olvidadas desde hacía varias generaciones, que ni siquiera yo visitaba casi. Cuando abrieron con el hombro la puerta de una vieja y lóbrega capilla, sin utilizar desde hacía unos cien años o así, un revuelo de hojas y piedrecitas entró en ella y cayeron a los pies de una madona con los ojos cubiertos de polvo. El rostro de la estatua parecía templado, cansado y poco sorprendido por su intrusión. El viento hizo que flotara un olor persistente a incienso.

A ninguno de ellos se le ocurrió ir a ver a Amélie, que estaba escondiéndose en su catre de la celda de María Antonia, aterrada por la tormenta y estremeciéndose con cada trueno. El corazón le latía contra el interior de las costillas: *Déjame salir, déjame salir, déjame salir.* Cuando el viento dejaba de soplar con tanta fuerza, ella se calmaba un poco, pero luego el sonido de la lluvia comenzaba de nuevo, la ventolera se retorcía entre ladrillos sueltos y encontraba un modo de entrar en la celda para congelarlo todo.

Amélie pensó en cómo en París, cuando llovía, las brillantes lámparas de los escaparates hacían que las calles mojadas relucieran, aunque los recuerdos de su hogar solo lograron que su soledad se acrecentara. *Joder* —pensó—. *Joder, joder, joder.* Aquel país, aquel tiempo. El frío en el ambiente y el olor a repollo que seguía a María Antonia a todas partes, y el modo en que el viento sonaba como gritos y a nadie parecía importarle ni percatarse de ella. *¿Qué carajos hago aquí?* —seguía pensando—. *Quiero irme a casa.*

La lluvia dejó de caer por fin. Sobre sus cabezas, el patrón de nubes oscuras y nubes grises y sombras profundas y sombras más profundas empezó a aclarar y a espesarse conforme la noche se cernía sobre el lugar. Una gran luna de color metálico brillaba en espacios ocasionales entre las nubes, y su luz las transformaba en una niebla que se colaba por las colinas, lechosa y opaca, se acumulaba en los patios de la cartuja y se entretejía por los arcos.

George y los niños encendieron lámparas bajo aquella nueva oscuridad, tiritando, riendo y estrujándose el agua de la ropa. Maurice fue el primero en dirigirse hacia la niebla, y luego lo siguieron las otras dos; seguí primero a una llama y luego a otra conforme se metían entre los pilares y creaban sombras. Solange soltaba unas nubes de vapor cálido frente a la cara al respirar, lo cual hacía que sus dedos ondearan a través del breve calor. Maurice puso en ángulo su lámpara para cortar a través de los remolinos y giros blancos en el aire y pensó en los nombres en latín de todo lo que veía: *caligo, lux, soror. Mi soror es un horror,* intentó, antes de menear la cabeza. George vigiló a sus hijos durante un rato, antes de alejarse un poco más para observar la colina y el cielo claro que surgía más allá de las montañas, teñido de color azul oscuro.

En su habitación, a solas, a Chopin ya no le quedaba leche aguada que vomitar ni energías para quedarse de pie. Se arrastró hasta su catre, rodó para subirse a él, entre jadeos, y se recostó sobre un lado, listo para volver a vomitar.

—*¿Estás bien?* —le pregunté—. *¿Puedo traerte algo?*

Su respuesta: un latido de corazón agitado.

Bajo su piel había fatiga, un dolor de cabeza latente, una garganta inflamada y, debajo de todo eso, furia. Quería que George fuera a verlo. Quería que George se diera cuenta de que estaba mal. Quería que George se sentara junto a su cama y que lo consolara con una voz suave. Oía los gritos de sus hijos en el exterior, pero, desde su catre en aquella habitación fría y de techo alto, sonaban muy lejos. Tenía una melodía que se le repetía en la cabeza y que estaba tratando con todas sus fuerzas de no olvidar. Una vez la capté bien, se la canté tan alto como pude para intentar grabársela en la mente. Él jadeó y esperó y quería a George y, cuando ella no apareció por allí, sus pensamientos volvieron a posarse en el piano, se imaginó poniéndose de pie con dificultad para ir hacia él y notar las teclas como si estuviera tocando las manos de otra persona.

Podía oír hasta el más mínimo detalle de su nueva composición. La melodía iba a ser clara y sostenida, cristalina como la superficie de un lago. Su mano izquierda tocaría sin descanso unos acordes revueltos que iba a pulsar más rápido antes de ralentizar el paso, con notas cada vez más graves, para dirigirse a las profundidades. La música iba a tener un aire conocido, cansado del mundo, como si estuviera expresando algo que ya debería haber quedado claro. Aun así, también iba a ser dudosa: palabras reconfortantes pronunciadas por alguien cuyo corazón se estaba hundiendo. A mitad de la composición, casi perdería los nervios: la mano izquierda se detendría, y la derecha se dirigiría hacia el registro más profundo, más incómodo. Tambaleante. Un abismo. Y entonces se produciría un respiro, una escalada, y los acordes pulsantes volverían a sonar y la composición continuaría con la misma apariencia de calma

—o incluso más tranquila— que antes. El efecto general era el de la duda en la mano izquierda y el amor en la derecha: dos lados que competían y se ignoraban y hablaban entre ellos en distintas ocasiones. Contenía una especie de miedo. Mientras seguía allí tumbado, con los ojos cerrados, los dedos de Chopin se movían a medida que iba ideando toda la composición.

En los claustros, ni George ni los niños parecieron percatarse de que, incluso ante la ausencia de los truenos y de las gotas de lluvia, no podían oír el sonido del piano de Chopin que empezaba y se detenía. No obstante, yo me había acostumbrado tanto al sonido de sus ensayos, de aquellas frases que se repetían una y otra vez, de las vibraciones y los acordes resonantes, que el silencio me perturbaba. Cuando salí de la habitación de Chopin y floté por los pasillos, bajo arcos que goteaban y hacia unos jardines empapados de charcos y luz de la luna, la ausencia de la música hizo que todo pareciera desafinado.

DICIEMBRE

Misa

Cuando el sol se alzó a la mañana siguiente de la tormenta, las viejas piedras de la cartuja estaban oscuras. Todo el pueblo parecía humedecido, intimidado. La hierba y los arbustos que se habían estado volviendo amarillentos se habían tornado de un color marrón oscuro en un abrir y cerrar de ojos; las ramas se habían quedado sin hojas; y, en la ladera, las cabras parecían estar lúgubres conforme tintineaban bajo los olivos. Era domingo, el primero que la familia pasaba en el pueblo, y las campanas de la iglesia tañían por la misa.

Antes de que Chopin se hubiera quedado dormido la noche anterior, George había asomado la cabeza en su habitación. Tenía las mejillas sonrojadas, y el cabello se le pegaba a ambos lados del rostro, empapado.

—¿Cómo está mi Chopinet?

—Muerto —repuso Chopin, todavía lleno de resentimiento e indignación porque se hubieran olvidado de él. Aun así, si George se percató de su estado de ánimo, no lo mostró. Cruzó la habitación hasta el piano, donde se encontraba su vaso de leche sin acabar.

—¿Qué es esto? —preguntó, olisqueándolo.

—Leche —dijo él.

George se llevó el vaso a los labios y luego tosió.

—Estoy segura de que no es leche.

—El médico me dijo que la bebiera.

—El médico dijo que bebieras leche, pero esto no lo es.

Lo convenció para que saliera de la cama y le hizo pasar uno de sus brazos sobre los hombros al tiempo que lo sujetaba de la cintura para conducirlo hacia la sala central, donde Solange y Maurice comían grandes chuscos de pan, arrancados de una hogaza húmeda. Chopin dejó que lo guiara, lo cuidara y lo mimara. El pequeño reloj de viaje que George había traído con ellos empezó a sonar. Pese a que era medianoche, ninguno de ellos quería irse a la cama. Se quedaron allí sentados hasta las primeras horas de la madrugada, comiendo y hablando a ratos, y, cuando por fin se fueron a dormir, George imitó al resto y los acompañó por primera vez desde que habían llegado. En lugar de sentarse a su escritorio con sus papeles y tabaco y café y vela, se acurrucó junto a Chopin en su cama que era demasiado pequeña, colocó la barbilla sobre su hombro y lo rodeó con los brazos. Durmieron toda la noche en aquella posición, y, cuando el sol se alzó y las campanas de la iglesia comenzaron a tañer, continuaron durmiendo, sin perturbarse.

Me acerqué a escondidas a los estorninos de los árboles más cercanos a las ventanas de la celda y agité las ramas para que los pájaros salieran volando con un estruendo de cháchara alta e indignada, que despertó a Solange y a Maurice, pero no a George ni a Chopin. George no roncaba del todo, sino que soltaba una especie de «hum» con cada exhalación, mientras soñaba de forma irregular sobre unos caballos. Golpeé la cama con tanta fuerza como pude, y ella se movió y abrió los ojos.

Me quedé complacida, aliviada y emocionada, y, mientras la familia se estiraba, bostezaba e iba a por café, me adelanté a ellos y fui a la iglesia. Quería explorar el territorio, comprobar con qué se iban a encontrar. Quería que su primera misa en Valldemossa saliera a pedir de boca.

Casi todos ya estaban allí para cuando llegué. María Antonia estaba presente, y a su lado se encontraba Amélie, con los ojos hinchados y la tez amarillenta. Los residentes de Valldemossa se habían esforzado de forma meticulosa con su apariencia: niñitas que parecían pequeños montículos de encaje, Fidelia jugueteando con su velo y mordiéndose los labios con expectativa para mantenerlos rojos. El doctor y la señora Porras estaban en primera fila: él parecía tener resaca, y ella se removía en su asiento para que una amiga la viera y pudiera saludarla disimuladamente. Y allí estaba mi querida tataranieta, Bernadita, tambaleante y con aspecto de estar perdida, sentada y enganchada al brazo de su mejor amiga. Se daban palmaditas en la mano huesuda de la otra, como si quisieran comprobar que seguían ahí, que estaban juntas (Bernadita no tenía hijos y era la última descendiente de mi línea directa, por lo que, después de su muerte, no me iba a quedar ningún familiar en Valldemossa, lo que era un alivio tremendo para mí y una fuente de miedo vertiginoso al mismo tiempo). Me acerqué a ella y le di un beso en sus nudillos huesudos y en la frente. La piel le colgaba del cráneo y parecía tener la misma textura que el papel. Se arrugó cuando la besé, aunque ella no se enteró.

Había un hueco sospechoso en la parte derecha de la iglesia, cerca de una de las estatuas más horripilantes de Jesucristo. No solo había espacio suficiente para una familia de cuatro miembros, sino que también había sitio a su alrededor para que nadie tuviera que colocarse justo al lado de ellos. Los asistentes no dejaban de mirar, nerviosos, hacia los asientos vacíos, como si George y su familia pudieran materializarse allí en cualquier momento.

Estaba emocionada. Aquella era una oportunidad para empezar de cero, dado que las cosas entre George y la gente del pueblo no habían ido del todo bien. Se había producido el incidente de la roca con Solange, claro —la cual en realidad era más bien una piedrecita, pero cada vez que ella contaba la historia crecía hasta haberse convertido en un pedrusco—, y, más adelante, los preocupantes diagnósticos de los médicos. Pensé que era un buen indicio que todos hubieran aparecido por allí tan temprano y tan bien vestidos (y justo cuando pensaba eso, el sacristán entró arrastrando los pies junto a su hermana y me puso de muy mal humor). Volví a pensar que era un buen indicio. Todos querían que su relación con la familia funcionara (el sacristán tosió y volvió a toser y parecía encontrarse mal, por lo que me animé un poco).

Esperamos. Los asistentes se volvían para mirar hacia la puerta, como si aquello fuera a obligar a George y a su familia a atravesarla. Se produjeron varios murmullos. En la sacristía, el padre Guillem estaba nervioso y se asomaba de vez en cuando para ver si los extranjeros habían llegado ya. Pensaba que sería incómodo empezar sin ellos, aunque también lo sería empezar tarde, y estaban haciendo que se retrasara. Su estómago le rugía y se le revolvía; tenía hambre y estaba ansioso por ponerse en marcha.

Su congregación estaba cada vez más inquieta. Se dispuso a adentrarse en la iglesia, luego se lo pensó mejor y se sentó mientras jugueteaba con el borde recto de la parte inferior de su crucifijo. *Maldición* —estaba pensando—. *Maldición, maldición y maldiciente.*

No había nada más que hacer: fui a ver qué era lo que había retrasado a George. Me imaginé varios fallos —Solange que no quería ponerse un vestido después de la libertad de sus pantalones holgados, Chopin que no se sentía bien— mientras me dirigía a la celda. Ninguno de los escenarios imaginados podría haberme preparado para lo que encontré al llegar.

Solange: tumbada bocabajo al pie de los árboles mientras dibujaba unos rostros macabros con el dedo índice sobre la tierra húmeda.

Maurice: montado en el muro trasero del jardín con un cuaderno de bocetos y un carboncillo para dibujar a su hermana dibujando rostros.

Chopin: inmóvil en el piano, observando el techo con cierto terror. Estuve a punto de adentrarme en su cabeza para ver a qué se debía aquello cuando...

... apareció George y entró en la habitación de Chopin para decirle:

—Chopin, ¿qué es esto?

Tenía las manos en la nuca para levantarse el cabello (¡su cuello! A la vista de aquel modo: largo, recto; me dirigí a toda prisa para acercarme a él). Si bien Chopin no había estado trabajando, se movió de forma inconsciente como si lo hubiera estado. Miró a George por encima de una partitura en blanco.

—¿Mmm? —soltó, como si ella lo hubiera distraído de algo más importante.

Ella se dio unos golpecitos en la base de la nuca tras ponerse de espaldas a él para mostrársela.

—¿Qué es esto?

Había una picadura de mosquito, grande y roja, acunada entre su fino vello.

Él estiró una mano y la presionó con un solo dedo. La piel, allí donde él la tocó, se volvió blanca antes de que la sangre regresara.

—Una picadura —dijo—. ¿Te pica?

Entonces se me pasó por la cabeza que tal vez se les había olvidado qué día era. Quizá con todo el lío de su primera semana en la cartuja se les había escapado la noción del tiempo. Chopin se había encontrado mal, y la tormenta había sido una gran interrupción. Y era normal confundirse en momentos de estrés y cambios, ¿verdad?

Me pregunté si habría algún modo en el que pudiera intervenir para recordárselo.

—*¡Es domingo!* —les grité—. *¡Es domingo! ¡Vais tarde! ¿Se os ha olvidado que es domingo?*

George alzó la mirada por encima del hombro, hacia la otra habitación, como si —y de verdad fue lo que me pareció— se estuviera preguntando de dónde había salido la voz que acababa de oír.

—*¡Sí!* —continué a gritos—. *¡Domingo! ¿Recuerdas?*

Se dirigió a la puerta y la cerró con firmeza antes de volver a acercarse a Chopin. Le pasó un dedo por la mejilla, y le notó la piel caliente y con una rugosidad sorprendente. Y, tan solo un instante más tarde, se sentó sobre él en el taburete del piano, mirándolo a la cara. Se besaron, y las manos de él se dirigieron al pecho de ella para desabrocharle la camisa. Yo seguí gritándoles en vano y con desesperación y hasta me coloqué dentro de las orejas de George.

—*¡Domingo! ¡Es domingo!*

Sin embargo, ella apoyó el rostro en la curva del cuello de Chopin.

—¿Volvemos a la cama?

George se llevó los dedos de Chopin a la boca y le dio un mordisquito a la punta de sus guantes. Él se los quitó, y sus manos parecieron desnudas, demasiado pálidas, recién nacidas y extrañas. Mientras George y Chopin se tumbaban en el colchón del compositor, con él de espaldas y George encima de él mientras se quitaba la camisa, me percaté de la obvia verdad. Sabían que era domingo. Sabían que se estaban perdiendo la misa. Y les daba igual.

Se acostaron del modo en el que lo hacen dos mujeres. Chopin puso una mano bajo George, y ella se movió arriba y abajo sobre sus dedos. Él le sostuvo el pecho derecho con la otra mano, y ella le apretó la mano con las dos suyas, como si temiera que fuera a soltarla. Chopin nunca dejó de mirarla, y ella cerró los ojos. Se quedaron en aquella posición durante un largo rato.

Esperé, mirándolos a medias y medio distraída por mis propios nervios. Pese a que sabía que no debía estar allí, que debía dejarlos a ello, que no debía estar cerca de sus pensamientos ni de sus cuerpos mientras hacían aquello, estaba preocupada, fascinada, distraída y embobada a partes iguales. Me percaté de que me había quedado petrificada allí, boquiabierta, no tan cerca como podría estarlo, aunque tampoco lo suficientemente lejos.

Intentaba pensar qué hacer. Los habitantes de Valldemossa, mis amigos y mi familia, podrían haber sospechado de los recién llegados, o incluso haberse mostrado hostiles ante ellos de forma inconsciente, pero nunca habrían podido pensar que sucedería algo así (¡ni yo tampoco!). La comunidad había estado dispuesta a tolerar su presencia, habían sentido curiosidad por ellos, y algunos (pensé en el modo en que Fidelia había mirado a Maurice) incluso habían estado dispuestos a algo más que a tolerarlos. Pero ¿después de aquello? ¿Después de que la familia hubiera anunciado *in absentia* que no solo eran extranjeros raros, tuberculosos y travestidos, sino que eran unos extranjeros raros, tuberculosos, travestidos y no creyentes? Todo iba a ir a peor, muy muy a peor.

Mientras George y Chopin se acurrucaban en la cama de él, despeinados, volví a la iglesia. La misa estaba por terminar, y el espacio vacío cerca de la estatua de Jesucristo parecía incluso más grande, más disruptivo. Las personas que estaban situadas más cerca se alejaron más aún, como si el espacio fuera a tragárselos. El padre Guillem meció su incensario con cierta pena.

En el exterior, después de la misa, Amélie se fue a toda prisa. Por mucho que mantuviera la cabeza gacha, notó las miradas que se clavaban en ella y oyó los susurros que la siguieron hasta la cartuja. La señora Porras musitaba algo con prisa sobre ciertos extranjeros que habían llevado enfermedades hasta su comunidad, así como sobre los riesgos que semejantes personas representaban para sus niños, sus bebés y sus padres ancianos. Sus amigas asentían con aspecto serio y meneaban la cabeza de vez en cuando, con el encaje moviéndose como las alas de unos insectos, para demostrar que estaban de acuerdo con que el único modo de contener la tuberculosis era quemar todo lo que el paciente hubiera tocado. El sacristán y su hermana trataron de alejarse de la situación: no les habían indicado qué tipo de personas eran los recién llegados; todo había sido organizado mediante cartas; no se les podía culpar por llevar a aquellos extranjeros al pueblo; no, no, ya no había nada que se pudiera hacer al respecto.

María Antonia se encontró en el centro de atención. Un pequeño grupo se había reunido a su alrededor para hacerle preguntas. Sí, era cierto que los desconocidos se estaban quedando en la celda adyacente a la suya y que le confiaban todos sus secretos. Explicó que el señor había estado muy enfermo y que lo más probable era que no fuera a vivir durante mucho tiempo más. Se había producido un aluvión de visitas médicas. ¡Seguro que iba a morir justo ahí, en Valldemossa! Pero no, los hijos y la señora se encontraban muy bien de salud. Sí, justo la noche anterior los había visto; les había llevado café como hacía cada noche. ¡Sí! ¡Café durante la noche, a pesar de la tormenta! Porque la señora se quedaba en vela hasta la madrugada, escribiendo, bebiendo café y fumando. ¡Como lo oían! ¡Fumando!

Y más cosas por el estilo, según iba pelando capa tras capa de escándalos, hasta que llegaron al núcleo del asunto, la información más escandalosa de todas.

—Ah —dijo María Antonia—, pero ¿sabéis? Él no es su marido. Ella se lo contó al doctor. Solo son amigos que se hacen compañía, supongo que los franceses tendrán una palabra para eso. Pero no es su marido, no.

George recuerda

George ya no se siente como una esposa, aunque sí recuerda haberse sentido como una durante los primeros días de su matrimonio. Le había parecido algo significativo en aquel entonces. Había sido un sinónimo de «importante», de «querida». Esposa como en «Deje que le pregunte a mi esposa primero». Esposa como en «Por favor, cuide de mi esposa». Hacía siete años de aquello. Ahora tiene veinticinco años, dos hijos y no se siente como una esposa, sino como una persona con marido.

La gota que colma el vaso: George descubre que su marido ha invertido en un barco que no existe, de entre todas las cosas en las que podría haberlo hecho en su lugar. Enfrentado a la furia de George, él está lleno de excusas: no tenía cómo haberlo sabido, todo había sonado muy convincente y se había hecho con mucha maña. Ella tendría que estar reconfortándolo, en lugar de riñéndolo. Había pensado que sería algo bueno para él, para los dos; George tendría que darle las gracias por haber intentado hacer algo tan bueno.

El caballero que había organizado la inversión, según le dijo su marido, tenía una apariencia respetable y de lo más plausible: era el primo de la mujer del amigo de un amigo. Los dos se habían ido de caza y habían acabado la velada con una larga cena, en la que el tema del barco había salido con absoluta naturalidad, como si estuvieran hablando de dinero en general. El caballero se había limitado a mencionar lo emocionado que estaba ante la oportunidad de inversión que el barco representaba, pues era un hecho que iba a tener mucho éxito y la recompensa iba a ser considerable. Tal vez sería posible que su marido aportara algo de dinero, no estaba seguro e iba a tener que consultarlo, porque lo más probable era que fuese demasiado tarde. Habían bebido más vino y se habían fumado sus cigarros. El caballero parecía haberse olvidado del barco por completo, cuando, justo antes de marcharse, el marido de George había vuelto a mencionar lo interesado que estaba en aquella inversión.

—*¿Ah, lo del barco? Bueno, preguntaré por ahí. Aunque me temo que no deberías hacerte demasiadas ilusiones.*

¡Menuda sorpresa entonces, cuando, dos días después, al marido de George lo habían invitado a sumarse al plan después de todo!

—*¿Cómo puede ser* —empieza a preguntar George con frialdad— *que no te dieras cuenta de inmediato de que era una estafa? ¿No te dieron ninguna información por escrito? ¿Una dirección, por ejemplo, a la que pudieras dirigirte con alguna pregunta, peticiones de autenticación, cualquier confirmación que un inversor astuto podría querer? ¿Hubo algún compromiso de autenticidad por parte de algún banco? ¿No? ¿Nada de eso? Y, sin ningún material que indicara que ese barco, ese barco tan extraordinariamente lucrativo, fuera nada más que una fantasía ridícula, ¿enviaste 25.000 francos al bolsillo de un completo desconocido?*

Están discutiendo en el jardín interior de su casa —de la casa de ella, según opina George, pues había sido de su abuela antes de ser suya, y su marido, a decir verdad, solo está de visita, no es más que un invitado que se ha quedado demasiado tiempo—, que tiene vistas al terreno de la finca. Él está mirando por la ventana con una expresión de indiferencia fingida. A lo lejos, un jardinero poda los rosales, y, en algún lugar que no alcanza a ver, Maurice juega con uno de los sirvientes: oye unos gritos muy agudos y unas risitas dulces. George lo experimenta todo con una especie de sorpresa: que esa es su vida, como si le hubiera ocurrido de repente y todo al mismo tiempo.

Sin embargo, ya es lo suficientemente mayor y lista como para saber cuándo su marido se ha comportado como un idiota. Lo obvia que era la estafa del barco es lo que más le molesta, la débil conexión que el caballero había afirmado ante su marido, la copiosa cantidad de vino que se había visto involucrada. Todo ello es peor que perder 25 000 francos; peor incluso que la hipocresía con la que él le habla sobre dinero mientras se gasta el suyo de una forma tan ridícula. Todo era una estafa tan flagrante, tan clara, que, al caer en ella, su marido había demostrado ser un completo imbécil. George piensa en todo lo que ha sufrido, en todo lo que ha pasado por alto o ha pretendido pasar por alto, por aquel hombre tan estúpido.

George puede tolerar estar casada con un bruto, o con un mujeriego, pero no con un idiota. Está segura de que eso es más de lo que puede soportar.

O tal vez la gota que colma el vaso se produce antes, tres días después de que Solange naciera. La bebé está tumbada en su cuna, hecha un ovillo, con los puñitos alzados hacia la barbilla como un boxeador. George está débil y rígida por el dolor del parto, sangra mucho y tiene náuseas. Todo le toma cinco veces más tiempo que antes y le parece diez veces más aburrido. La emoción que experimentó tras dar a luz a Maurice, como un puñetazo lleno de devoción, no se encuentra presente en esta ocasión. Cuando mira a su hija sacudirse y balbucear, siente cierta ternura, pero poco más. Está inquieta y agotada, una combinación infernal que la hace querer gritar.

Se pone de pie y se aleja de Solange caminando con dificultad para dirigirse al pasillo. Tiene la vaga idea de ir a por algo de tabaco, pues fumar es al mismo tiempo un modo de hacer algo y de no hacer nada. Mientras busca a un sirviente a quien pedírselo, oye unos golpes y unos gruñidos al otro lado de la pared. La puerta de la habitación está abierta de par en par, como si nadie tuviera nada que ocultar, y, cuando mira a través de ella, allí están: su marido, sin pantalones, y la sirvienta española, con la falda subida hasta la cintura. Ninguno de los dos se percata de la presencia de George en la puerta, quien se queda allí más tiempo del que quiere por pura sorpresa y cabezonería. Lo puede oír todo: los gemidos de la chica (demasiado teatrales, como de aficionada), los pequeños resoplidos de su marido y también el sonido húmedo de los fluidos corporales, el aplauso de su piel al juntarse y separarse. Incluso es capaz de olerlo: Dios, tan inconfundible, ese olor dulzón y como a almizcle.

Su marido y la sirvienta no muestran ningún indicio de percatarse de que George se está marchando.

Ella cierra la puerta de golpe tras de sí.

Y, a decir verdad, no es el engaño lo que le molesta. El engaño se ha asumido y se ha llevado a cabo en ambos bandos. George no se ha quedado esperando en casa mientras su marido se dedica a sus conquistas; de hecho, está bastante segura de que Solange no es hija de él. Así que no, no es el engaño exactamente, sino lo flagrante que había sido, lo desvergonzado, con la puerta bien abierta y los gruñidos jubilosos; y todo ello mientras George está sola, alejada de sus amigos y amantes y con solo aquel trocito de bebé del que cuidar. Se siente atrapada por su propio cuerpo, por su vientre rechoncho, todavía hinchado, y por el desgarro perineal que sangra de nuevo cada vez que se mueve y que hace que le dé miedo ir al baño. Acaba de producir leche, por lo que nota los pechos pesados y latientes, duros como el pan seco; y tiene la camisa mojada y pegajosa. Toda ella son líquidos que gotean, hinchazones y bordes deshilachados. No puede ir a ninguna parte. No puede seducir a nadie.

Piensa en el olor de la vulva de la sirvienta española. En el atrevimiento de llenar una sala con un olor como ese cuando su mujer está en la habitación de al lado, sintiéndose como una extraña para sí misma, llena de leche y aburrimiento.

George puede tolerar estar casada con un bruto, o con un idiota, pero no con un mujeriego despreocupado.

Aun así, la gota que colma el vaso, después de lo del barco, después de lo de la bebé, es la siguiente: llega un día en que un sirviente le pregunta a George algo sobre la factura de una sombrerería —el sombrerero exige cobrar una cantidad desorbitada—, y George no recuerda el estado de su cuenta de ahorros. Rebusca entre sus papeles y no encuentra nada, por lo que se dirige al escritorio de su marido. Está hecho una porquería, cubierto de cartas a medio escribir, registros de trabajos hechos y dinero debido a la finca, notas garabateadas sobre cacerías y cenas a las que quiere asistir. Echa un vistazo entre los papeles, abre varios cajones y no le presta atención a nada que no sea una factura, hasta que un sobre le llama la atención. Está dirigido a ella, y, bajo su nombre, reza: «No lo abras hasta que haya muerto».

A George ya no le interesa seguir las instrucciones de su marido, por lo que abre la carta que no es precisamente póstuma.

Se coloca junto a la ventana para aprovechar la última luz del día.

La letra de su marido se escabulle por la página como pájaros que salen volando del sotobosque.

Y lo que ha escrito es de lo más vil.

George lee cada palabra. Piensa: *Estoy soñando, tengo que estar soñándolo.* El documento es un informe de por qué su marido la odia. La odia porque no es una mujer normal. No se comporta como las mujeres normales. Parece haber añadido partes a la diatriba cada vez que se ha enfadado por algo: una línea por aquí sobre su mal carácter, una línea por allá sobre su perversidad, sobre su rareza intratable. El tono y el color de la tinta cambian, además de la legibilidad de los garabatos, según cuánto vino hubiera bebido antes de ponerse a escribir. La acusa de todo lo que tiene nombre: frigidez, adulterio, indiferencia poco natural ante sus infidelidades, lo cual es muy distinto al comportamiento de una esposa normal. Y, a pesar de que no dispone de nombres para algunas de las cosas, la acusa de ellas de todos modos: no soporta «que sea como es».

Aquello es lo que su marido quiere dejarle como recuerdo después de haber fallecido: odio, un catálogo entero de los muchos modos en los que ella le había fallado.

George dobla el papel con cuidado por la mitad después de leerlo. Clava la uña del pulgar en el doblez, como si fuera a partir el papel. Se siente lúgubre, enfadada, traicionada; el corazón le late a toda velocidad, las mejillas se le están poniendo coloradas, y, de repente, empieza a sentirse ligera. Respira hondo. Lo piensa todo muy bien. Su marido la odia, lo que significa que no tiene ningún sentido seguir intentando salvar su matrimonio, y ¿qué puede ser más liberador, un mayor alivio, que no tener que seguir intentándolo?

¿Acaso ella misma no está harta? Siete años de intentarlo e intentarlo y negociar y persuadir. Ha hecho sus declaraciones, ha escrito manifiestos sobre cómo su matrimonio iba a ser. Se había prometido que iba a escucharlo más, a flirtear menos, a fantasear menos, a quedar menos con otros hombres. A cambio, ella le había extraído una promesa de leer más y hablar con ella sobre filosofía, política y temas interesantes en general. Cualquier cosa, a decir verdad, que no fuera sobre esta cacería o aquella cena. Él también lo había intentado a su modo.

Se acomoda en una silla del estudio de su marido y se enciende un cigarro. Todavía no se ha hecho de noche, por lo que él seguirá fuera de casa un rato más, haciendo lo que sea que haga para ocupar sus días. Está tranquila y nota unas punzadas ocasionales de ansias y emoción. Se arrepiente un poco de todo el tiempo que han perdido y de lo poco que ha demostrado valer el amor. La sala huele mucho a su marido, y ella la llena de humo y arroja la ceniza al suelo. Piensa, distraída, que una vez lo hicieron en aquel mismo suelo, aunque ya solo es madera, un poco de polvo que no se ha limpiado y cenizas desperdigadas.

Piensa en todas las gotas que han colmado el vaso, y, en concreto, en la primera que lo hizo. Ocurrió al poco de casarse —o tal vez más adelante, porque le cuesta recordar aquella época; quizá fuera cuando Maurice era bebé—, y ella seguía sumida en un estado de infatuación exuberante por su marido. Se estaban quedando juntos en París, y él había vuelto a la casa de campo antes con la excusa de que quería dejarla perfecta para ella. George cae ahora en que fue una excusa un tanto extraña, dado que —Dios, ¿cuántas veces le ha dado vueltas a eso ya?— era *su* casa, ella había vivido allí la mayor parte de su vida antes de que él llegara, así que ¿qué podría haber hecho en un plazo razonable para dejarla perfecta para ella? Si ya estaba exactamente como la quería.

Aun así, no lo había pensado de aquel modo en un principio. En aquel entonces había pensado: *Mi marido se está encargando del tipo de cosas de las que se encargan los maridos.* Cosas como viviendas, terrenos, dinero y esposas.

Y entonces, cuando por fin llegó a casa, descubrió que él había matado a su perra. Su marido trató de decirle que ella no la había cuidado demasiado. Cuando George le contestó que la había cuidado como si fuera su hija, él soltó un resoplido y le preguntó cómo podría haberlo sabido: la perra era mayor y estaba mal adiestrada.

George le respondió que un hombre con sentimientos humanos corrientes no necesitaría que le explicaran con pelos y señales que su esposa quería a su perra.

¿Qué más puede decir sobre ese incidente ahora? Habla por sí mismo; el hombre es un bruto, siempre lo ha sido, y George puede tolerar estar casada con un idiota, o con un mujeriego, pero no con un etcétera, etcétera, etcétera. Pese a que no se percató de ello en ese momento, le fue imposible, después del incidente con su perra, volver a querer a su marido del modo en que ambos deseaban que así fuera.

¿Qué habría ocurrido si ella no hubiera encontrado la carta? Su marido solo tiene nueve años más que ella y se encuentra en perfecto estado de salud, con todas esas cacerías y el aire fresco. Intenta imaginarse los años que transcurren hasta que el cuerpo empieza a fallarle: ella es una anciana para entonces, lo cual es algo que no se puede imaginar. Se van a producir décadas de esfuerzos y fracasos, de ser una persona con marido, y ¿para qué? ¿Para encontrar, al final de todo, aquella carta miserable esperándola? No, esperar no es ninguna opción.

Un pequeño alboroto estalla en el exterior: perros que ladran y unos cuantos gritos. George se endereza un poco más en su asiento. Unos pasos se acercan a la casa. Oye cómo la puerta se abre y se vuelve a cerrar con fuerza. En el pasillo, como de costumbre, su marido dice:

—*Tráeme algo de comer, me muero de hambre. Cenaré ahora mismo.*

Un asentimiento murmurado por parte del sirviente. Otra puerta que se abre y se cierra. Los pasos de su marido están cada vez más y más cerca hasta que llega al estudio y da un respingo al verla.

—*¿Qué carajos haces aquí?*

No espera a que George le conteste antes de continuar hablando.

—*El dichoso chico del establo ha dejado que los arreos se oxidasen. Ya lo he puesto en su sitio. Los caballos no lo soportan cuando están oxidados.*

—*Imagino que a los caballos no les importa una mierda* —dice George.

Su marido la mira de más cerca.

—*¿Qué pasa?*

Ella contesta con lentitud y escoge sus palabras de forma deliberada, como cuando Solange solo se lleva un caramelo de la bandeja:

—*No tengo la paciencia suficiente para esperar a ser viuda.*

—*No seas impertinente* —dice él—. *No te soporto cuando te pones impertinente.*

—*Siéntate* —ordena George, y él le hace caso, a pesar de sí mismo, y pone una expresión de sorpresa.

—*¿Qué pasa?*

George lo explica con tanta claridad como puede. El matrimonio ha llegado a su fin. Ella irá a París, y él no tratará de detenerla. Ella tendrá una paga modesta que le permita vivir de forma independiente, y él no tratará de poner trabas a la paga, ni a su vida ni a sus interacciones sociales. Cualquier rumor sobre ella que pueda llegar a sus oídos deberá aceptarlo con indiferencia. Él puede quedarse en esa casa por el momento, pero es de ella, como siempre lo ha sido, y no de él. Maurice y Solange se quedarán con él hasta que se decida que sus intereses se cumplirán mejor en otro lugar, ya sea con ella en París o en algún internado. Él no hablará mal de ella delante de los niños. Ella no interferirá en su vida más de lo que él interferirá en la de ella. Serán absolutamente libres. No habrá ninguna discusión al respecto. Se ha acabado. Ya ha ocurrido.

George espera alguna reacción por su parte: ira, un arrebato, autocompasión. En su lugar, él se muerde el labio inferior, lo que hace que su boca muestre un mohín hacia abajo. Ella se pregunta si va a volver a decirle la palabra «impertinente». No lo hace, sino que se pone de pie.

—*Vaya, buenas noches, entonces* —dice él, aunque todavía no es tarde y tienen una cena por delante, una velada que soportar.

—*Buenas noches* —contesta George, antes de poder impedírselo; ambos se dan cuenta del error y George se pregunta si estarán a punto de echarse a reír.

Hambre

¡Eran tan inconscientes! ¡Se comportaban como personas inocentes y jugueteaban por la celda como si fuera el Jardín del Edén, desnudos y estúpidos! Nunca se me había ocurrido lo irritantes que Adán y Eva podían resultar. Lo insufrible que era ser tan ingenuo como para no percatarse del modo en que todo iba a suceder, para quedarse mirando un cielo amplio y azul y pensar: *El cielo es azul, así que siempre lo será*. Me habría gustado poder explicárselo bien y gritarles «¡habrá tormentas!» una y otra vez hasta que por fin me entendieran. Aun así, actuaban como si en el mundo no existiera nadie más que ellos, pues desde luego no había nadie más en aquella celda, nadie más que estuviera haciendo todo lo posible para proteger sus intereses solo para que ellos dos no hicieran caso de sus esfuerzos.

Estaba molesta, por supuesto, porque estaba preocupada, y el preocuparse por alguien durante un rato acaba haciendo que te enfades con él. Era algo que ya había experimentado antes, más que nada con mis familiares, con mis distintas bisnietas y tataranietas. Aquellas chicas me ponían de los nervios. En este caso, decidí castigarlos un poco por mi enfado: el día después de que se saltaran la misa, volqué el bote de tinta de George de puro resentimiento, lo cual arruinó las últimas páginas sobre su historia del monasterio. Un lago negro destrozó un párrafo que iba sobre la arena que se acababa en un reloj de arena a medida que un hombre moribundo se encontraba con su propio fantasma, en el cual había trabajado durante varias horas. Ella culpó a Solange, quien, fuera de sí, salió dando grandes zancadas hasta el muro del jardín en el que Maurice había dejado sus materiales de dibujo y se dispuso a partir cada uno de sus carboncillos. Maurice, perplejo e igual de enfadado, corrió directamente con su madre y le exigió que disciplinara a Solange, lo que provocó una discusión a gritos tan altos y agudos que desató un dolor de cabeza explosivo en Chopin, quien se retiró a su cama y se colocó en posición fetal con las manos en las orejas. Todo aquello me calmó durante unos momentos.

No había dejado a la familia durante una cantidad significativa de tiempo desde que habían llegado, pero me pareció necesario alejarme de ellos en aquel momento: más que nada para calmarme, aunque también para comprobar lo que pasaba a sus espaldas, para ver hasta dónde habían llegado las ondas causadas por su ausencia en la misa. Me fui, sin seguir a nadie, y crucé la plaza para flotar hacia el pueblo. Lloviznaba un poco cuando pasé por delante del dentista, que estaba visitando a alguien en su casa, y del pescadero, que discutía con un cliente sobre una deuda por pagar.

Me asomé al interior de la casa del doctor Porras y vi que su mujer había reunido a sus amigas y les estaba diciendo:

—En la opinión experta de mi marido, y ha habido médicos en su familia durante seis siglos, el caballero extranjero sin duda sufre de tuberculosis.

Fuera, un grupo de niños se subían a unos peldaños y soltaban risitas y grititos mientras se contaban historias sobre la bruja que vivía en la cartuja. Y allí, muy para mi deleite, estaba Bernadita, mi última descendiente con vida, cojeando junto a su amiga en dirección al mercado. En su cabeza: absolutamente nada, interrumpido en ocasiones por la sensación de la lluvia en su rostro o la tela de su ropa pegada a la piel. Un fragmento de un pensamiento sobre su madre. Un recuerdo lejano de su marido, quien llevaba veinte años muerto. Con el paso del tiempo, me había sentido cada vez menos conectada con mis descendientes, pero, aun así, percibía una punzada de alegría al verla y al visitar la calma blanquecina de su mente vieja y mayor. *Menuda alegría* —pensé, con un atisbo de celos que no puedo negar— *el ser tan difusa, tan suave, el ir a la deriva en tu propia vida como en el mar frío durante un día bien caluroso.* Y entonces me di cuenta de que estaba en la puerta de la casa del sacristán, por lo que me detuve, y Bernadita continuó caminando.

Me dirigí al interior. El sacristán había estado menos presente en la cartuja desde que la familia se había mudado, lo que era una de las muchas razones por las que me alegraba de tenerlos allí. Se mostraba incómodo cuando estaba con ellos, cohibido. Las camisas buenas de Chopin, sus guantes de niño y su corbata negra lo hacían sentirse muy acomplejado por sus propios pantalones rugosos. George lo confundía hasta el punto de la locura: una mujer de cabello brillante y ojos oscuros que se comportaba con tanto descaro, que vestía de forma tan extraña, que fumaba y hacía tantas cosas poco razonables como si fueran lo más razonable del mundo. Horas después de cualquier encuentro con ella, él se quedaba nervioso, molesto y, de forma ligera y un tanto humillante, excitado.

Cuando fui a verlo aquel día, estaba a solas, esperando a su hermana, quien debía volver de visitar a una amiga. Según parecía, no estaba haciendo nada con su tiempo: caminaba de una habitación a otra, se sentaba y se volvía a poner de pie. Sin la cartuja en la que pasear sin impedimentos, estaba perdido. No me molesté en pasar mucho tiempo con sus pensamientos del presente, pues sabía que iban a ser tan mundanos como ofensivos, y, en su lugar, me dirigí a su pasado en busca de actos de antagonismo. ¿Qué había dicho sobre George y su familia? Y ¿a quién?

Descubrí: varias conversaciones agitadas con su hermana, en las que ella le insistía que se deshiciera de «esos extranjeruchos», y él respondía que el dinero les iba bien y que quién más iba a estar dispuesto a pagar por vivir en aquella celda llena de corrientes de aire durante todo el invierno, y, además, expulsar a la familia significaría aceptar que la responsabilidad de que estuvieran allí en primer lugar era suya.

Descubrí: una extensa y básicamente innombrable fantasía sexual sobre George. *Bien* —pensé—, *al menos tiene una edad apropiada para ti esta vez. Aunque nunca se acostaría contigo, ni siquiera te miraría.* Pero bueno, ¿quién era yo para juzgarlo?

Descubrí: repetidos intentos por parte de sus vecinos y conocidos (pues no sería del todo cierto afirmar que tenía amigos) para sonsacarle información sobre los nuevos residentes de la cartuja. Dichos intentos comenzaban en tonos despreocupados, como si se les acabara de pasar por la cabeza que debían preguntar por ellos:

—Bueno, ¿y qué es todo eso sobre unos extranjeros que se han mudado a la cartuja?

Y entonces, cuando él se negaba a responder, los intentos se volvían más directos.

—No, pero, en serio, ¿quiénes son esas personas? Ya está bien, ¿no? ¿Qué es lo que se les ha perdido aquí? Tiene que haber algo que usted pueda hacer.

El sacristán se encogía de hombros y decía que no tenía nada que ver con él, que él no sabía nada más que el resto del pueblo.

Descubrí, casi por accidente: que tenía el corazón débil. Reconocí los indicios: el latido irregular, los mareos y las punzadas de dolor ocasionales. Si bien aquello no importaba para el asunto que me traía entre manos, sí que me importaba mucho a mí. *Ay, sacristán* —pensé—. *Tienes los días contados, cabroncete de corazón débil.*

Antes de marcharme, eché miguitas de pan en la jarra de café y un buen montón de sal en el estofado que su hermana había dejado junto a la hoguera. Conforme me iba, oí sus pasos al cruzar una sala cuando se levantó de una silla para sentarse en otra, que tenía mejores vistas hacia el mercado, donde las chicas iban a comprar jabón y fruta, y donde —¡menuda sorpresa me llevé!— se encontraba George, cargando una cesta, con aspecto alegre y nada intimidante, y con Maurice a su lado.

—*¿Qué hacéis aquí?* —les pregunté, aunque ya sabía la respuesta. Tenían hambre. Querían algo de comer.

La comida de María Antonia había sido una fuente de gran tensión durante aquella primera semana. Se había ofrecido a comprarles las provisiones, y George le había entregado el dinero. Cuando María Antonia había vuelto con suministros que iban a durar, como mucho, un día o así, George se lo había cuestionado, y la sirvienta se había limitado a encogerse de hombros a modo de respuesta. Según había dicho María Antonia, estaba claro que la comida en Valldemossa era más cara que en París. George, distraída con sus hijos, su novela y su amante, había soltado un suspiro, pero había seguido pagándole a María Antonia durante los siguientes días.

Entonces se había producido el incidente del pollo.

—Compra carne —le había pedido George—. Todos tenemos que ponernos fuertes aquí, y las verduras no son suficientes.

Por tanto, María Antonia había tirado la casa por la ventana. Había comprado un pollo entero por más o menos dos tercios del dinero que le había dicho a George que le iba a costar. El ave era delgaducha, aunque lo suficientemente grande para alimentarlos a todos, y ella se había pasado toda la tarde encorvada sobre su horno. Toda su celda estaba llena de humo pegajoso y picante. Canturreaba mientras cocinaba y comía mientras canturreaba, pues levantaba pequeños trocitos de piel del pollo y extraía algo de la carne de debajo antes de volver a tapar el agujero. Cuando el pollo estuvo listo, lo colocó en una esquina de la habitación y se dispuso a preparar calabaza caramelizada de postre.

No vi de dónde vinieron las pulgas. No estaba prestando atención, aunque supongo que la travesura fue cosa de Amélie. Llevaba unos días taciturna y enfadada, y yo ya había pasado suficiente tiempo en su cabeza como para saber que era el tipo de cosas que había estado rumiando: invitar a gatos callejeros para que descansaran en la cama de María Antonia, en su colada limpia o junto al horno; agitar sábanas infestadas sobre la olla. Sin embargo, no tenía cómo saberlo a ciencia cierta. Tal vez había sido otra persona. Era bien fácil cruzarse con pulgas en Valldemossa; todas las cabras las tenían.

Lo que sí sé es que se produjo un momento, cuando María Antonia colocó de forma muy triunfal el pollo ante la familia, en el que todos se quedaron impresionados. Parecía dorado. Llevaban cierto tiempo sin comer carne, y aquel plato olía bien y a pimienta.

Entonces una sola pulga saltó de la pechuga y aterrizó en el plato de Chopin. Miradas anonadadas. María Antonia, molesta pero no desalentada, trató de apartarla con una manga y empezó a cortar el pollo. Aun así, las pulgas no dejaron de salir, pues saltaban del pollo como si fuera una sartén caliente de la que salta grasa; una fuente de pulgas, como si tuviera un suministro sin fin. Las pequeñas motitas con patas saltaron por toda la mesa y hacia los regazos de los comensales, y Solange empezó a gritar y a dar pisotones y a agitar los brazos para sacudírselas de encima, y toda la escena se sumió en el caos.

Por tanto, era del todo comprensible que George hubiera decidido tomar el relevo de María Antonia en cuanto a los deberes culinarios y que hubiera ido a encargarse de comprar la comida para cocinarla ella misma. Me di cuenta de que estaba emocionada por ello. La George de las noches se había escondido, y, en su lugar, se encontraba la George cuya cabeza estaba llena de cualquier cosa que los demás quisieran: sus necesidades, sus deseos, sus caprichos. Se aferró a su cesta y echó un vistazo a los puestecitos del mercado, y todos los que estaban allí le echaron un vistazo a ella.

Las miradas, las repentinas pausas que se producían cuando pasaban por delante de conversaciones que hasta entonces habían estado bien animadas, los susurros ocasionales, todo eso era de esperar. George se percató de ello, aunque no más que durante su primer paseo de exploración junto a los niños. Se propuso sonreírle a cualquiera que la mirara a los ojos por accidente, lo que provocaba que los demás se ruborizaran y tartamudearan. La gente se daba media vuelta y caminaba en dirección contraria.

A su lado, Maurice parecía no enterarse de nada, hasta el punto de resultar maleducado. No se percataba de las miradas, las sonrisitas ni las muecas. Al igual que tampoco se percató de los enormes ojos llenos de deseo de Fidelia, quien había aparecido, de forma tan casual y persistente como una mariposa sobre una lila, en cuanto se había enterado de que los extranjeros habían ido al mercado. Cuando Maurice y George se acercaron, ella dio unos pasos hacia delante para colocarse un poco en su camino. Se mordió el labio inferior y sonrió. Pero Maurice, todavía enfadado por la pelea con su hermana y reflexionando sobre la respuesta perfecta por si se volvía a producir aquella misma discusión en el futuro, no vio a la niña bonita y ansiosa que tenía delante. Lo que vio fue nada más que un obstáculo que evitó con destreza mientras murmuraba «disculpa» en un idioma que Fidelia no entendía.

La humillación que invadió a Fidelia fue repentina y poderosa. La golpeó como si de una piedra se tratase. Sus amigas la estaban observando, la habían animado a acercarse, y se había quedado de pie en la calle como si fuera un tronco caído en medio del camino de Maurice, como si no fuera nada en absoluto. Pensó que debería haberlo hecho tropezar. Tendría que haberlo insultado. Era un extranjero pagano que no valía para nada, y ella tendría que haber hecho caso a lo que todo el mundo decía sobre él y su familia de bichos raros: que no le iban a hacer ningún bien a nadie y que iban a infectarlos a todos con la enfermedad de la que sufrían y que tendrían que expulsarlos de allí lo antes posible.

George y Maurice, sin enterarse de nada, de nada, de nada, pasearon entre los puestecitos. Unas enormes hogazas de pan apiladas hasta lo alto como una pared de piedra seca. Las olivas y el aceite de oliva que vendían uno de cada dos comerciantes. Un vendedor de castañas estaba encorvado sobre su fuego, el que, aunque todavía no hacía demasiado frío, atraía a los transeúntes. Unas naranjas, de las cuales ya tenían un suministro ilimitado en la cartuja. Verduras: algunas piezas verdes medio marchitas, tomates robustos, setas manchadas de tierra que olían a las granjas.

George se detuvo en la panadería y señaló una hogaza.

—¿Cuánto? —Pronunció la palabra en un español terrible.

El panadero se cruzó de brazos, echó un vistazo al tamaño del bolso de George y pronunció una cifra más o menos cinco veces mayor de lo que cobraba normalmente.

—No —repuso George, tras echarse a reír—. De verdad, ¿cuánto?

El panadero triplicó el precio que le había pedido.

Ella volvió a reírse, aunque la sonrisa no le llegó a los ojos.

—¿Cuánto?

Él pronunció el precio que su cuñado acababa de pagar por una gran casa en Palma.

—Vale —dijo George, antes de dar media vuelta—. Me iré a otro sitio, entonces.

—Pues buena suerte —musitó el panadero, aunque en mallorquín, para que solo las personas del lugar lo entendieran.

—¿Qué ha pasado, mamá? —susurró Maurice mientras se alejaban, pero George se limitó a menear la cabeza y no le contestó.

Ocurrió lo mismo en todas partes: calabazas, calabacines, café, pescado. Todo al ridículo y absurdo precio de cien o hasta doscientas veces el normal. Cada vez que George protestaba, el precio subía, y, cuando cambiaba de puesto para probar suerte con otro vendedor, el primer precio que este le daba era el último que le había dado el anterior.

El color de las mejillas de George estaba cobrando un tono rosa indignado. Su expresión se mantuvo inmóvil y no mostró ningún indicio de humillación ni pánico, pero sí le aparecieron unas manchas rojas en el cuello y alrededor de la boca. Todos sabían lo que debía estar pensando.

Maurice empezó, al fin, a entender a grandes rasgos la situación.

—Es mejor que los sirvientes se encarguen de la compra, mamá —murmuró—. Estas personas no se sienten cómodas vendiéndole a una dama.

—No es eso. —George negó con la cabeza.

Todos los vendedores se mostraban hostiles ante ellos, y los demás compradores se alejaban de los dos. George tomó una zanahoria para examinarla antes de rendirse cuando se la intentaron vender a un precio desorbitado, tras lo cual la volvió a dejar en el puesto. El vendedor hizo todo un espectáculo al sacar un trapo de su bolsillo trasero y usarlo para sacar la zanahoria. La sostuvo lejos de su cuerpo y la blandió contra unos niños, quienes se echaron a reír y salieron corriendo. Entonces marchó hacia el castañero y lanzó la zanahoria en el fuego. Los transeúntes se echaron atrás y se taparon la boca y la nariz. El castañero recogió sus pertenencias, ofendido. Nadie se acercó allí hasta que no quedó ninguna señal de que en algún momento había habido una verdura en las llamas.

Varias personas se echaron a toser, como si acabaran de inhalar algo venenoso.

George lo observó todo, sin expresión en el rostro y con la tez al rojo vivo. Entonces le dio la mano a Maurice y dejó el mercado a toda prisa.

Jadeaba mientras ascendía por el camino que conducía hacia la cartuja. Podía ver que, si hubiera sido un poco menos como ella misma, podría haberse echado a llorar. En su lugar, encontró una roca junto al camino, se sentó en ella y sacó un cigarro del bolsillo interior de su chaqueta. Maurice se quedó de pie a su lado, incómodo, y buscó un lugar en el que sentarse también, aunque no halló nada.

Empezó a lloviznar una vez más mientras fumaba. Distraída, recorrió con los dedos la punta de un asfódelo amarillo. Maurice le dio una patada a la hierba y trató de pensar en algo que decir. Consideró: *Me gusta cómo cocina María Antonia*, lo que era mentira y demasiado obvio para el estado de humor de su madre. Consideró: *¿Qué te apetece hacer mañana?*, pero aquello también le pareció que podría molestarla, pues iba a presionar a su madre para que se encargara de todo, como hacía siempre. Consideró: *Te quiero*. Consideró quedarse callado. Los ojos de George se le pusieron vidriosos mientras fumaba.

Tuve un recuerdo repentino de aquel mismo lugar, tal como había sido cuando yo era pequeña, con el algarrobo nudoso que había por encima y la sensación del polvo en los zapatos y algo —¿qué era?— que me emocionaba; la sensación de estar a punto de comer algo delicioso. Mientras tanto, a George le rugió el estómago, y yo quise, de verdad quise, que pudiera percibirme del mismo modo que yo la percibía a ella, que pudiera transmitirle la sensación de estar a punto de comer algo rico: la cual es tentadora, emocionante y más deliciosa que la propia comida.

Recuerdo

Jamón y yo lo hacemos cada dos por tres ya. No podemos dejar de hacerlo, hasta el punto en que casi ni nos molestamos en ir a nadar hasta que hemos terminado, para lavarnos. Han transcurrido meses desde que los hermanos pasaron en procesión por el pueblo y ahora ya es casi invierno, aunque todavía quedamos para desnudarnos al aire libre y saltar al agua después. Es una especie de locura que se apodera de nosotros en cuanto nos vemos; o incluso antes de verlo, de hecho, durante el trayecto desde el pueblo hasta la playa, con tan solo pensar en él, la sangre se me va de la cabeza y me siento ansiosa, motivada, inquieta, jadeante. En casa estoy preocupada, con náuseas por la emoción. Me excuso después del desayuno, de la comida, de la cena, para tratar de encontrar un momento de paz y un lugar privado en el que pueda tocarme para aliviar la sensación pulsante y urgente que ahora percibo en mí en todo momento.

Empiezo a ver las cosas de un modo distinto. Unos objetos que antes me parecían de lo más anodinos ahora se transforman ante mis ojos. Los calabacines. La punta redondeada de la pata de una silla que se rompió hace años y que lleva apoyada contra la pared de la esquina junto a la hoguera todo ese tiempo. Las setas también me recuerdan a la punta redondeada del pene de Jamón. Todo me emociona tanto que me siento como si estuviera enferma.

La cocina es un campo de minas.

—*Pélalas* —me pide mi madre, antes de lanzarme unos puña-
dos de zanahorias en mi dirección, y noto que todo el rostro se me
pone colorado.

»*¿Qué te pasa?* —me pregunta.

—*Nada.*

—*¿Qué es lo que ha cambiado, entonces?*

Me quedo mirando las zanahorias, con fragmentos de tierra
marrón apretujados entre sus arrugas y huecos y unas hojas verdes
y espumosas que salen de la punta. La verdad completa no es una
posibilidad. Me decanto por una verdad a medias:

—*No puedo dejar de pensar en hombres apuestos.*

—*Ah* —me dice—. *Me acuerdo de esa fase. Bueno, pronto te casarás
con un hombre o con otro.*

Asiento. Sé que eso es cierto.

A Jamón y a mí nos llevó varios intentos hacerlo bien, y, tras
cada intento fallido, él se solía poner de mal humor y se quedaba
callado, volvía a toda prisa hacia el acantilado o nadaba tan lejos
que lo perdía de vista. Y entonces, un día, después de sus intentos
de siempre, soltó un sonido ahogado y exasperado y me dijo:

—*Hazlo tú.*

Y descubrí que, por alguna razón, yo podía hacerlo, que podía
guiarlo hasta el lugar apropiado, que podía hacer que abriera mucho
los ojos, que mi cuerpo se tensara por el dolor, por una sensación de
lo más equivocada, como si eso que estábamos haciendo, lo que seguro que hacía todo el mundo, no fuera apropiado. Y entonces esa
sensación se desvaneció y respiré hondo y con dificultad, mientras
el rostro de Jamón parecía concentrado y brillante. Con cierta torpeza, descubrimos cómo movernos del modo correcto, cómo colocar-
nos en las posiciones adecuadas, cómo hacer que funcionara.

Cuando María viene para hablarme sobre su marido, me dice:

—*¿Quieres que te hable de sexo?*

Y no estoy segura de poder soportarlo, el pensar en ello más de lo que ya lo hago, y mucho menos oír a María hablar del tema.

—*¿Por qué?* —pregunto.

—*Para que sepas qué hacer cuando estés casada.*

—*No* —respondo—, *no hace falta.* —Pero ella me lo explica igualmente, me habla sobre asegurarme de que él me toque de cierto modo antes de empezar, sobre usar saliva si duele, y no lo soporto. Quiero llevarme las manos a las orejas hasta que deje de hablar. Solo que es demasiado tarde, y ya noto que el cuerpo se me pone alerta, interesado, y, antes de poder impedírmelo, busco por la habitación algo que pueda usar cuando ella se haya ido: el cuello de una botella de vino, tan elegante y largo e irresistible de repente.

El día siguiente es día de Jamón, por lo que le digo a mi madre que voy a llevar la colada al río y salgo de casa con un puñado de sábanas que guardo en los arbustos antes de escabullirme hacia la orilla. Jamón no está allí cuando llego, y noto mis propias pulsaciones, altas y veloces por su ausencia. Empiezo a desvestirme con la idea de crear un cuadro para cuando llegue: me tumbaré bocarriba y desnuda contra las rocas, una sirena varada, una princesa náufraga. El viento sopla con fuerza y hace más frío de lo que me hubiera gustado una vez que me he colocado en posición; las rocas se me clavan en las clavículas y los glúteos. Empieza a lloviznar y se me pone la piel de gallina, hasta que al fin veo la cabeza de Jamón aparecer sobre el borde del acantilado, con el rostro justo como lo quiero: ansioso, sorprendido.

Sin embargo, cuando desciende y se acerca a mí, su deleite retrocede, y, en su lugar, aparecen la confusión y un ceño fruncido.

—*Jamón* —lo saludo—. *Estoy aquí.*

Aun así, en vez de abalanzarse sobre mí y quitarse la ropa, él da un paso atrás y me dice:

—*¿Qué te pasa en el cuerpo?*

—¿A qué te refieres?

—Tu cuerpo —explica—. Parece distinto.

Me examino y trato de ver lo que él ve. Pechos, estómago, mancha de vello púbico, caderas, rodillas, pies. Tengo los pies sucios. Me pongo de pie, camino hasta la orilla para chapotear un poco. El agua está fría.

—Estás embarazada —dice Jamón—. ¿Verdad?

Me echo a reír.

—¿Por qué lo dices?

—¿No te lavaste después como te dije? Te dije que tenías que frotarte entre las piernas en el agua para limpiarte bien. ¿No lo hiciste?

Por primera vez, noto que Jamón empieza a importunarme.

—Sí que lo hice —respondo—. Tú me viste hacerlo. No estoy embarazada.

—Bueno, ¿y cuándo fue la última vez que sangraste? —me pregunta, y yo no tengo ni idea—. Estás embarazada —insiste—. Mírate.

Al principio no consigo ver a qué se refiere. Nunca he pasado demasiado tiempo mirándome el cuerpo, el cual, según he experimentado durante el último par de años, me parece algo cambiable y poco fiable. Me aparecieron los pechos, primero como unos bultos duros bajo la piel, y luego cada vez más blandos. A veces unas ronchas rojas me brotaban en la barbilla y en la frente, dolían como picaduras de abeja y les salía un pus blanco brillante que era en parte un horror y en otra, un alivio. A veces engordaba, a veces adelgazaba, a veces me hinchaba, a veces me ponía furiosa. Trataba de no hacerle mucho caso. Era tan ilegible como un libro.

Ahora me quedo mirando mi desnudez: pechos con venas azules entrecruzadas como el barniz resquebrajado de una cacerola; pezones endurecidos hasta convertirse en bultos oscuros. ¿Mi estómago parece más redondeado? Tal vez sí. Bajo él, mis pies en el agua ondulante están manchados de luces y sombras.

—*Vale, ¿y ahora, qué?* —me pregunta Jamón—. *¿Qué vas a hacer ahora?*

—*Puede que no lo esté* —respondo—. *Quién sabe, ¿no? Puede que no lo esté.*

Lo hacemos de todos modos, aunque parece molesto todo el rato, no me devuelve la mirada y me da la vuelta como si me hubiera quedado embarazada con el único propósito de molestarlo.

—*Te dije que te limpiaras después* —me va diciendo de forma periódica.

Cuando acaba y me meto en el agua para hacer eso mismo, me suelta:

—*Bueno, ya no tiene ningún sentido ahora, ¿no?*

Lo hago igualmente. No siento nada más que la necesidad de hacer que vuelva a estar contento conmigo. Intento sonreírle, intento besarlo con cariño en las orejas y en el cuello, hasta que él menea la cabeza y se aleja de mí.

—*Dime qué puedo hacer* —le pido—. *Haré lo que quieras, solo dímelo.* —Es imposible que Jamón no tenga la respuesta. Jamón, mi futuro marido; el sabio, divertido y amable Jamón sabrá qué hacer.

—*Vete* —dice, encogiéndose de hombros.

Me vuelvo a poner la ropa, pues de repente me parece que estar desnuda no es apropiado, y me doy cuenta por primera vez de que tal vez la falda sí que me queda un poco más estrecha que antes en la cintura. Cuando voy a darle un beso para despedirme, él niega con la cabeza otra vez y se queda mirando el mar, con los brazos cruzados. Permanece en aquella posición conforme subo por el acantilado, aunque me detengo de vez en cuando para volverme y mirarlo. Una vez que he llegado a la cima, se da media vuelta para ver si sigo allí, y, cuando se percata de que así es, vuelve a su posición de antes y sigue mirando el horizonte.

Lloro hasta llegar a casa, al pensar más en la miseria de Jamón enfadado conmigo, de Jamón decepcionado, de Jamón molesto, que en aquella otra cosa, lo que en el momento me parece, por alguna razón, algo menos catastrófico. En ocasiones recuerdo haberme llevado una mano al estómago para localizar la causa de mi molestia. Caigo en cuenta de las náuseas que he tenido últimamente, de lo inestable que he estado. No consigo recordar la última vez que me bajó la regla. Y es cierto que parezco un poco más amplia de lo que estaba antes, ¿no? Solo que todas las mujeres embarazadas que he conocido eran mucho mayores que yo, mucho más sabias, mucho más casadas. Me parece imposible que yo pueda ser como ellas. Regreso a las palabras de Jamón, a la expresión contrariada de Jamón, a Jamón dándome la espalda y mirando el mar.

—*¿Dónde has estado?* —me pregunta mi madre—. *¿Y qué has hecho con la colada?*

Me quedo en blanco. No tengo ni idea de qué me está hablando. En mi cerebro, la frase «Jamón me odia» resuena una y otra vez como la campana de una iglesia.

—*¿Dónde están las sábanas?* —insiste—. *¿Qué has hecho con mis sábanas?*

—*Ah* —respondo, y, antes de que se me ocurra alguna mentira, suelto—: *Las he metido en un arbusto.*

Mi madre suelta un grito. Quiere saber qué me pasa. Quiere saber por qué intento arruinar el lino de nuestras camas, por qué intento arruinar a toda la familia. Quiere saber qué es lo que trato de demostrar al actuar como una lunática durante aquellos últimos días. Quiere saber exactamente qué es lo que se me ha pasado por la cabeza para acabar escondiendo las sábanas en un arbusto.

—*Estoy embarazada* —digo, y me sorprendo incluso a mí misma, pero ella sigue hablando de las sábanas, hecha una furia.

»*Estoy embarazada* —repito, y esta vez sí que me oye y se interrumpe a sí misma antes de deshincharse, hundirse en una silla y acercarme a su regazo.

—*Ah* —dice—. *Ahora lo entiendo todo.*

Solange

María Antonia ha vuelto a encargarse de comprar la comida (tras lo que se llevó una gran comisión no autorizada) y ha vuelto a cocinar. Amélie se ha estado encargando de las tareas del hogar (aunque solo limpia las superficies visibles; no hace las camas, sino que más bien las alisa un poco; no lava las sábanas, sino que más bien las sacude en el jardín de vez en cuando y les rocía un poco de jugo de limón por encima). Chopin ha estado tocando el piano inadecuado y de tonos incorrectos (aunque cada vez tosía con más y más frecuencia, hasta que la tos empezó a sonar como una percusión: gorjeos, florituras, acordes roncos y luego aquel graznido áspero como de arcada). Maurice ha estado estudiando los libros que George le apilaba junto a la cama. George echaba un vistazo a los deberes de su hijo, dejaba caer cenizas por todas las páginas y luego volvía a su novela. ¿Y Solange? Solange se aburría como una ostra.

Las lloviznas a veces se convertían en lluvias torrenciales para luego volver a convertirse en lloviznas.

Aquel ritmo continuó sin demasiado problema durante tres días seguidos. Ni una sola cosa salió mal. Yo entraba y salía de las mentes de la familia, me encargaba de vigilar al sacristán, tenía mis pensamientos privados sobre George, sorprendía a algún que otro gorrión; notaba que me comenzaba a relajar, que volvía a pasármelo bien. Así fue hasta que la falta de desastres empezó a hacer mella en

Solange. Pensaba: *No lo soporto, no lo soporto, no lo soporto.* Tamborileaba con los dedos contra las paredes, los árboles, sus muslos. Se chupaba las puntas del cabello. Las cosas habían ido bien durante tanto tiempo que había empezado a preocuparse por que el resto de su vida fuera a ser así: paz, conformidad y letargo.

Levantó la mirada de sus ejercicios de aritmética para decir:

—No lo soporto. Me voy. —Había estado practicando divisiones largas durante toda la mañana, moviendo cifras de un lado para otro de la página como si estuviera jugando con una casa de muñecas, y no había resuelto nada. Había soltado un largo suspiro y no había recibido ningún tipo de atención. Su madre se había quedado dormida; su hermano estaba absorto en lo que fuera que estuviera leyendo; y Chopin estaba en su habitación, con la puerta cerrada y el piano sonando de vez en cuando—. Me voy —repitió, pero nadie le contestó.

Me quedé intranquila. Era de lo más normal que le apeteciera irse a dar una vuelta —no podía ser de otro modo, pues era joven y estaba aburrida—, solo que a su primer paseo por el pueblo no se lo podía considerar un gran éxito. Tenía una especie de atrevimiento perverso que me molestaba, un modo de mirar a los demás a los ojos que resultaba incómodo por parte de una niña de diez años. Si bien era un motivo de grave preocupación, parecía que ninguno de sus familiares se percataba de ello. O tal vez Chopin sí. En cualquier caso, si ella quería salir, yo pensaba acompañarla.

La parte de mí que no estaba preocupada tenía ganas de pasar más tiempo con Solange. Para tratarse de una niña que solía ser el centro de atención de todo el mundo, también se sentía bastante sola, por lo que esperaba que mi presencia, aunque fuera en algún nivel inconsciente, la hiciera sentirse más visible, que el espacio entre el borde de su cuerpo y el inicio de todo lo demás le pareciera menos grande.

Los demás miembros de la familia la trataban como una especie de barómetro: si Solange estaba de buen humor, el día iba a ir bien; si, por el contrario, estaba de un humor de perros, el día sería un desastre. Siempre era la primera en señalar las injusticias o en percatarse de que algo iba mal, pero en la mayoría de las ocasiones la regañaban por ello: le decían que siempre se quejaba y que era demasiado dramática. «Mi nubecita negra», la solía llamar George mientras le acariciaba el cabello para que se durmiera. Me tomó cierto tiempo entender que aquello pretendía ser un término cariñoso. Maurice era siempre «mi cachorrito», «mi osito»; y Solange, «nube», «trueno», «tormentita». ¿Cuántas veces se le puede llamar «tormenta» a una nube antes de que se ponga a llover de verdad?

Sí, era cierto que Solange solía estar enfurruñada. En ocasiones tenía una buena razón para ello, aunque muchas veces no tenía ningún motivo comprensible. Estaba enfurruñada cuando nos fuimos de la Celda Tres aquella mañana, dando pisotones por el pasillo en el exterior de la celda de María Antonia, y yo me acomodé en su mente como un gato en una caja. La puerta sonó al cerrarse detrás de nosotras cuando salimos a la plaza.

Solange, caminando: con la melodía de uno de los preludios resonando en su cabeza al ritmo de sus pasos (n.º 1 en do mayor, *agitato*). Aceleró el paso e inhaló el olor suave y herbáceo del mundo del exterior de la cartuja, bañado por la brillante luz del sol. Solange, caminando: pensando en una niña pequeña llamada Laure, que vivía cerca de la casa de su abuela en Francia y se inventaba historias de terror basadas en sus sueños. A Laure, según pensó Solange, le habría gustado oírla hablar de la cartuja, con sus capillas viejas y abandonadas y sus crujidos, golpes y traqueteos y el modo en que el viento sonaba al aullar entre los arcos por la noche. Solange, caminando: jadeando y quejándose de lo hambrienta que estaba, de todo lo que se aburría en Mallorca, de cómo su madre nunca le prestaba atención, aunque, en realidad, estaba llena a rebosar de naranjas del jardín, tenía muchas cosas que hacer y había pasado más tiempo con George del que había pasado en años.

Caminó con dificultad por la ladera, primero hacia el valle y luego hacia el pico vecino, como si quisiera consumirlo. Grandes zancadas. Fuertes pisotones.

Eché un vistazo por su vida: era breve, no había mucho que ver, de modo que lo hice despacio para que lo poco que había me durara más. La revisé marcha atrás: el verano de aquel mismo año, en París, cuando su madre había estado ocupada con Chopin. Solange se echaba a toser y se quejaba y fingía estar débil, pero su madre le decía que se sentara bien y que se dejara de bromas.

—No me encuentro bien —decía ella una y otra vez.

—Pues no lo parece —le contestaba su madre.

Solange hacía rabietas, enfadada, y las mejillas se le sonrojaban.

Ni siquiera era mentira, pues «no me encuentro bien» era algo muy cierto. No se encontraba bien en el mundo; no pensaba que la estuvieran cuidando bien; no se sentía querida.

En ocasiones, cuando Chopin se percataba de que ella lo fulminaba con la mirada desde alguna esquina, le decía: «Ven aquí, nubecita», y ella se sentaba en su regazo mientras él tocaba el piano para observar cómo sus manos con guantes de niño saltaban como conejitos blancos por encima de las teclas. Él siempre le olía a algo dulce: verbena, violetas o pétalos de rosa caramelizados. Le gustaba lo grande que era él porque siempre actuaba como si fuera pequeño, y le gustaba que a él le cayera bien ella. La sensación de estar rodeada y adorada y entretenida le producía una especie de calma emocionante. Cuando él dejaba de tocar, ella apretaba las teclas con cada dedo de su mano derecha: do, re, mi, fa, sol; «Me-lla-mo-So-lange».

Luego estaba el año anterior, cuando su padre, un hombre a quien prácticamente no conocía y que no había visto con regularidad desde que tenía tres años, se había pasado por la casa de campo de su madre y le había dicho que por fin iba a poder ir a «casa».

—Pero esta es mi casa —le había contestado ella, señalando hacia las puertas y las ventanas, los jardines y los campos que se extendían más allá de ellos, con la esperanza de que aquel gesto indicara que aquello abarcaba todo lo que le importaba: los animales de granja que iban hasta las vallas y los animales de madera de su habitación que su tutor había pintado de color azul, rosa y verde para hacerla reír; su ropa.

—No, no —le había dicho su padre, y Solange se había percatado, mientras él hablaba, de lo horribles y gruesas que eran sus cejas—. Nunca has visto tu casa de verdad. —(*¿Dónde estaba George?*, me pregunté al ver todo eso. No estaba allí cuando el padre de Solange se la llevó en un carruaje, no estaba junto a los sirvientes perplejos ni junto al tutor enfadado).

La nueva casa de Solange, una vez que la había visto por fin, era poco acogedora, extraña e incómoda, pero la niña estaba decidida a enamorarse de ella. Iba a gustarle la mujer de aspecto serio que decía ser su abuela. Iban a gustarle los caballos y los perros, a los cuales todos parecían querer mucho allí. Y, por encima de todo, le iba a gustar su padre. Esperaba que él le prestara atención, que pasara tiempo con ella, que la llevara a dar un paseo o a cabalgar, que le proporcionara cualquier oportunidad para quererlo. Solo que nunca lo hacía. Se había limitado a llevársela para depositarla en un lugar desconocido, rodeada de desconocidos que decían ser su familia. Le escribió una carta a su madre: «Mamá, ya me he cansado de estar aquí, gracias». Una mujer que afirmaba ser la tía de Solange le había prometido enviarla, aunque Solange supo que era mentira.

Y entonces, sin previo aviso, su madre había aparecido por allí, acompañada de policías y alguaciles y una muchedumbre de mirones, tras lo cual había sacado un documento que todos trataron con sumo cuidado y que Solange entendió que decretaba que ella debía estar con su madre, no con su padre.

Había contenido la respiración mientras veía a su padre leer el documento, mientras esperaba a que surgiera su furia explosiva, su pasión, sus declaraciones de amor por ella. ¡Nunca iba a dejarla marchar! ¡La adoraba! ¡Era suya! No obstante, él se había limitado a dedicarle una sonrisa a su madre y a decirle:

—Bueno, Aurore, ya encontraré algún modo de llevarme a Maurice, entonces. Ve con cuidado.

Como si Solange y Maurice fueran intercambiables. Como si todo aquello hubiera sido por odiar a George y no por querer a Solange.

Antes de ello había habido un momento con Solange, George y un hombre, no a quien Solange llamaba «papá» y tampoco Chopin; estaban dentro de un carruaje que iba a trompicones por los baches de París, y George le estaba colocando una muselina a Solange en la cabeza mientras le decía que no respirara el aire directamente. La palabra «cólera». Un vistazo a través de la ventana de un cadáver al que se llevaban de una casa, y Solange había empezado a temer el final del viaje, adonde fuera que iban a acabar. Sin embargo, habían llegado a un sitio que no tenía nada de terrorífico: el zoo del Jardin des Plantes. Solange les había dado de comer a las cabras de Angora con la mano. Los labios pegajosos y los pelos rugosos que tenían en la barbilla le habían hecho cosquillas en la palma de la mano. Cuando había visto a una jirafa dando vueltas en un recinto circular, más alta que los árboles que la rodeaban, desgarbada y muy fuera de lugar, notó una punzada de reconocimiento y corrió hacia ella.

—¿Cómo llamamos a la jirafa, Solange? —le había preguntado George, y, cuando su hija no le había contestado, George había acabado el chiste—: Su *alteza*.

Solange había asentido con una expresión muy seria.

—La he visto antes —había dicho. Y cuando el hombre que estaba con su madre le había preguntado dónde habría podido ver una jirafa antes, ella se había quedado confundida y se había encogido de hombros—. En casa —había contestado—. En un campo.

Retrocedí más y más a través de los recuerdos de Solange hasta encontrar el momento en el que George la había dejado por primera vez, o al menos cuando la había dejado por primera vez en el sentido más literal: Solange, sin ninguna idea de lo que estaba sucediendo, movía los brazos con alegría desde la ventana de la gran y elegante casa de campo en la que había vivido toda la vida. Su madre se estaba subiendo a un carruaje. Con tan solo dos años y sin coherencia en los pensamientos siquiera, Solange había estado llena de convicción, de la expectativa de las necesidades que se cumplen: *Mi madre volverá pronto*. La certeza corría por sus pequeñas venas recién formadas. Aquella convicción no había acabado desapareciendo, sino que más bien se había cristalizado y se había roto en mil pedazos cuando su padre le había dicho durante el desayuno, sin darle demasiada importancia:

—Ah, no, tu madre vive en París ahora. Quiere escribir libros. Ya no le apetece ser mamá.

(Aun así, entonces pensé que quién era yo para criticar a las madres ausentes. George y yo teníamos un trabajo importante que cumplir en otros lugares).

Estaba tan absorta con la bebé Solange, con sus mejillas tan regordetas y más sonrojadas todavía que a sus diez años, que no me percaté de las señales de advertencia. Paseaba con ella por la casa de campo; comía lo que ella iba encontrando; estaba distraída.

Y, por tanto, para cuando me di cuenta de lo que estaba ocurriendo, ya era demasiado tarde. En el mundo real, en el mundo del presente, en la montaña justo al salir de Valldemossa, Solange estaba rodeada.

Era un grupo de niños del lugar. Los reconocí a todos menos a un par de ellos, quienes debían haber venido del pueblo de al lado, o tal vez del siguiente. También había otros a quienes conocía de Valldemossa, aunque me sonaban menos; no era capaz de nombrar a sus padres ni de decir dónde vivían. Todos tenían los ojos muy abiertos y rodeaban a Solange, quien, según me percaté —¿cómo podría haberme olvidado de lo raro que era? ¿Cómo me había acostumbrado ya a ello?—, era una niña pequeña que llevaba pantalones y una blusa, por lo que a sus agresores les parecía una lunática.

Sabía que los niños estaban asustados, por mucho que Solange no se hubiera dado cuenta. Tenían piedras listas para lanzárselas.

—¿Quiénes sois? ¿Qué hacéis? —les preguntó Solange. En cuanto lo hizo, los niños arrojaron toda su munición al mismo tiempo, como si lo hubieran ensayado.

Los golpes y la sorpresa y el terror: la picazón de los impactos contra su cuerpo, contra su cabeza. Se agazapó y alzó las manos para protegerse la cara. Una piedra le dio de lleno en el codo y Solange notó un dolor cálido. El corazón le latía deprisa, estaba llena de adrenalina. Cerró los ojos con fuerza y contuvo la respiración para esperar a que todo acabara.

En algún momento del ataque, el objeto del miedo de los niños pasó de Solange a sí mismos, al acto que estaban cometiendo, y se asustaron de la situación que ellos mismos habían creado y salieron corriendo como si hubiera sido ella quien los hubiera atacado. Unas pequeñas nubecitas de polvo y tierra levantada surgieron a su paso.

Solange oyó el sonido de sus pasos en el camino de tierra y los ruidos de la montaña una vez que se hubieron marchado —campanas de cabras, pájaros, grillos—, pero le llevó un buen tiempo persuadir a sus ojos para que se abrieran. Cuando por fin se atrevió a mirar, se comprobó los brazos y las piernas y vio que estaban más o menos como antes: amoratados y con algo de sangre, aunque sin nada roto.

Se llevó las manos a la cara y se tocó la nariz: seguía recta. Unas gotitas de sangre caían por su muñeca y ya se estaban empezando a secar. El corazón le latía muy deprisa. Se apartó el cabello de los ojos y soltó una larga exhalación con los labios temblorosos. Pese a que no había nadie a su alrededor, se sentía como si alguien la estuviera observando, como si la segunda parte de aquel mal trago fuera la humillación del resultado. Estaba decidida a no darle a nadie la satisfacción de verla triste, por lo que alzó la barbilla y echó los hombros atrás, tal como le había enseñado el tutor de danza cuando había vivido en la gran casa de campo y había tenido cosas como clases de danza y baños calientes.

Empezó a volver a casa, arrastrando los pies para ralentizar el paso e impedir que le temblaran las piernas. No quería aparentar que tenía prisa. Recorrió la colina mientras tarareaba otro de los preludios para mantener el ritmo: n.º 20 en do menor, *largo*.

Adélaide

Una aparta la mirada de George durante medio día y lo siguiente que descubre es que hay una cabra llamada Adélaide que ha pasado a vivir en la cartuja.

Me empecé a percatar de la presencia de Adélaide solo de forma gradual. Todavía seguía flotando alrededor de Solange, quien había mantenido la cabeza alta durante todo el camino de vuelta a la cartuja, y entonces, en cuanto entró por la puerta, rompió a llorar. Lloraba con unos hipos suaves y discretos, sin nada de la teatralidad que había visto en ella antes, cuando, por ejemplo, Maurice había dibujado en el cuaderno de ella en vez de en el suyo por accidente, y estaba desesperada por que nadie la viera. Se escondió entre los claustros, abrió la puerta de una de las capillas viejas y en desuso y se agachó en una esquina, entre las arañas y las hojas muertas.

Estúpido país que no sirve para nada —estaba pensando—. *Estúpida Solange que no sirve para nada. Estúpida, horrible, pesada Solange a quien nadie quiere, ni siquiera mamá, ni siquiera Maurice, ni siquiera los estúpidos niños que no sirven para nada y que no conocen a la estúpida Solange que no sirve para nada.*

—Solange —le dije en voz baja—, *¡eso no es lo que ha pasado!*

Continuó llorando.

Y entonces un alarido infernal nos llegó a través de las viejas paredes de piedra.

Lo que fuera que hubiera emitido aquel sonido no estaba cerca. Había sido tenue, aunque muy agudo; pensé que tal vez se tratara de algo más allá de la cartuja. Cualquier otro día, bajo cualquier otra circunstancia, habría sabido qué era exactamente. Sin embargo, fuera de contexto como había sido, con tan solo piedras, polvo, crucifijos y niñas pequeñas llorando hasta donde me alcanzaba la vista, no tenía ni idea. Bien podría haber sido un demonio, o un fantasma particularmente indignado (lo cual me provocó una punzada de emoción sin esperanza al pensarlo, aunque después de tantos siglos de decepciones ya debería haber sabido que no se trataba de eso). Solange alzó la mirada con el ceño fruncido antes de seguir llorando.

Hice caso omiso del sonido cuando se volvió a producir, y luego otra vez, hasta que cada vez empezó a sonar más y más alto, con un grito cada pocos segundos. Y entonces me percaté de la voz de Maurice, y luego de la de George: unas risas animadas. Estaban en algún lugar cercano. Y entonces me quedó claro que estaban en algún lugar cercano con una cabra.

Dejé a Solange y fui a buscarlos. No me costó encontrarlos: George y Maurice no podían parar de reír mientras trataban de llevar a la cabra hasta los claustros. Le habían atado una cuerda al cuello y tiraban de ella por turnos, al tiempo que el otro caminaba detrás del animal para animarlo con golpecitos en ambos lados de la cola. La cabra no tenía muchas ganas de avanzar, por decirlo de algún modo, y plantaba las pezuñas en el suelo de baldosas sin dejar de protestar a gritos. Era de un tono marrón azucarado, con unas pestañas tan largas que caían sobre sus ojos y unas orejas que se mecían cada vez que meneaba su cabecita contrariada.

—Por aquí, bonita —le decía George cuando recobraba el aliento—. Por aquí, mi amor, cariño mío, cabrita mía, querida mía. —(En su idioma, esas tres palabras, «cariño», «cabra» y «querida», sonaban muy parecidas: *chérie, chévre* y *chère*, lo cual hizo que Maurice volviera a echarse a reír). Acercó un puñado de paja hacia la cabra y la agitó—. ¡Por aquí!

—Mi querida cabrita —añadió Maurice—. Mi querida y cara cabrita.

George agitó la paja cerca de la cara de la cabra otra vez y dijo:

—Come bien, mi querida cabrita cara. —Para ello no puedo ofrecer ninguna traducción sensata, pero involucraba otra palabra que sonaba como «cabra», como «querida», como «cara»: *Fais bonne chère, ma chère chère chèvre.*

Y así durante un buen rato. Avanzaban poco a poco, entre risas y juegos de palabras hasta llegar a los claustros. Sabía dónde querían llevarla: al patio en el que había un pequeño tramo de hierba desaliñada en el que la cabra podría estar contenida. Según pensé, no era un lugar apropiado para organizar una granja: casi nunca le llegaba el sol y estaba tan descuidado que hacía que el lugar pareciera solitario. Aun así, imagino que fue la reclusión lo que los atrajo hasta allí. La cabra estaría encerrada, a salvo de los ladrones que podrían escalar por la pared del jardín. Incluso podrían mantenerla lejos de María Antonia, quien era tan culpable como los repartidores de aguar la leche de Chopin.

Una vez que instalaron a la cabra en el patio y la soltaron del cabestro, esta orinó con firmeza sobre la hierba y trotó con cierta incomodidad de un lado al otro. Parecía tristona y llena de cautela, como si estuviera esperando llevarse un sobresalto.

—¡Eres libre! —exclamó Maurice.

—¡Estás en casa! —dijo George—. ¡Sé feliz!

La cabra no parecía estar feliz por estar en casa y emitió un alarido que hizo que Maurice se sobresaltara.

—Estará bien aquí, ¿verdad?

George asintió alegremente.

—Tiene paja, tiene toda la vieja fruta que pueda comer de los árboles y nos tiene a nosotros para hacerle compañía.

—¿Crees que echará de menos a su bebé? —insistió Maurice. Las ubres de la cabra estaban bulbosas y rosas.

—Claro que no —repuso George, aunque su sonrisa desapareció ante aquella idea. Como si quisiera aliviar la tensión, la cabra empezó a defecar contra una pared, con la mirada fija en Maurice—. Mira —continuó George—, ya se siente como en casa.

La cabra soltó otro alarido, y fue entonces cuando Solange arrastró los pies hasta el patio, con un aspecto desaliñado y triste, y empezó a quejarse:

—¿Mamá? ¿Mamá? ¿Maurice? ¿Mamá? ¿Qué es lo que está ocurriendo?

—Ah —soltó George—, Solange.

—Hemos comprado una cabra —le contestó Maurice, señalando al animal—. Mamá le ha dado mucho dinero a un chico muy estúpido por ella, y a él no ha parecido gustarle, pero ha aceptado el dinero y nos ha dejado llevarnos la cabra, así que aquí está, y ahora es nuestra.

—¿Para qué queremos una cabra? —Solange olvidó, por un instante, que estaba frágil, por lo que habló del modo tajante que la caracterizaba.

—Estoy harta de pagar un ojo de la cara por esa orina aguada a la que llaman «leche» —dijo George—. Hace que Chopin se encuentre peor que nunca y ya me he hartado. Así que he ido directamente a la fuente. A las ubres de la cabra. La ordeñaremos nosotros mismos, y hará que Chopin se ponga bueno otra vez. ¿Qué te ha pasado en la cabeza? —George miró distraída a su hija y se percató por primera vez de lo desaliñada que estaba.

—Me han atacado —explicó Solange—. Como unas cien personas, en la colina. —Empezó a llorar de nuevo.

Maurice se acercó a ella y la abrazó mientras le acariciaba el cabello.

—Claro que sí, hermanita —le dijo—. Claro que sí.

George echó un vistazo a su hija. Se percató de lo que era real (los moretones, las gotitas de sangre seca que tenía en la muñeca) y de lo que estaba exagerando (los sollozos que la sacudían entera, la cantidad de personas). Quería que su hija fuera sincera por una vez en la vida, pues aquello le facilitaría sentir lástima por ella. Tal como era, había algo en la dependencia de Solange que la ahuyentaba, y entonces se sentía avergonzada por pensar así de su propia hija, lo cual la hacía enfadarse con ella por haberla hecho sentir mal.

—¿Algún hueso roto? —le preguntó George. Solange negó con la cabeza—. Y las personas que te han atacado, ¿eran adultos o niños? ¿Y te has enfrentado a ellos? ¿Has tenido la última palabra?

—Sí —repuso Solange—. Sí que he tenido la última palabra. —Era lo que su madre esperaba oír, y Solange quería, más que nada en el mundo, más que su cariño incluso, hacer que su madre estuviera orgullosa de ella.

George, tranquilizada al saber que lo que fuera que le hubiera ocurrido a Solange había sido cosa de niños y, por tanto, nada amenazador, devolvió su atención a la cabra.

—¿Cómo deberíamos llamarla?

—Catulo —dijo Maurice.

—¿Mallorquina? —propuso George.

—Solange —dijo Solange.

—Pensémoslo bien. ¿Qué sabemos sobre ella? —preguntó George—. Es marrón, es bonita. Es muy muy dulce.

—Tiene leche —ofreció Maurice.

—Caga en nuestra casa —dijo Solange.

—Tiene leche —repitió George. Y así fue como llegaron al nombre.

«Tiene leche», del modo en el que lo había dicho George, era *Elle a du lait; A du lait; Adélaide*; les hizo gracia y no dejaron de jugar con las palabras, las lanzaron al aire para volver a atraparlas y hacer nudos con ellas. Dijeron *Elle a du lait* tantas veces que perdió todo el sentido y se convirtió en un enredo sin más. Añadieron consonantes y significados. Y se rieron mucho.

Elle a de l'aide. Tiene ayuda.

Elle a de la laine. Tiene lana.

Elle a des laideronnes. Tiene mujeres feas.

No obstante, lo más importante de Adélaide era que de verdad tenía leche. Ninguno de ellos sabía cómo ordeñarla, por lo que arrastraron a Amélie de la habitación de María Antonia para que les enseñara. Adélaide se portó bastante bien durante todo el proceso y limitó sus quejidos a unos pocos resoplidos a regañadientes conforme Amélie tiraba y retorcía sus ubres.

—Esta cabra es un ángel —dijo George, observando cómo el ceño fruncido en la frente de Amélie se relajaba al trabajar y oler el aroma intenso de la leche fresca en el ambiente. Acercó a Solange y a Maurice a su lado—. Esta cabra nos solucionará todos los problemas.

Preludio n.º 9 en mi mayor, *largo*

El anhelo de Chopin por el piano Pleyel se tornó algo romántico. Lo ansiaba como si fuera un amor perdido, sentado con las rodillas debajo de aquel modelo mallorquín de calidad inferior. Pensaba en cómo las teclas chocaban con sus dedos con cierta presión, como si ellas también lo tocaran a él. Le parecía que se lo estaba castigando por haberlo abandonado, que el piano no iba a perdonarlo nunca, que jamás iba a regresar con él después de semejante traición. En ocasiones creía oírlo, una sola nota clara que sonaba en algún lugar a sus espaldas, y se volvía de repente, con el corazón acelerado, para encontrarse solo con las paredes desnudas de la celda y el techo abovedado.

No habían recibido ninguna noticia más sobre el piano desde que habían llegado a Palma y se habían enterado de que seguía en Francia, por lo que temía que le hubiera ocurrido algo durante el trayecto. Había escrito a amigos en París para exigirles noticias, pero lo único que ellos sabían era que había zarpado de Marsella. Chopin empezó a soñar con el agua, con su piano cayendo a través de nubes de algas y bancos de peces. La textura de las cuerdas del piano y de las escamas de los peces. Criaturas del fondo del mar. Tentáculos que se aferraban a los pedales. Unas burbujas de aire que se alzaban de un fa agudo pulsado.

Estaba trabajando en un preludio que había comenzado en París, lo que hacía que el contraste entre los dos instrumentos fuera más perceptible todavía. En el viejo piano, en *su* piano, la melodía había sido sonora y significativa, lo suficientemente melancólica como para no parecer demasiado triunfal y lo suficientemente brillante como para no parecer lúgubre. En el piano de Mallorca, la melodía era aflautada, insustancial y enredada. Aun así, continuaba con ello, con las manos agrupadas en la parte inferior del teclado, y tocaba las teclas negras como cangrejos sobre las rocas. Chopin quedaba atraído hacia un lugar en el que no había paredes ni puertas, en el que nada había, y el preludio se hinchaba y fluía, ola tras ola, y aumentaba de volumen lo suficiente como para ocultar, por ejemplo, el sonido de una cabra que gritaba mientras la conducían hacia unos claustros. Hacia el final de la melodía, si se sumergía de verdad, Chopin casi se podía sentir como si no hubiera ninguna complicación: optimista, con la vista clara y contento.

—¿Chip-Chip? —Solange, desaliñada y con la piel manchada de sangre seca, estaba en el umbral de su habitación.

Esperó a que Chopin se percatara de su presencia. Los moretones le latían como corazoncitos y no dejaba de pensar en lo que le había ocurrido en la ladera. Tras no haber encontrado ningún consuelo en su madre ni en su hermano, los había dejado con la cabra. El dolor había empezado a enterrarse en lo más hondo de su ser, algo cálido y vago, tanto que los huesos también le dolían y no quería nada más que ver a Chopin darse la vuelta y mirarla. Él parecía distraído, le daba la espalda y tenía los dedos colocados sobre las teclas, aunque había dejado de tocar.

—¿Chop-Chop? ¿Chopin? Soy Solange. ¿Chip-Chip?

La voz de Solange le llegó a Chopin en el fondo del océano, pero le estaba llevando algo de tiempo salir a la superficie. Encontró el camino hacia la luz y entonces, poco a poco, la miró.

—¿Solange?

Se sorprendió al verla, se echó atrás en el taburete del piano y se aferró a los bordes del asiento. Cuando Solange vio su reacción, volvió a llorar bien alto.

—¿Solange? ¿Dónde está tu madre?

—Con Adélaide —repuso ella, sin mayor explicación.

—¿Qué te ha pasado, Solange?

Ella se acercó a él y le colocó la cara sucia contra la camisa.

—¿Qué te ha pasado? —repitió, pero ella solo se enterró más en su axila como respuesta.

George y Maurice llegaron a la puerta de Chopin, todavía emocionados por la leche, triunfantes, meciendo el cubo entre ellos.

—¿A qué no adivinas lo que he hecho? —le preguntó George—. ¡Lo que he hecho por ti, querido mío!

Chopin no adivinó nada.

—¿Qué le ha pasado a Solange? —le espetó.

—Ah, no le pasa nada —repuso George, y la sonrisa desapareció de su rostro.

Nunca había visto a Chopin tan enfadado. Estaba temblando por la ira y movía los dedos en el aire como si los estuviera desafiando a romperse. Estaba haciendo gestos hacia Solange, quien seguía apretujada contra él, y por primera vez me di cuenta de cuánto la quería.

—¿Qué? —preguntó George—. ¿No está bien? ¿Qué le pasa?

Chopin apartó a Solange de su pecho y le señaló el rostro con las dos manos. La niña se quedó quieta, inerte, mirando a su madre.

—Me han atacado —dijo Solange, quien, en un poco común momento de buen juicio, decidió que menos era más y que debía optar por la verdad—. Unos niños. Niños mallorquines. Con rocas.

George observó a su hija y la vio bien de nuevo, lo pequeña que era, lo enfadada y dolida que estaba. Había asumido que Solange se había tropezado y que había decidido dramatizarlo todo. Sin embargo, una vez que advirtió que su hija estaba herida y que decía la verdad, se le hizo muy fácil preocuparse por ella.

—Ay, cariño. —Se acercó a Solange, la rodeó por los hombros y le colocó una palma en la nuca—. Ay, hija. ¿Ha sido muy malo? Deberíamos llevarte a la cama ahora mismo, para que descanses.

—¡Lávala! —La voz de Chopin sonó femenina y extraña. Tragó saliva—. Lávala primero. Está sucia.

—Pues claro que la lavaré primero —dijo George sin mirarlo mientras acompañaba a Solange fuera de la habitación—. Sé cómo cuidar de mi propia hija.

George hizo pasar a Solange por al lado de Maurice, quien se había quedado en el umbral de la puerta, boquiabierto. El niño permaneció allí después de que se fueran, sin saber muy bien qué hacer consigo mismo. Se preguntó por qué estaría tan enfadado con su hermana, por qué la imagen de ella lanzándose a los brazos de Chopin había hecho que se le sonrojaran las mejillas. Se dijo a sí mismo que solo era una niña, que no estaba haciendo nada. Se quedó en la puerta y observó a Chopin limpiarse la suciedad de la camisa. Se imaginó caminar hasta él y darle un puñetazo: el modo en el que Chopin caería al suelo como la colada mojada que se cae del tendedero. Maurice tuvo una visión clara y horripilante de la cabeza de Chopin abriéndose contra la esquina de la tapa del piano, sin vida, un cuerpo caído.

Chopin quiere a Solange, pensé.

Maurice odia a Chopin, pensé.

Habría sido muy simple decir: ojalá todos se llevaran bien. No obstante, incluso tras cientos de años de experiencia, seguía siendo lo suficientemente inocente como para pensar que al menos era una posibilidad. Desde luego, en aquel entonces pensé que lo más probable era que fueran a estar bien. Pensé en Chopin y en Maurice mientras se evaluaban entre ellos.

—*¿Qué clase de hombres sois?* —les pregunté—. *¿Qué tenéis dentro?*

No por primera vez, noté la necesidad de adentrarme en sus mentes y mirar hacia su futuro. *¿En qué clase de hombres os convertiréis?* Me imaginé al Maurice del futuro, alto y de hombros más anchos, con su naturaleza cristalizada. El amable y dulce Maurice, a quien le gustaba dibujar a su hermana mientras ella jugaba. El violento y celoso Maurice, quien apretaba los puños al imaginarse el cráneo de Chopin chocando contra la tapa del piano.

Cuando traté de imaginarme el futuro de Chopin, no vi nada de nada. Un vacío. Algo tan blanco como las teclas del piano.

Desde la otra sala: el sonido de George ordenando a Amélie que le llevara agua para Solange.

—Agua caliente, Amélie. Caliente de verdad. —Solange gimoteaba un poco. Se produjo un golpe cuando Amélie dejó algo en el suelo—. Con cuidado —dijo George, y luego oí un pequeño murmullo por parte de Amélie a modo de respuesta.

Maurice se quedó entre ambas habitaciones, miraba a Chopin y no hacía caso a la escena que se producía tras él.

Chopin, satisfecho de que Solange estuviera bajo el cuidado de alguien, al menos por el momento, y con ganas de mostrar que su involucramiento en aquella situación había llegado a su fin, se volvió hacia el piano. Deseaba regresar a su preludio, deslizarse en el agua y dejar que su cuerpo se hundiera. Permitió que los dedos de su mano izquierda se asentaran sobre la tecla del mi mayor. No obstante, notaba a Maurice detrás de él; el chico lo miraba fijamente y desprendía hostilidad como si de un olor extraño se tratase.

—¿Qué pasa, Maurice? —le preguntó, tras echarse atrás—. ¿Qué quieres?

Maurice retorció los labios. El corazón le latía muy deprisa. Pensó que debería decir algo y deseó que el color rosado de sus mejillas se tornara pálido. Quiso que, frente a la inmensa vanidad de Chopin, se pudiera sentir fuerte como un gigante.

—Deberías ser más amable con mi madre —respondió Maurice con una voz que se resquebrajó a media frase—. Te ha comprado una cabra.

George recuerda

Hay una costura gruesa que le hace cosquillas a George en la parte interna del muslo. Quiere llevarse las manos entre las piernas y rascarse. Echa un vistazo a las demás personas de la calle: nadie la está mirando, nadie se daría cuenta. Los hombres lo hacen cada dos por tres. Y, aun así, se ve incapaz de completar el gesto; se imagina a su abuela observándola, se imagina el escrutinio de cada transeúnte. No puede. El picor empieza a parecerle una quemadura.

El precio de llevar pantalones: aquella irritación exasperante en la entrepierna.

Y la recompensa: que nadie se la queda mirando mientras recorre París bajo la lluvia. Sus botas no dejan que se le mojen los pies, y ella las adora por ello; a veces quiere quedarse dormida con ellas puestas porque quitárselas le parece una especie de derrota. Son sólidas, y sus tacones de hierro suenan al chocar contra el suelo. Cuando da un paso, el suelo la sostiene. Se siente más grande, más justificada. Puede ir donde le plazca.

Se pregunta por qué nadie se lo habría contado. Cuando llegó a París por primera vez, se había gastado casi toda la paga de su marido en el tipo de vestimenta que veía que llevaban las damas parisinas: sombreros con plumas que le impedían girar la cabeza rápidamente, unas zapatillas como de bailarina pequeñas y frágiles. Aun con todo, había acabado destrozando los zapatos y los chanclos, las enaguas, las chaquetas y los abrigos como si lo hubiera hecho adrede. Los vestidos acabaron salpicados del barro que arrojaban los vehículos que pasaban por la calle; los zapatos se marchitaban en sus pies como si de flores se tratase; los sombreros le parecieron algo imposible desde el principio. ¿Por qué nadie le habría dicho que toda la ropa que había comprado era para quedarse sentada, para caminar con delicadeza desde la sala de estar hasta el carruaje y viceversa? No estaban pensadas para marchar por la calle de Seine hasta el río y hasta la Biblioteca Mazarino, ni tampoco al otro lado del río para regatear en el mercado cuando quería comprar leña. En una ocasión, mientras se dirigía a la reunión de una persona que conocía solo un poco, con un sombrero particularmente complicado que tenía unas plumas que no dejaban de metérsele en los ojos, se encontró con una vieja amiga que la miró con una expresión extrañada y le dijo:

—Pareces un chico vestido de mujer.

¿Por qué nadie le había dicho: «Quítate ese sombrero tan estúpido, George»? ¿Por qué no le habían dicho: «Ya sabes que los hombres llevan botas todo el día, con suelas sólidas y tacones metálicos; podrías probarlas y quizá te gusten»? ¿Por qué no le habían dicho: «Ponte unos pantalones y verás lo rápido que podrás correr con el viento entre las piernas, te va a encantar»?

Ahora está cubierta de gruesa ropa gris de la cabeza a los pies. El abrigo que había encargado es largo, de un estilo de moda que le llega hasta los tobillos. Ondea con generosidad alrededor de la mitad inferior de su cuerpo y transforma sus glúteos y pantorrillas en una ilusión masculina de ausencia de curvas. Por detrás, se siente con confianza, parece lo que quiere parecer. Por delante debe admitir que al principio le preocupaba donde el abrigo se abre para revelar el aire entre sus piernas. Se siente de lo más consciente de su entrepierna —o peor aún, de sus genitales—, lo cual hace que caminar, o incluso dar un paseo sin más, le parezca algo obsceno. Donde antes había tenido todo un revuelo de faldas y enaguas y medias, ahora tiene un vacío ansioso.

Pueden ver a través de mí, se percató de que estaba pensando.

Recordó a su padre gritándole a su hermanastro: «¡Chiquillo, caminas como si no tuvieras nada entre las piernas!», y a su hermano sonrojándose antes de separar un poco más las piernas al caminar. Lo pensó para sí misma: *Chiquillo, no tienes nada entre las piernas*. Un espacio negativo, como una flecha que señala directamente a su vulva.

Se endereza un poco más y separa los pies. Esa sensación de estar expuesta ha desaparecido y solo ha dejado tras de sí un rastro de dudas: el miedo de que rascarse entre las piernas pueda echarlo todo a perder. Respira hondo y hunde la mano para clavar las uñas a través de la tela de los pantalones. El alivio le resulta orgásmico, y nadie la está mirando. Se siente poderosa, casi invisible, mientras se rasca y se rasca como un perro callejero repleto de pulgas.

—¡Eh! *¡Disculpe!* —La voz de un niño detrás de ella suena urgente, y George se paraliza, como un ladronzuelo en busca de un bolso.

Aparta la mano de la entrepierna y se da media vuelta.

—*Disculpe* —dice el niño. Hay algo salvaje en su rostro, como si estuviera loco o sonámbulo. Habría pensado que estaba borracho si no fuera porque era demasiado joven. Parece de la edad de Maurice, de unos siete años o quizá menos. Lleva una chaqueta que le queda demasiado grande, andrajosa y sucia. Empieza a abrirla y, por un momento lleno de confusión, George cree que va a revelar un cuerpo femenino bajo ella. Da un paso atrás y mira a su alrededor, pero ni siquiera entonces hay nadie mirándola. La calle está repleta de personas que no se percatan de su presencia, que no ven a aquel niño desaliñado que rebusca entre los bolsillos más internos de su chaqueta para sacar algo, un bulto que se retuerce formado por algo blanco, marrón y rosa, y dice—: *Señor, por favor, me he encontrado esto. ¿Podría llevársela, señor? No puedo quedármela y creo que va a morir.*

Una cachorrita se sacude en su mano cuando él la sostiene hacia ella, con los ojos casi sin abrir.

—*La perrita tendría que estar con su madre* —le dice George.

—*No debería haber estado sola* —responde el chico—. *Estaba sola cuando la encontré. Creo que se va a morir.*

Así que ahora George tiene una perra.

Lleva tres semanas en París. Tiene un amante y dispone de unos aposentos en la calle de Seine, en Saint-Germain. Dicho amante, Jules Sandeau, solo tiene diecinueve años, es escritor y es muy sensible e intrigante. Ella se pone a jugar con su cabello y él le dice que tiene una idea para una historia.

—*Quédate aquí, justo así* —le suele decir él, como si estuviera a punto de hacerle un retrato. Sale corriendo hacia su escritorio y empieza a garabatear, y ella hace todo lo posible por quedarse petrificada allí donde esté, en el sofá o de pie junto al fuego, meciéndose un poco como una estatua sin acabar, todavía hecha de arcilla blanda.

—*¿Todavía me necesitas así?* —acaba preguntando tras un rato, y él alza la mirada y parpadea, sorprendido.

—*¿Cómo? Ah, no, no. Estaba escribiendo sobre otra cosa.*

Su amante tiene un talento dramático inconmensurable. Eso es lo que ella le dice a él y a sí misma. Es un pararrayos, solo que los rayos que atrae son los textos bien escritos. «Tan adorable como un colibrí», escribe ella. Todo el mundo le dice: «Ahí va Jules, el genio», y ella esboza una ligera sonrisa. Es muy joven y será más brillante que cualquier otra persona, o al menos lo sería si se centrara y se dejara de tantos cambios de humor. George cuida de él con toda la energía que ya no le drenan Maurice y Solange, aunque sigue pensando en ellos, en los dos, todo el día, encerrados en aquella casa de campo sin ella, y eso también la drena por dentro. Piensa en mandar a alguien a buscarlos, pero, cuando trata de imaginar ser quien es ahora y al mismo tiempo una madre para los dos, su determinación se rompe y no les acaba pidiendo que se reúnan con ella.

Pasa tanto tiempo con Jules que el hecho de mudarse con él termina siendo lo más práctico. Ella le ordena las habitaciones, y, cuando él necesita dinero, lo ayuda a escribir artículos para *Le Figaro*, *La Mode* y *L'Artiste*. Con George tras él, Jules se convierte en un autor prolífico.

George, por su lado, se cree muy ignorante de repente. Le había resultado más sencillo sentirse inteligente en el campo, junto a su marido. Aquí, en París, ella y Jules acuden a fiestas llenas de jóvenes intelectuales que han leído todo antes de que se llegue a publicar incluso, y que han ido a ver la última obra de teatro, según le parece a ella, antes de la noche de estreno. Hablan de «tonos» y «emociones» y «sentimientos» en el arte como si tales conceptos fueran totalmente ajenos a las emociones y sentimientos reales. Son de una sofisticación imposible.

En cierto sentido vago y lleno de pánico, se le ocurre que las afirmaciones que esos jóvenes hacen sobre sus conocimientos y experiencias son imposibles de verdad. Su arte es, por encima de todo, el de la exageración. Solo que ¿por qué iba alguien a mentir sobre algo tan simple y tan esencial como leer?

—¿*Ha leído el último de Hugo?* —le preguntan, y ella quiere contestar: «Leeré el último de Hugo cuando pueda permitirme comprármelo sin pasar hambre». No logra comprender cómo todos esos hombres, quienes disponen de tan pocos fondos como ella, o incluso menos, se pueden permitir tanto conocimiento.

»¿*Ha ido a ver la nueva obra en el Porte Saint-Martin?* —le preguntan, y, dado que a las mujeres no se les permite acudir al foso de los teatros, donde las entradas son más baratas, aquello conduce a George a pedir su gran abrigo gris y pantalones y botas.

En los días que transcurren después de las noches de reuniones, se suele sentar en el balcón del piso de Jules y admirar el paisaje del río Sena y todos los puentecitos que lo cruzan como puntos de sutura sobre una herida. Al otro lado del río, el Louvre brilla de color amarillo bajo el sol, nítido en contraste con el cielo primaveral. Quiere llevar las manos a la ciudad para recoger un puñado y metérselo en la boca. Quiere recorrer todas y cada una de esas calles, marchar hacia cada teatro y exigir que la entretengan. Quiere levantar los tejados de las casas como si fueran cubiertas de libros y rebuscar entre las distintas salas. Quiere leerlo todo.

Se lleva a su nueva perrita a las fiestas y se viste con el nuevo abrigo gris y los pantalones. A Jules no le importa —incluso lo disfruta—, y le hace gracia que todo el mundo se le acerque para acariciar a la cachorrita y presentarse ante George como si fuera la primera vez. Se produce un divertido sobresalto cada vez que apartan los ojos del animal para mirarla a la cara y se dan cuenta de con quién están hablando. Ella se enciende un cigarro, se sacude el cabello y se echa a reír.

—*Solo soy yo* —dice—. *Es que he adoptado una nueva forma.*

Deja a la perrita en el suelo, donde esta se dispone a dar vueltas, masticar cordones de zapatos y perseguir tacones. Juzga a los demás por cómo reaccionan ante ello; recuerda a aquellos que evitan o se apartan del animal y recuerda a aquellos que se paran a jugar un momento. Piensa que el mundo está lleno de cobardes, y resulta que, a veces, lo opuesto de la cobardía es el ser juguetón.

—*¿Qué opinamos sobre el nuevo de Musset?* —pregunta un joven a quien solo conoce de reuniones literarias como esa. Lleva trabajando en el mismo poema desde que George lo conoce y ni una sola vez se ha molestado en recordar cómo se llama ella. En el viaje hacia la fiesta le ha dado un resfriado, y, ante el calor repentino de la sala, la piel se le ha llenado de manchas rojas.

Todo el mundo responde que el nuevo trabajo de Musset es maravilloso o terrible o decepcionante o innovador.

—*¿Y usted qué opina?* —Se vuelve hacia George—. *¿Ha leído el nuevo de Musset?*

George sí que lo ha leído. Consiguió una copia de un manuscrito, prestada de un amigo de otro amigo dos semanas antes de que se publicara en la *Revue des Deux Mondes*.

—*Sí* —contesta ella—, *sí que lo he leído.* —Y se da cuenta, a juzgar por los rostros de los hombres del círculo, inestables bajo la luz parpadeante de la galería, de que es la única que ha dicho la verdad.

Se guarda esa información en el bolsillo del pecho de su nuevo abrigo como si fuera una cachorrita medio ciega y todavía sin todo su pelaje: no es más estúpida que los demás.

—*¿Qué le pareció el final?* —le pregunta al poeta—. *Me encantaría oír, con todo lujo de detalles, lo que opina sobre el final.*

Esa noche abandona la fiesta antes de tiempo. Sola.

París

Adélaide comía en el patio, con las ubres colgando casi hasta el suelo. Cuando subía por los pequeños escalones que conducían hasta la puerta cerrada de los claustros, sus pezones rozaban con la hierba de los bordes de la piedra. Era, por naturaleza, optimista: cada mañana daba una vuelta por el patio y trataba de hallar un modo de escapar de allí que no hubiera visto el día anterior. Tras no encontrar ninguna ruta de huida, balaba de forma triste y leve. El sonido me atravesaba por completo.

Por las noches, se acurrucaba en una esquina bajo el dudoso refugio de una joven planta muerta y cerraba los ojos. Y yo trataba en vano de meterme en su cabeza. Al igual que en todos los demás intentos por comprender a los animales, fracasé. Lo máximo que me pude acercar fue a ver un color rojo borroso y empañado: el tono del interior de sus pestañas.

Imaginé que Adélaide soñaba con la colina. Imaginé que el cuerpo le dolía por la preocupación que sentía por su bebé. Imaginé que se sentía sorda de repente, muda, invisible, por lo recluida que estaba, como si se hubiera muerto y hubiera renacido en la cartuja, muy sola y sin compañía. Me resultó muy fácil imaginar todas esas cosas.

Me tenía a mí, por supuesto. Hice todo lo posible por entretenerla al asustar a algunos pájaros en su dirección. En ocasiones se daba cuenta y empezaba a balar hacia ellos. También tenía a

Maurice, quien la dibujaba desde lo alto de los peldaños y le decía cosas como «buena cabrita» y «mi cabrita querida». Solange solía pasarse por allí y mirar a Adélaide con adoración, y, a veces, en mitad de la noche si la luna brillaba con fuerza, George atravesaba los claustros hasta el patio y se quedaba en silencio bajo un arco para ver cómo la cabra dormía o cambiaba el peso de una pezuña a otra.

Adélaide nos tenía a todos, pero su amiga de verdad, según descubrí, era Amélie. Solo ella podía persuadir a la cabra para que dejara de quejarse. Cuando Amélie aparecía por el patio, Adélaide daba saltitos hacia ella llena de felicidad y la golpeaba suavemente detrás de las rodillas. A mí me parecía que Adélaide percibía y reconocía la tristeza interna de Amélie.

Amélie no logró encontrar un taburete para ordeñarla. Inspeccionó los peldaños, que estaban cubiertos de moho y humedad por estar siempre bajo la sombra. Cuando apretó el moho con el pie, surgieron unas burbujas de agua, como si acabara de estrujar una esponja. Al final acabó usando una pila de escabeles que había en un rincón de una de las viejas capillas. Estaban desgastados, carcomidos por las polillas y olían a humedad. Antes de sentarse, colocó una de las camisas de Maurice sobre ellos. Era un asiento peligroso: tenía que mantener a Adélaide más quieta de lo que a la cabra le gustaba, y debía separar los pies para no perder el equilibrio mientras la ordeñaba. Cada vez que Adélaide daba un paso hacia delante, las dos se peleaban, y Amélie tiraba, persuadía y conducía a Adélaide hacia atrás, más cerca de la pila de escabeles, mientras la cabra soltaba quejidos y resoplidos y se movía de lado a lado. Aquello ocurría cada mañana.

Por mucho que se pelearan, Adélaide parecía tener un efecto tan bueno en Amélie como el que Amélie tenía en Adélaide. Amélie sonreía para sí misma cada vez que el animal corría a saludarla, con una mueca despreocupada que tornaba hacia arriba las comisuras de sus labios. Reflexioné sobre todo lo que había ocurrido desde la llegada de la familia y me percaté de que a nadie le interesaba particularmente, ni mucho menos le gustaba, ver a Amélie. En comparación con las pataletas y pequeñas exigencias constantes de Solange («¿Me puedes dar una naranja del jardín, Amélie? No, pero ¿puedes exprimirla por mí, Amélie? ¡No, pero no me gustan los trocitos, Amélie!») y la supervisión de María Antonia, Adélaide era una bocanada de aire fresco.

Chopin recibía de buen grado la leche de la cabra y se la bebía mezclada con leche de almendras que George y los niños preparaban ellos mismos, y de verdad parecía pensar que le ayudaba. Amélie se la solía llevar directamente a la habitación, y él se animaba nada más verla. Por primera vez desde que Chopin se había sumado a la familia de George, miraba a Amélie a los ojos y le daba las gracias.

Amélie empezó a ordeñar a Adélaide más de lo estrictamente necesario, y, en cuestión de unos pocos días, todo ese «ordeñar» había pasado a involucrar mucho tiempo sentada en los escabeles mientras acariciaba la barba de Adélaide y canturreaba para sí misma. Al principio solo eran unos cuantos minutos, los que se acabaron estirando a una media hora antes de convertirse en una hora entera en la que se imaginaba cómo sería volver a Francia. Fantaseaba sobre vestir ropa distinta a los dos vestidos que llevaba en rotación constante en Mallorca. Se imaginaba dormir en una habitación en la que no hubiera ninguna María Antonia: lo tranquila que estaría, lo bien que olería. Se sentaba con una sonrisa atontada en el rostro, bajo el brillante y frío sol, bajo las lloviznas, bajo la niebla de las primeras horas de la mañana.

Me sentía culpable al ver a Amélie suavizarse y endulzarse en compañía de Adélaide, solo por la poca atención que le prestaba.

—*Pobre Amélie* —le susurraba—. *Pobre Amélie, tan lejos de casa y tan enfadada por todo.*

Cada mañana se sentaba y pensaba en la fecha: contaba cuánto tiempo llevaban en Mallorca y cuánto quedaba hasta la llegada de la primavera. Se le había metido en la cabeza que la familia iba a volver a París en primavera, por lo que se había propuesto contar el cada vez más reducido número de días hasta que pasara el invierno y pudiera volver a casa.

Me gustaban los recuerdos que Amélie tenía sobre París. Se le daba muy bien saborear los pequeños placeres: la dulzura de un terrón de azúcar perdido del plato de George que se disolvía en su lengua, la llegada de las lámparas de gas en la Place du Carrousel y cómo la nueva y espumante luz se pegaba a los remolinos de niebla que se alzaban del río Sena. Me gustaba caminar junto a ella alrededor de la Square d'Orléans, donde había estado el piso más reciente de George, hasta la calle Saint-Lazare, donde los sombrereros y los sastres dirigían sus tiendas y donde, durante su medio día de descanso, Amélie y su amiga Sylvie jugaban a algo llamado «¿Qué robarías?».

En una ocasión, Amélie sí que había robado algo: un mantón que se le había caído a una señora al entrar en una de las tiendas. Lo había hecho sin pensar y ni lo había dudado, sino que se había limitado a abalanzarse sobre la prenda como un gato callejero sobre unos gorriones. No se atrevió a mirar el mantón hasta llegar a casa, pero luego, al inspeccionarlo, se percató de que ni siquiera le gustaba: los colores eran demasiado descarados y estaba manchado de barro de cuando se había caído al suelo. Al día siguiente, lo llevó con ella cuando fue a comprar las pequeñas frutas de mazapán que le gustaban a Solange y lo soltó a los pies de un mendigo, quien lo recogió con tanta velocidad como había hecho ella. Le hacía gracia pensar en lo que habría sido de la prenda después, en dónde habría acabado, pasada y arrebatada y lanzada de persona a persona por toda la ciudad hasta llegar a Dios sabía dónde.

Los recuerdos de París complacían a Amélie, y su placer era tan grande que era donde ambas pasábamos la mayor parte del tiempo. Solo que siempre nos acababan molestando George, Maurice o Solange al dirigirse al patio con fuertes pisotones para decirle que María Antonia necesitaba ayuda con la cocina. El cuerpo de Amélie cambiaba en esos momentos: parecía como si su propia piel la estuviera aplastando. Le entraba frío de repente y se daba cuenta de que había dejado de notar los dedos y de que sentía agujas y pinchazos en un pie.

Y entonces llegó un momento en que la interrupción se produjo desde más allá de los confines de la cartuja. Sucedió el día después de Navidad, en el que Amélie y yo habíamos estado ordeñando y pensando en un recuerdo en particular del cielo parisino justo antes de una tormenta de nieve, tan aterciopelado como los atuendos de las mujeres que acudían a ver a George y se quedaban absortas con ella y se bebían su té. Estábamos ensimismadas, por lo que casi ni notamos las campanas que habían empezado a sonar en la iglesia. Pero entonces el sonido de pasos y voces en el otro lado del muro de la cartuja se adentró en el patio a través de los claustros. No había cómo no darse cuenta; el tono de las conversaciones, el ritmo de los pasos: un funeral. Amélie se tensó un poco. Fue así como me enteré de que le tenía mucho miedo a la muerte.

—*No tengas miedo* —le dije.

»*No pasa nada* —le mentí.

En lo que a mí respecta, estaba sorprendida. El suceso me había tomado desprevenida. Me pregunté quién sería el cadáver que estaban trasladando por la colina hacia nosotros y repasé mentalmente los candidatos más probables: el sacristán (siendo optimista), el padre anciano del carnicero, el bebé enfermo de una de las amigas de la señora Porras. Solo que no resultó ser ninguno de ellos, y empecé a intuirlo de algún modo.

Me alejé de Amélie para ir a verlo. Los hombres que transportaban el ataúd parecían encontrarlo muy poco pesado, como si se les hubiera olvidado colocar el cadáver dentro. Examiné los rostros de los dolientes y supe al instante de quién se trataba.

—¿*Bernadita?* —grité. O, más bien, lo aullé—. ¡*Bernadita!*

Supe que era ella porque los rostros de los dolientes indicaban tristeza, aunque no demasiada. Lloraban la pérdida de una persona mayor. Supe que era ella porque su mejor amiga estaba caminando sola y hacía ondear un encaje que a Bernadita le gustaba mucho como si de una bandera se tratase. Supe que era ella porque no se encontraba entre los dolientes, y porque, en unos momentos, los murmullos de quienes sí lo estaban me lo confirmaron. Noté una especie de ligereza, de estrechez, lo máximo que me he acercado a la sensación de estar a punto de desmayarme desde que morí. No dejaba de llamarla en vano:

—¿*Bernadita?*

No la había conocido demasiado, lo que hacía que todo fuera peor. Con el paso de las décadas y los siglos, había empezado a perder el interés por mi propia familia. Seguía vigilándolos, y, como norma general, me proponía cuidar de ellos tanto como pudiera, pero mis visitas a Bernadita cada vez habían sido menos frecuentes, y el último vistazo que le había echado, cuando ella había arrastrado los pies hacia el mercado el mismo día que yo había ido a ver al sacristán, había sido algo muy rápido e inconsecuente. ¿Cuándo había sido la última vez que le había dicho que la quería, que estaba orgullosa de ella, que le agradecía que me hubiera mostrado lo que la vida podía ser cuando una vivía mucho y bien?

Bernadita me había dejado. No encontré ningún fantasma de ella. Conforme seguía a la procesión hasta el cementerio, donde ya habían excavado un hoyo junto a los demás miembros de mi familia, junto a mí (y qué peculiar me resulta imaginármelo cada vez), me dispuse a causar un alboroto. Grité con la fuerza suficiente para que los pájaros lo notaran y salieran volando a toda prisa, lo cual hizo que todos los asistentes al funeral alzaran la mirada. Lancé frutas por doquier, le quité la bufanda a una mujer y la tiré al suelo y le di una patada a un bebé, que rompió a llorar con las lágrimas que yo creía merecer.

—*No quiero estar sola* —dije—. *No entiendo por qué estoy aquí sola.*

Recuerdo

Espero a Jamón. No aparece. Está lloviendo, y en la playa no hay ningún sitio bajo el que refugiarme. Ya que estoy mojada de todos modos, me pongo a nadar y floto a la deriva mientras observo los acantilados con los ojos entrecerrados. Lo que me imagino que es la cabeza de Jamón que aparece por encima de las rocas resulta ser: un pájaro, una rama, otro pájaro, una nube particularmente oscura. *Jamón ya viene, Jamón ya viene, Jamón ya viene*, pienso al ritmo en que muevo los pies para flotar. Mi cerebro me contesta: *Jamón te odia, Jamón te odia, Jamón te odia*. Durante un breve momento me enfado más de lo que me he enfadado nunca: ¿cómo se atreve a dejarme así, sin que yo sepa si está bien, sin que sepa lo que está pensando; cómo se atreve…? Pero entonces la ira desaparece a la misma velocidad que había aparecido, y en su lugar surge un gran arrepentimiento, el hecho de saber que lo he decepcionado, que esto no era lo que él quería, que de verdad no debería sorprenderme que no viniera hoy, porque todo lo que he hecho —lo que sin ningún lugar a dudas está haciendo mi cuerpo— es imperdonable.

Nado hasta que se me arrugan los dedos y luego me quedo sentada en las rocas, desnuda y tiritando, hasta que me doy cuenta de que nunca me voy a secar bajo la lluvia. Me vuelvo a vestir, con las manos tan frías que me cuesta abrocharme los botones y mientras la tela se me pega a la piel. Y él sigue sin venir. El anticlímax, el chaparrón: insoportable, insoportable de verdad, y quiero encontrar un huequecito entre las rocas en el que acurrucarme, porque me gustaría poder estar en cualquier otro sitio que no sea la casa de mi madre, pero, como no tengo ningún otro lugar al que acudir y tengo hambre, arrastro los pies hasta casa a través del barro.

—*Bueno* —me dice mi madre—, *¿y qué te ha dicho?* —Ha estado esperando este encuentro, si es que es posible, hasta con más ganas que yo.

Aparto la mirada, pues no me veo capaz de mirarla a los ojos.

—*Nada* —le contesto—. *No se ha presentado.*

—*Ay, Blanca* —me dice, y se deja caer sobre una silla—. *Ay, Blanca.* —Ha estado hablando sobre mi siguiente encuentro con Jamón toda la semana, desde que le expliqué lo que había estado ocurriendo, lo de la procesión del día festivo y el salir a nadar y la playa y todas las veces que Jamón y yo lo habíamos hecho y ahora el repentino inconveniente de estar hinchándome. Y ella había depositado todas sus esperanzas en el encuentro y se había negado categóricamente a preocuparse.

—*Todavía no es monje, ¿verdad? Así que tendrá que no serlo nunca y casarse contigo* —me había dicho.

—*Sí* —le había contestado—. *Ese es el plan, al menos.* —No le mencioné que se trataba de un plan del cual Jamón no sabía nada.

—*Te explicará los detalles la semana que viene* —me había dicho—. *Ya habrá tenido tiempo para pensárselo bien, y, cuando lo veas, te contará cuándo va a dejar la cartuja y cuándo se celebrará la boda.*

Y ahora la realidad le ha dejado claro que se equivocaba, que no se lo había pensado bien. Su rostro, una vez que aúno fuerzas suficientes para mirarla a los ojos, parece un poco triste.

Y lo que es incluso peor: ya se lo ha contado todo a todo el mundo, que me voy a casar, que todavía no puede compartir ningún detalle, pero que el joven es muy educado, interesante y apuesto y que la boda se celebrará muy pronto. Se lo ha contado a mi hermana, a los vecinos, a las personas con las que se encuentra en el mercado. Ha omitido lo del embarazo, pues eso solo lo ha admitido ante mi hermana; ha omitido toda información sobre cómo y cuándo mi futuro marido y yo nos conocimos, pero, aun así, ya lo sabe todo el mundo, y el terror de la ausencia de Jamón se magnifica cuando pienso en todos los del pueblo mirándome mientras se me hincha el cuerpo hasta estallar y todas las preguntas sobre ese marido que no va a acabar apareciendo, sobre el bebé que sí lo va a hacer, sin invitación y sin aviso, como un desconocido que llama a la puerta. Mi hermana ya ha pasado a interrogarme, incrédula porque me haya adelantado a ella de algún modo, porque haya resultado que ya sabía lo que ella estaba tan desesperada por contarme.

—*Me voy a tumbar un rato* —le digo a mi madre, porque hablar más de ello solo hará que todo vaya a peor. No soporto escuchar sus intentos por encontrarle sentido, por excusar a Jamón, por inventarse cien razones distintas por las que no haya podido acudir a la cita que lo absuelvan de cualquier responsabilidad.

A solas en la habitación, contemplo mi cuerpo con más energía que nunca. Un cuerpo: que me ha llevado hasta la playa y de vuelta todas esas veces para ir a ver a Jamón. Un cuerpo: que Jamón apreciaba, o de verdad parecía que lo hacía; que tocaba y movía y empujaba y doblaba y sobre el que sudaba. Un cuerpo: que ahora tiene ideas propias, que está ocupado con su propio proyecto, el cual no tiene nada que ver conmigo y que, con sus latidos y movimientos con la forma de mi abdomen cada vez más redondeado, anuncia sus intenciones. Me llevo la mano al estómago y me aprieto, casi esperando que algo me devuelva el empujón, indignado.

—*¿Blanca?* —Mi madre está en la puerta. Suelto un gruñido y me tapo los ojos.

»*Ven* —me pide.

—*¿Que vaya a dónde?*

—*Nos vamos.*

Giro sobre mí misma para mirarla. Parece decidida. Se ha puesto su mejor ropa y una expresión seria, como si estuviera a punto de ir a misa, o a la guerra, o a la casa de una amiga a la que odia mucho.

—*¿A dónde?*

—*A la cartuja* —responde—. *Si ese chico no quiere ir a hablar contigo, tendremos que ir nosotras a hablar con él. Ya nos aseguraremos de que sepa lo que hay que hacer con todo esto.*

Me doy un cuerpo

Me acurruqué en la ropa sucia de George como si fuera un ratoncito. Aquello me ayudó a tranquilizarme, el olor de la piel y el humo de tabaco en el tejido. Han enterrado a mi tataranieta lejana junto con el resto de nosotros, y los asistentes al funeral ya han vuelto a descender la colina. Y, tras horas llenas de furia, me había quedado vacía. Era temprano por la mañana y todavía no había amanecido.

Me había acostumbrado a esconder algunas de las camisas de George en las vigas encima de la celda para poder visitarlas a solas. Me gustaba notar las prendas que ella había usado contra su piel; me sentía más fuerte solo por estar cerca de su olor. Me sentía más como yo misma y menos como yo misma al mismo tiempo, como si en todos mis años de muerta hubiera contenido una diminuta semilla viva que solo en aquellos momentos estuviera empezando a germinar.

En ocasiones me imaginaba que eran mis prendas, que yo podía ser tan real, nítida y vestida como George, que podía montarme sobre un muro y fumar un cigarro y escribir una novela. Aun así, aquella noche estaba tan cansada y sola que me imaginé que la ropa era la propia George, que me rodeaba y me apretujaba cuando yo la apretujaba a ella. Llevaba siglos sola, y en aquel momento, sin Bernadita, mi último enlace tangible hacia el mundo de los vivos había desaparecido. Ya no quedaba nadie con mi carne y mi sangre caminando por ahí; no tenía nada que me atara. Me aferré a las camisas de George con toda la fuerza que pude, me envolví con su olor con la esperanza de que ella me pudiera mantener atada y de una pieza. Miré a través de los huecos del yeso hacia la parte superior de su cabeza: estaba escribiendo en su escritorio, casi sin detener la mano conforme recorría todo el papel. Podía ver el color azul pálido de su cuero cabelludo allí donde se le separaba el cabello.

—*Te quiero* —le dije, frotando una manga con la nariz.

Debajo de mí, George se desconcentró. Suspiró de un modo que me recordó a Adélaide: gutural. Dejó la pluma, estiró los brazos por encima de la cabeza, entrelazó los dedos y giró las palmas hacia arriba. Le crujieron los nudillos.

—*Te quiero* —le repetí.

Se puso de pie. Las patas de la silla rozaron el suelo.

—*Te quiero* —le dije, y lo que vi a través de los huecos del techo fue el atisbo de un ojo. George estaba mirando hacia arriba.

Mi corazón —o el lugar en el que había estado— se aceleró. Los ojos —donde los había tenido— se me anegaron de lágrimas. A mi piel —donde la había tenido— la noté cálida de repente. George estaba mirando hacia donde me encontraba yo, por lo que —y no sería demasiado exagerado decirlo, ¿verdad?— me estaba mirando a mí.

Respira hondo donde las respiraciones solían estar —me dije a mí misma—. *Saboréalo.*

Estaba encendida, cálida, con las mejillas —donde las mejillas habían estado— sonrojadas.

¿Qué es el deseo sin un cuerpo en el que experimentarlo? Lo único que puedo decir es que para mí era como el hambre que a algunas personas les entra en sueños. Algo sin forma, sin fondo y que lo consume todo porque no tiene confines. Algo sin bordes. Aunque digo que es como un sueño, la verdad es que ya no era capaz de soñar (pues ya no dormía), así que la analogía solo es una aproximación. En aquel entonces echaba de menos soñar casi tanto como echaba de menos las cosas sobre las que soñaba.

Lo que hice para compensar la falta de sueños fue enseñarme a mí misma a fantasear con total libertad. Al principio me había parecido un gran esfuerzo, algo tan arduo como aprender a leer, pero, con el paso del tiempo, cada vez me resultó más fácil, más natural y, en ocasiones, inesperado. Me daba cuenta de que habían transcurrido horas enteras y que yo había estado en otro lugar, pensando en el sabor del tocino: el picor de la sal en la lengua, los fragmentos de grasa atascados entre los dientes y la sensación de cosquilleo en las encías cuando, al día siguiente, los fragmentos se soltaban. O pensaba en mi madre, de aliento caliente y terroso y molesta después de todo un día cuidando a los cerdos, que llegaba a casa y me acariciaba la mejilla mientras me decía: «Tráeme algo de beber, ¿vale, Blanca?». Pensaba en todas las personas a quienes quería y que habían muerto. Las traía a la vida de nuevo. Les preguntaba cómo estaban.

En ocasiones también había fantasías de venganza: monjes que cometían actos indecibles, los hombres del pueblo que no parecían darse cuenta del daño que les hacían a las mujeres. El sacristán. Y el hombre responsable de mi propia muerte: pensaba mucho en él. Imaginaba destinos que ninguno de ellos había recibido en la vida real. Torrentes de sangre. Artilugios de tortura elaborados. Un pequeño discurso que pronunciaba mientras ellos seguían lo suficientemente conscientes como para entenderme y en el que les explicaba que eran malvados, que se los estaba castigando debido a eso y que estaban a punto de morir. Se trataba de un placer desagradable y brillante a partes iguales. Me parecía algo muy puro.

No obstante, mis fantasías nunca habían sido tan vívidas, sobrecogedoras y maravillosas como las que tenía sobre George.

En aquellas me daba un cuerpo a mí misma; no el que había tenido en vida, sino uno mayor, más fuerte y mejor. También me daba atuendos: del tipo que George vestía, con pantalones, camisas y zapatos resistentes. Me daba un andar con contoneos mientras me dirigía a la sala en la que se encontraba George y le decía: «Hola, cariño». Y George alzaba la mirada y me veía (¡me veía! ¡Qué emoción!) y me contestaba: «Hola, guapa», y advertíamos que hablábamos el mismo idioma.

El cuerpo que me daba era visible, tangible, por lo que, cuando George me miró a los ojos a través de las rendijas del techo, me fue fácil pensar que lo siguiente que iba a hacer era llamarme para que bajara a la habitación y atraerme hacia ella con una mano detrás de mi nuca. Me fue fácil notar sus dedos enredados en mi cabello. Saborear su boca, saborearla de verdad, el sabor polvoriento y de tabaco de su saliva. Un diente rodeado de saliva que se deslizaba por mis labios. Su lengua, rugosa y firme y granulosa. Pasé mucho tiempo en su lengua e imaginé sus texturas, sus movimientos.

En mis fantasías, hacerlo con George era algo ruidoso y sin contener: ella soltaba sonidos desde el fondo de su garganta mientras me sujetaba los brazos con la fuerza suficiente como para dejarme marcas. Era la misma George salvaje y evasiva que era por las noches, cuando solo yo podía estar a su lado, solo yo con mi boca recorriéndole los pechos, el estómago y los muslos, con mis dedos dentro de ella, allí donde estaba cálida y suave como el interior de una caracola. Todo ello me fue posible durante los segundos que transcurrieron mientras George miraba hacia el techo.

Pero entonces apartó la mirada. El sol estaba empezando a salir, y el canto de los pájaros del jardín la hizo dirigirse a la ventana: un paisaje de una niebla cada vez menos espesa, interrumpida por las ramas del granado. Los gorriones saltaban de ramita a ramita y canturreaban. Y entonces, a través de la niebla gris azulada, surgió una mancha oscura que crecía y se ennegrecía conforme se acercaba. Era un ave de presa, con las alas extendidas como hojas de palmeras, que se aproximaba a gran velocidad. George se tensó y se imaginó el impacto, con el marco de la ventana rompiéndose y las garras del animal en su rostro. En el último segundo, el ave giró hacia el árbol y se llevó a un gorrión de la rama más baja. Deprisa: como si estuviera sacando una fruta de su tallo. Demasiado deprisa como para ver al gorrión resistirse. Y entonces salió volando hacia arriba, hacia la niebla y fuera de la vista. El resto de la bandada se fue. Se produjo un silencio repentino en su ausencia.

George se volvió a sentar y observó el árbol vacío. Meneó la cabeza como si quisiera despejarse, como si estuviera cuestionando si de verdad había visto algo o no.

Quería sostenerle el rostro y girarlo hacia mí otra vez.

—*No* —le dije—. *Vuelve. Ven como has venido antes.* —Quería volver a la sensación de la carne entre las dos.

»*Vuelve y tócame. Posa tus grandes ojos negros sobre mí y mírame desde dentro. Apaga tus cigarros en mis pulmones. Escúpeme café en la boca. Escribe tus palabras como telarañas por todo mi estómago.*

Estaba siendo un bicho raro, y lo sabía. ¿Qué derecho tenía yo para juzgar al sacristán por el modo en que sus ojos siempre se dirigían a la espalda de las chicas que estaban frente a él en la iglesia cuando yo me mostraba tan lasciva con George? ¿Qué derecho había tenido yo para perturbar a los monjes de la cartuja, en aquellos tiempos, para perseguirlos por su insensibilidad y su posesividad con los cuerpos de otras personas, con los cuerpos de las mujeres?

Era una hipócrita: una hipócrita rara y muerta que no podía impedir que sus manos raras y muertas y sus pensamientos raros y muertos se mantuvieran alejados de George. Revoloteaba en todo momento a su alrededor como una polilla cerca de una vela. Le robaba la ropa para mi disfrute personal. Era vergonzoso.

Aun así, ¿a quién estaba molestando con mi obsesión? Mi lascivia era tan poco efectiva como una tormenta que se desataba tan mar adentro que nadie se percataba de su presencia.

El momento se me estaba escapando; el día estaba empezando de verdad, y era un día en el que Bernadita estaba muerta y yo seguía sin cuerpo y George seguía fuera de mi alcance. Unos pasos sonaban cada vez más fuertes y se acercaban a la puerta de la celda. Me resultó fácil reconocer el andar irregular de María Antonia. Llamó a la puerta, y, cuando George no contestó, la abrió. Se dirigió hacia el escritorio y le dejó una jarra de café y una carta mientras murmuraba un «buenos días» que George dejó sin contestar.

George no pareció percatarse de que otra persona estaba allí con ella. Continuó mirando por la ventana, hacia donde los pájaros habían estado. Sin embargo, cuando María Antonia se marchó, les dio la vuelta a las páginas de su historia, se sirvió algo de café, tomó la carta y le dio vueltas y más vueltas con una mano. Aproveché la oportunidad que me brindó aquel último momento de tranquilidad para deslizarme desde el techo y colocar los labios —donde había tenido los labios— contra el cuello de George —donde el cuello seguía estando, definido y delicioso— para saborear la sal, el tabaco y la piel muerta entre su suave vello.

George recuerda

Cada vez que a George le ruge el estómago, se pregunta si se estará poniendo enferma. Si se pone de pie demasiado rápido y se marea: debe estar poniéndose mala. Si el olor a basura que hay frente a la puerta delantera de su edificio es lo suficientemente potente como para provocarle arcadas: se ha puesto mala. Le resulta agotadora toda esa constante búsqueda por su cuerpo para detectar indicios de enfermedades, el miedo repentino a respirar cuando hay otras personas cerca, la necesidad de exhalar el doble de veces que inhala. Se siente igual sobre Solange, quien ahora vive con ella y ha llegado a París poco antes de que se desatara la epidemia. Es un experimento sobre la maternidad y la preocupación y la escritura al mismo tiempo, uno que George está empeñada en que salga bien. Si la niña eructa una vez siquiera, George empieza a pensar de todo. Solange tiene tres años, y su madre trata de imaginarse que va a morir. Se obliga a pensarlo, a imaginar qué pasaría, qué es lo que haría ella entonces.

La enfermedad —con sus vómitos, diarrea, latidos acelerados y la muerte que en ocasiones se produce en cuestión de horas— se ha extendido por toda la ciudad como la luz del sol por los tejados durante cada amanecer. George se queda en su balcón y ve comenzar el día, con los bordes de los edificios que se dibujan bajo la luz, los sonidos de la calle que se alzan hasta su posición en un quinto piso y los cadáveres que se llevan a rastras de las casas. Algunos vehículos esperan como si de taxis se tratase para recoger los cadáveres. A George le parece que toda París se ha embadurnado de un hedor tenue a diarrea: una miasma fecal que flota por los callejones y se cuela por las ventanas. Hasta los ricos se han contagiado de cólera ya. No hay quién se libre.

Al principio solo se produjeron casos en la planta baja de su edificio, aunque no tardaron en escalar hasta la primera planta, y luego hasta la segunda. Ahora seis de sus vecinos han muerto, y la enfermedad sigue avanzando.

No tiene ningún sentido tenerle miedo. Eso es lo que más le molesta sobre todas esas paranoias y preocupaciones: si de verdad estuviera enferma, ¿qué pasaría? Simplemente se recuperaría, como hacen todas las personas fuertes. Y lo mismo le ocurriría a Solange. Su hija es feroz hasta el punto de resultar perturbador. Nada debería asustarlas, y mucho menos esa enfermedad. No va a morir, ni Solange tampoco, pero su cerebro no deja de mostrárselo una y otra vez: *Si muero, primero pasará esto, y luego esto otro, y después aquello.* Ensaya para el desastre.

Y si no fuera por todo ello —se siente mal solo de pensarlo, pues le parece algo indulgente, aunque no puede evitarlo—, habría sido una primavera maravillosa. Se suponía que iba a ser como una especie de bienvenida para George. Había escrito un libro. Se publicó justo cuando el cólera se había extendido por la zona, y ahora le parecía algo menos real, oculto tras todos los demás acontecimientos, como los cadáveres que se llevan, las carrozas fúnebres que llenan las calles, el hedor que se pega a todas partes. ¿A quién le importan los libros en una época tan llena de muerte? (A George). Recibe noticias de personas que han leído su novela, poco a poco al principio, y sus cartas se mezclan con otras que la informan de que tal persona ha fallecido; de que aquella otra se ha contagiado la enfermedad, pero se está recuperando; y de que el hijo de no sé quién ha muerto con tan solo tres semanas de edad. Separa las cartas que tratan sobre el libro y se las esconde en el bolsillo del pecho. Cuando se lleva las manos al corazón para comprobar si se le está acelerando el pulso, nota el crujir reconfortante del papel.

Había escrito la novela a lo largo de seis semanas, mientras se encontraba de vuelta en su hogar, en el campo, con su marido e hijos, y casi no le había prestado atención a nadie durante todo aquel tiempo. Pese a que había echado de menos París y a Jules, a Maurice y a Solange les iba bien tenerla de vuelta, por breve que fuera a ser la visita; y escribir la novela había sido su modo de seguir en contacto consigo misma mientras había estado allí. Había escrito la historia de un matrimonio infeliz, de una joven esposa atrapada entre un marido tirano y un amante poco consistente. Se había dicho a sí misma que no estaba escribiendo sobre *su* matrimonio, no exactamente, sino sobre el matrimonio en general, el cual merecía quedar expuesto como la tortura que era. No se le había hecho difícil pensar en ideas, imaginarse el terror que experimentaba la esposa ante lo cruel que el marido era con su perro; imaginarse la pasión tempestuosa de la joven esposa hacia un hombre que no era su marido.

En ocasiones le había escrito a Jules, entre capítulo y capítulo, pero las respuestas del joven habían sido vagas y habían dejado mucho que desear. Había esperado que a él le entusiasmara su proyecto tanto como a ella, pues sí que le había emocionado su primera novela e incluso le había prestado una versión de su nombre para la cubierta, para indicar que se trataba de un proyecto conjunto: J. Sand. No obstante, en aquella ocasión se mostraba indiferente.

Como si hubiera querido llenar los espacios entre las cartas de Jules, había empezado a soñar mucho sobre París: con el cielo rosa grisáceo, espeso y suave como el fieltro. Soñaba con las fiestas y con Jules, vestido con su desaliñada chaqueta de artista y su camisa arrugada, con su pañuelo que se le desataba. Él había ocupado espacio en sus sueños al igual que lo había hecho en la vida real: despatarrado entre tres sillas mientras los demás se quedaban de pie, incómodos, a su alrededor; se le tenía que recordar que permitiera sentarse a los demás. Había soñado con el trayecto desde su piso hasta la biblioteca y el modo en el que el aire veraniego parecía atraerla hacia el río. Había soñado con las palomas del color de la roca que montaban sus nidos en el cabello de piedra de las gárgolas del Pont Neuf.

Su editor le había escrito para preguntarle qué nombre debía figurar en la cubierta de su nueva novela. Ella le había transmitido la pregunta a Jules: ¿quería hacer lo mismo que en la otra ocasión, con el primer libro, y usar el nombre que habían creado entre los dos? Él le había contestado: no. El libro no tenía nada que ver con él, había dicho. Debería usar un nombre que ella misma hubiera escogido. A ella le había dolido su respuesta, aunque, a decir verdad, no le había sorprendido. Le respondió a su editor: esa nueva novela era de ella y solo de ella. Escogió un nombre lo suficientemente cercano al pseudónimo original para dar cierta sensación de continuidad a los lectores, pero también algo distinto para anunciar, tanto a ella como a cualquier otra persona, una separación: George Sand.

Una amiga le había escrito para sugerirle que las atenciones de Jules se estaban centrando cada vez más en una chica alemana que se había adentrado en su círculo.

George había acabado su novela a toda prisa y había regresado a París, tras haberles prometido a los niños que los iba a volver a ver pronto.

Y ahora le llegan (por fin, después de que los periódicos hubieran estado llenos de miseria sobre el cólera y del recuento de muertos durante semanas enteras) las reseñas. Tras las pocas cartas inciertas que había recibido justo después de la publicación, le sorprende mucho ver el título de la novela impreso sobre las páginas de *Le Figaro*, *L'Artiste*, la *Revue des Deux Mondes*; tanto como le sorprende ver el nombre que ella misma había escogido escrito junto al título. Y lo que más le sorprende son los términos como «exquisito», «brillante» y «maravilloso» como respuesta a su obra. Lee y relee y vuelve a leer las reseñas. No puede dejar de leerlas.

Las noticias sobre su novela se esparcen como un sarpullido. Las reseñas provocan más reseñas. Las cartas que le hablan sobre el cólera ya son menos comparadas con las que elogian su nueva novela. Ahora se queda en su balcón para observar los tejados de su vecindario y no piensa en los cadáveres que esconden todos esos muros, sino en los ejemplares de sus libros, en los lectores desconocidos que devoran sus páginas, en todas esas personas que han llegado a conocerla sin que ella se enterase. Siente como si tuviera superpoderes ante la buena acogida que ha recibido la novela, como si las reseñas positivas y las cifras de ventas y los elogios de sus compañeros la impulsaran hacia delante y la hicieran ser más grande dentro de su ropa. En ocasiones se da cuenta de que han transcurrido varios días seguidos de leer, escribir cartas, recibir visitas, responder a peticiones de periodistas, lectores y otros autores y, cuando se está quedando dormida, cae en la cuenta de que no ha pensado en el cólera ni un segundo. Otras veces también se da cuenta de que no ha pensado en Jules.

No obstante, también hay otros momentos en los que se agacha en su balcón, le da la espalda a la ciudad y se pregunta: ¿Qué he hecho? Trata de pensárselo bien. No ha hecho nada malo, nada ha ido mal. Lo que ha hecho es solo algo que su naturaleza y su interés le han dictado; lo que ha hecho es poner en palabras algo que, según ha resultado ser, opinan muchas personas distintas; lo que ha hecho es lograr un éxito tremendo. Aun así, nota una sensación latente de terror que acompaña la emoción de los elogios, la sensación de que ha desatado algo que, de algún modo, va a volverse en su contra. Se siente desnuda, como si no llevara falda ni pantalones y hubiera emergido desde las páginas del libro como Dios la trajo al mundo. Todo lo que sube debe bajar, y cae con fuerza, y ella ladea la cabeza para mirar por encima del hombro a las pequeñas siluetas formadas por las personas que recorren la calle, al cadáver que arrastran desde una casa hasta el carruaje que lo espera, y piensa: *¿Qué he hecho? ¿Qué he hecho? ¿Qué he hecho?*

Palma

Chopin estaba dormido cuando George se metió en su habitación y le plantó un beso en la mejilla. Fue un poco más atrevido y firme que de costumbre, y él se retorció entre sus sábanas.

—Te traigo buenas noticias —dijo ella, agitando una carta frente a él—. Tu piano ha llegado.

Fue lo más rápido que he visto moverse a Chopin nunca. Se incorporó de repente, como si se acabara de despertar de una pesadilla.

—¿Aquí? ¿Está aquí de verdad? ¿Dónde?

—No aquí en esta casa —explicó George—, sino aquí en Mallorca. Acaba de llegar esta carta del consulado. El piano está en el puerto de Palma, tenemos que pagar los impuestos de aduanas antes de que nos lo entreguen.

Chopin volvió a hundirse en la cama y se tapó con las sábanas hasta la barbilla.

—Pensaba que decías que estaba aquí de verdad. —No la miraba a los ojos—. Pero me estás diciendo lo contrario, que nada ha cambiado. Que *no* está aquí. —Le dio la espalda a George, como si hubieran terminado la conversación y estuviera dispuesto a volver a dormir, aunque todos sabíamos que solamente se trataba de una pantomima.

—Pensaba que te alegrarías —le dijo George.

Chopin colocó una mano sobre las sábanas y separó los dedos.

—Pues no.

—Buenos días —saludó Solange, y todos nos volvimos para ver que ella y Maurice estaban en la puerta, despeinados por el sueño, pero con los ojos muy abiertos por la buena noticia.

—¿Y cuánto dinero nos van a cobrar? —preguntó Chopin, tras darse media vuelta para mirarlos a todos.

—Setecientos francos. —El tono de George no me indicó si aquello era indignante por ser demasiado barato o demasiado caro.

—¡Setecientos francos! Más nos valdría que lo devolvieran a París. Si nos fuéramos ahora mismo podríamos llegar a casa al mismo tiempo que el piano y olvidar que todo esto ha pasado.

Es la primera buena idea que se le ocurre a Chopin, pensó Maurice.

—Me pasaré por ahí hoy mismo —indicó George. Estaba llena a rebosar de determinación. Una punzada de emoción al pensar en enfrentarse a un reto. Un placer antes de tiempo al imaginar lo contento que se iba a poner Chopin—. Y ya razonaré con ellos. Es imposible que nos pidan tanto. Lo arreglaré todo por ti.

Chopin le dedicó una sonrisa bastante débil.

—Cariño —le dijo George, más asertiva—, hablaré con ellos y lo solucionaré.

Y así fue como acabamos yendo a Palma aquel día.

Llevaba un par de décadas sin alejarme tanto de la cartuja. Durante cierta época, hacia mediados del siglo XVI, había sido una viajera intrépida. Había recorrido toda la isla, e incluso una vez había subido a un barco rumbo a Barcelona, aunque luego me había puesto nerviosa antes de zarpar y no había llegado a irme. Al principio me había sorprendido lo enorme que me resultaba Mallorca. Mis catorce años de vida habían estado confinados en una diminuta esquina de la isla. Me había perdido la oportunidad de oler por mí misma las saladas hojas de los pinos que flotaban por toda la bahía de la Platja des Coll Baix y, en su lugar, había tenido que tomar

prestadas las fosas nasales de los pescadores. Había tenido que recurrir a los vuelcos de los estómagos de los comerciantes que se producían cuando se emocionaban al asomarse por el borde del
barranco en el camino hacia Sa Calobra. Ni siquiera había estado en
Deià, que se encuentra justo al lado de Valldemossa.

Durante mucho tiempo después de morir, había asumido, tal
vez por pura costumbre, que los lugares a los que podía dirigirme
estaban limitados, que no podía hacer lo que quisiera. No se me
había ocurrido cuestionar que la eternidad para mí no fuese la cartuja, o Valldemossa, o, como mucho, las colinas que rodeaban el
pueblo y los acantilados que se hundían hasta el mar. Por eso me
había llevado toda una sorpresa al seguir a un grupo de comerciantes fuera del pueblo una vez y descubrir que, sin haberlo pretendido, los había acompañado a ellos y a sus asnos hasta Sant Elm y que
el sol se estaba poniendo; el viaje nos había llevado todo el día.
Había sido tan perturbador como descubrir que ya no tenía suelo
bajo los pies, enterarme de que podía respirar bajo el agua o desper-
tarme de un sueño en el que había ocurrido algo horrible para luego darme cuenta de que no había sido ningún sueño.

Aquella noche me había dado un festín en Sant Elm. Probé el
pulpo en las bocas de las mujeres ricas de una gran casa anticuada
cerca del agua. Noté el molesto y emocionante ardor de las picaduras
de los mosquitos que rodeaban a los hijos de los comerciantes. Me
acomodé en un niño de nueve meses en la playa, quien se llenó la
cara de arena y masticó los granos con sus dientes a medio salir antes
de toser con tanta violencia que vomitó su leche. Había considerado
no volver a casa, pero al final sí que lo hice: estaba lidiando con una
situación complicada en la cartuja en aquella época, una que involucraba a un monje y a una mujer casada, y tenía la sensación de que el
deber me llamaba hacia allí. Aun así, la emoción del viaje se había
quedado conmigo, por lo que me había pasado las siguientes décadas

deambulando por la isla, por mucho que siempre regresara a Valldemossa para ver cómo iba todo antes de volver a partir.

Con el paso del tiempo acabé explorando cada vez menos: de lo segundo que me había dado cuenta, tras haber descubierto el gran tamaño de la isla, fue de lo pequeña que era en verdad. Hacia finales del siglo XVII ya me la conocía de memoria, por lo que sus límites me habían empezado a deprimir. Había considerado ir un poco más lejos. Los barcos que zarpaban hacia Barcelona salían de Palma dos veces a la semana, al fin y al cabo. Solo que mi familia estaba en Valldemossa. Mis descendientes me mantenían cerca de ellos sin quererlo. Me daba miedo perder el sentido de quién era si no disponía del recuerdo de quién había sido, de dónde había estado, de cómo había estado. Así que me quedé en casa. Observé a mi familia reproducirse y envejecer. Y debilité a mis enemigos.

Siempre me había prometido a mí misma que no me llegaría a sentir demasiado cómoda con la muerte, que no iba a caer en días cada vez más pequeños, que no iba a ocupar cada vez menos espacio y a cubrir menos terreno, tal como había visto que mis descendientes hacían cuando se les acercaban sus últimos días. Y, aun así, habían transcurrido siglos y me había pasado de todos modos: era una criatura de la cartuja.

Así que cuando George miró a su familia para preguntar: «¿Quién quiere venir conmigo a Palma a rescatar el piano?», fui la primera en contestar:

—¡Yo!

El resto de la sala se quedó en silencio. Solange y Maurice echaron un vistazo al tiempo. Era un día ligeramente gris, con unos cuantos atisbos de luz solar que se colaban entre las nubes. Un poco antes, una llovizna había golpeado contra la ventana, que seguía mojada, aunque el ambiente ya había vuelto a secarse.

—Yo no —dijo Solange.

—Yo te acompaño —dijo Maurice al mismo tiempo.

Y así fue como los tres salimos de la cartuja media hora más tarde, con fruta en una bolsa para comer por el camino y mantones para protegernos del frío, además de con cada uno de los billetes de George metido en un monedero escondido en la cintura de sus pantalones.

El conductor al que encontraron en el pueblo no quería llevarlos. Miró con escepticismo las nubes que se arremolinaban y negó con la cabeza. También se mostró escéptico ante ellos dos. Sin Solange ni Chopin para diluir el efecto, Maurice y George parecían tan similares que resultaba desconcertante: el mismo cabello negro y la nariz larga, el mismo modo de sostenerse erguidos, lejos del mundo, un poco imperiosos. George, con su chaqueta y sus pantalones de vestir, parecía que quería hacerse pasar por el hermano de su hijo: un par de chicos extranjeros amarillentos que no dejaban de mirarlo todo. El conductor asimiló aquellos detalles y prefirió no involucrarse.

—No llueve —le dijo George. Acompañó sus palabras con mímica: dedos que fluían hacia abajo por el aire mientras negaba con la cabeza—. No pasa nada.

—Hace mal tiempo, y va a ir a peor —se quejó el conductor.

—Es muy importante —insistió George. Se metió una mano en la chaqueta y sacó el dinero de debajo de su cinturón.

El conductor se la quedó mirando en silencio, mordiéndose la mejilla.

—Los llevaré a Palma, pero no me quedaré esperando. Luego volveré directamente, y me pagará el doble.

George, quien no entendió prácticamente nada, accedió y le entregó el pago por adelantado, pues, de todos modos, no tenía ni idea de cuál podría ser un precio razonable. Partieron en cuanto acabaron de cerrar el trato, y George se dispuso a lanzarle preguntas al conductor, por mucho que él casi no la entendiera: cuánto iban a tardar en llegar a Palma, por qué iba por una ruta y no por aquella otra, cómo se llamaba ese tipo de carruaje y si se lo solía usar, cómo se llamaba aquella mula, qué le daba de comer, cuánto la dejaba descansar y cosas por el estilo. En ocasiones el hombre trataba de adivinar lo que ella le había querido decir y contestaba, aunque en la mayoría de los casos se quedaba mirando el camino que tenía delante y rodeaba los infinitos obstáculos que las tormentas invernales habían soplado hacia allí. George dejó de intentar interactuar con él y posó la mirada en su hijo.

Maurice estaba sentado cerca de su madre y pensaba que aquel podría ser el mejor día de su vida. El campo pasaba por delante de ellos a toda velocidad: tierra roja, hierba amarilla y vistazos ocasionales al agua azul; una paleta de colores primarios. Si bien era demasiado mayor para acurrucarse en los brazos de George como quería, su proximidad y su atención lo emocionaban. Lo estaba mirando a él más de lo que miraba por la ventana y, cada vez que el carruaje chocaba contra una roca o un agujero en el camino, le daba la mano con tanta fuerza que los nudillos se le ponían blancos.

—¿Cuál es el plan, mamá? —le preguntó.

—Iré a hablar con los de la oficina de aduanas —contestó—. Les explicaré que lo que nos piden no es nada razonable. Les diré que es el piano de Chopin. Seguro que lo conocen y pueden hacer una excepción.

—¿Y si no la hacen?

—Tendrán que hacerla —insistió ella—. No nos podemos permitir lo que nos piden ni tampoco nos podemos permitir que Chopin no tenga el piano. Así que harán una excepción.

—¿Estás segura?

—Segurísima —dijo, y le apoyó una mano en la muñeca para reconfortarlo.

Maurice se acomodó más cerca de su madre y recostó la cabeza sobre su hombro, con el cabello negro de uno aplastándose con suavidad contra el cabello negro de la otra, y yo me acomodé en él. Había pasado menos tiempo rebuscando entre los recuerdos de Maurice que en los de Solange o incluso en los de Chopin. Conocía la historia de Amélie mejor que la de él. Había algo dulce y fácil de ignorar en él, hasta sus celos en cuanto a Chopin resultaban adorables, lo cual me daba la impresión de que Maurice era alguien muy simple. Claro que nada de aquello era demasiado justo.

La mente de Maurice: complicada, como los engranajes de un reloj de viaje. Todo estaba unido de forma muy ordenada, al igual que los pequeños detalles de sus bocetos. Incluso en el mismo momento en el que presenciaba sus pensamientos, él estaba ocupado ordenándolos y moviéndolos y retirándoles todo rastro de elementos no placenteros. Se negaba a darse cuenta, por ejemplo, de que tenía los pies húmedos por el trayecto entre la cartuja y la plaza del mercado, donde habían dado con su transporte. Hacía caso omiso a propósito del modo en que, cada vez que el carruaje saltaba o se sacudía, la cabeza se le clavaba en un hueso duro del hombro de George. Según la opinión de Maurice: se lo estaba pasando en grande. Estaba a solas con su madre. Era uno de los días más felices de su vida.

Aun así, no tuve que rebuscar mucho entre sus recuerdos hasta encontrar un incidente al que no hubiera logrado retirarle las partes negativas. Había sucedido en París, en algún momento de la primavera. Caminaba bajo un arco; la calle estaba tras él, y por delante tenía el patio principal de su internado. Estaba pensando en un incidente que acababa de presenciar de camino hacia allí —un mendigo había cantado una canción popular y, desde el otro lado de la calle, una mujer había empezado a entonar la misma canción en un tono diferente, por lo que ambos cantantes se habían enfrentado entre ellos sumidos en una cacofonía horrible—, cuando oyó que alguien lo llamaba.

—¡Dudevant! ¡Oye, Dudevant!

Se volvió y vio a un grupo de chicos que doblaban la esquina en su dirección. Eran unos años mayores que él, con granos e intentos de bigote.

—Eres Maurice Dudevant —le dijo uno de ellos.

—Sí.

—Tu madre es la Sand.

— George —lo corrigió Maurice—. George Sand. Es escritora.

Aquella respuesta les hizo gracia, y le pidieron que la repitiera. Maurice les hizo caso.

—¿Y sabes quién es tu padre? —preguntaron ellos, y Maurice repuso que sí.

Más carcajadas.

—Mentira —dijeron—. ¡Mentira! No lo sabes.

—¿Que no sé qué?

—Que tu padre no es tu padre, que tu hermana no es tu hermana de verdad y que tu madre no es escritora, sino ramera.

Maurice se preguntó si debía enfrentarse a ellos. Lo superaban en número, parecían más grandes y fuertes que él, pero era probable que él estuviera más enfadado que ellos, lo que debía servir de algo. Apretó los puños. Se imaginó propinarle un puñetazo a uno de ellos, aunque incluso en su mente le pareció algo poco plausible. Se dio media vuelta y se apresuró para llegar hasta su aula.

Le escribió una carta a George: «Me han dicho un montón de cosas, porque eres una mujer que escribe, porque no eres una mojigata como las madres de los otros chicos. —Mordió la punta de su pluma—. Te han llamado… No puedo decir la palabra porque es demasiado horrible». Pensó en la palabra «ramera», en las prostitutas que había visto apoyadas en las ventanas mientras caminaba entre la escuela y el río, en aquella en particular que lo había llamado con un montón de nombres embarazosos y en cómo había echado a correr para alejarse de ella al tiempo que le apetecía quedarse a ver qué más le decía. Se imaginó a su madre en una de aquellas ventanas, llamando a los hombres que pasaran por el lugar. ¿Su madre sería una ramera? Sabía que la idea debería enfadarlo —se había enfadado con los chicos por decir que lo era y por actuar como si aquello lo convirtiera a él en el hazmerreír—, pero, a decir verdad, no le importaba si lo era o no. Lo que ella quisiera hacer sería lo correcto. Era su madre, y a él le parecía maravillosa.

Un tiempo después de haber enviado la carta, George llegó a la escuela para llevárselo con ella. Le dijo que iba a enseñarle ella misma. Le dijo todo lo que él quería saber: con quién se acostaba y qué rumores esparcían los demás al respecto. Le mostró artículos de escarnio sobre ella en la prensa y se rio de los detalles más salaces. Cuando Maurice le preguntaba si necesitaba que él hiciera algo, ella negaba con la cabeza y le respondía: «¿Qué carajos deberíamos estar haciendo?», tras lo cual seguían con sus estudios: Montaigne, Condillac, Bossuet.

Los recuerdos se tornaron menos alterados, más felices; estaban en la gran casa de campo, comían un montón de carne y compartían bromas internas que no pude captar del todo. Tras volver a París, George, Solange y él vivieron en un piso junto a un pintor, y allí siempre había adultos que hablaban con Maurice como si fuera igual que ellos: maduro, inteligente, más astuto y salvaje que otras personas.

Una segunda sombra en los recuerdos de Maurice: el día en que se enteró de que Chopin iba a acompañarlos a Mallorca. La noticia le había sentado como entrar en una sala congelada. Se había estado sintiendo mal durante meses: una serie de resfriados de los cuales su madre culpaba a la lluvia y a la suciedad de París. La idea que tenía su madre sobre España, sobre unas vacaciones, sobre irse solo ellos dos y Solange, había sido algo muy atesorado y lleno de esperanza. Y entonces le había dicho que Chopin también iba a ir con ellos, y Maurice había querido llorar como un niño pequeño.

Por mucho que se esforzara por recordar solo buenos acontecimientos, los recuerdos que Maurice tenía sobre Chopin siempre tendían hacia lo macabro. Chopin cojeaba por los pensamientos de Maurice, con su aspecto vampírico y enfermizo. Su tos quedaba amplificada, y sus manos con guantes siempre se dirigían a George y tiraban de ella más y más.

—No os importa que nos llevemos al pobre Chopinet con nosotros, ¿verdad? —les había preguntado George.

Solange se había puesto a dar saltitos de alegría ante la idea.

—¡Para nada! —había contestado ella antes de que Maurice hubiera podido pensar cómo expresar su decepción, la pérdida, la traición, sin tener que recurrir a palabras exageradas como «decepción», «pérdida» o «traición». Había pensado en decir: «Pero ¿no sería más simple, mamá, que no viniera?», aunque se había acabado mordiendo la lengua. Para cuando se hubo arrepentido de ello, ya había sido demasiado tarde. Ya habían hecho las maletas, habían planificado el viaje y todo estaba en marcha.

Así que el trayecto hasta Palma aquel día fue lo que él había imaginado que sería el viaje a Mallorca antes de que sumaran a Chopin a la comitiva: Maurice y George contra el mundo; nuevos lugares y extrañas sensaciones y la atención completa de su madre. Cuando llegamos a la ciudad, el ruido y el humo lo hicieron esbozar una sonrisa. El carruaje estaba envuelto por el olor de las naranjas, pues se habían comido toda la fruta que habían traído con ellos y habían erigido una torre de cáscaras sobre la rodilla de Maurice. Conforme nos acercamos al puerto, el olor a pescado se mezcló con el cítrico. El conductor nos dejó en el borde del puerto, donde toda una marea de pescadores arrastraba redes hasta la costa repletas de cuerpos plateados que se retorcían y saltaban. Todo aquel lugar apestaba a algas y orina, pero Maurice seguía sonriendo. Bajó del carruaje con agilidad y le ofreció el brazo a George, quien descendió con más dificultad y salpicó unas gotas de barro.

Preguntaron a los transeúntes por la oficina de aduanas, por alguien que hubiera podido enterarse de que un piano muy caro y de cierta fama había llegado desde París. Había empezado a llover de nuevo, y nadie parecía saber nada. Las calles ya se habían llenado de lodo; Maurice no dejaba de perder el equilibrio, se patinaba y le agarraba el brazo a George para no caerse. Su madre observó el cielo con el ceño fruncido y se apartó el cabello mojado de los ojos con la palma de la mano.

—Tengo que pagar la tarifa de un piano —repetía una y otra vez a cualquiera que se detuviera el tiempo necesario como para escucharla. Obtuvo numerosos encogimientos de hombros, numerosas sonrisas confusas y numerosas miradas dedicadas a aquella mujer-hombre que hablaba un idioma extraño, pero ninguna respuesta.

Llegaron al lugar correcto por casualidad, al doblar una esquina y reconocer a uno de los encargados de aduanas con los que habían hablado al llegar a la isla. Había sido él quien le había dicho a George en un principio que iban a tener que pagar la tarifa tanto cuando el piano partiera de Francia como cuando llegara a Mallorca. Él también la reconoció y exclamó:

—¡Madame Sand! ¿Ha venido por fin? La oficina está por aquí. —Le puso una mano en el brazo de un modo que la hizo alejarse de él.

George se volvió hacia su hijo, respiró hondo y dijo:

—Pues vale.

—¿Quieres que te acompañe? —le preguntó Maurice.

George miró a su hijo de arriba abajo. Tenía los pantalones manchados de barro, y el frío había provocado que se le sonrojaran

207

las mejillas; parecía un niño al que habían dejado sin supervisión en algún lugar mugriento durante toda la tarde.

—No, espera aquí —le dijo—. No tardaré.

Entró a solas, y Maurice la esperó, refugiado bajo los aleros de una tienda abandonada en el lado opuesto de la oficina mientras ataba y desataba la bolsa donde habían estado las naranjas, nervioso. Se preguntó, por mucho que George le hubiera dicho que no, si debería ir con ella. Los chicos mayores de su antigua escuela se le pasaron por la cabeza durante un instante, con sus risas y la sensación de que su madre era un chiste andante. Pensó en la mano que el hombre de la oficina de aduanas le había posado a George sobre el brazo. Dio un paso adelante, aunque luego retrocedió. Estaba acostumbrado a que los demás se quedaran mirando a su madre, pero aun así... Contempló una fantasía un tanto decepcionante en la que propinaba puñetazos en dirección a cualquiera que sonriera, silbara, soltara groserías o insultara a George, solo que el objetivo era demasiado difuso, y Maurice tenía demasiado frío y estaba demasiado mojado y hambriento como para pensarlo durante mucho tiempo.

La lluvia empezó a caer con más insistencia. El terreno entre el lugar en el que esperábamos y la oficina de aduanas se embarró un poco antes de tornarse de un color gris brillante cuando se formó un charco. Cuando George apareció por fin en la puerta de la oficina y le dijo algo a Maurice desde allí, el ruido del agua cayendo contra los tejados y el suelo y su propia cabeza hicieron que no pudiera oírla. Caminó hacia ella entre salpicones.

—¿Qué? —le preguntó—. ¿Qué ha pasado?

—No quieren ceder —repuso ella. Le dio una patada a un listón que salía del charco; casi ni se movió por el golpe, y ella apartó el pie con un gesto de dolor—. Joder —soltó—. Joder. No nos lo podremos llevar.

Recuerdo

Estamos fuera de la cartuja, mirando hacia la entrada oscura y de madera. Mi madre llama a la puerta con unos golpes secos y contenidos y, cuando no sucede nada, empieza a golpear con más fuerza, hasta que tras un rato me sumo a sus esfuerzos y nos ponemos a dar golpes como locas, con las palmas de las manos contra la puerta, como si pudiéramos echarla abajo.

Y de repente la superficie a la que golpeo desaparece. La puerta interior retrocede, y yo casi me caigo hacia una persona que nos observa desde el otro lado del umbral. Me quedo quieta, con las manos alzadas, y miro al hombre a la cara. Si bien no va vestido como un hermano, tampoco es alguien que conozcamos del pueblo.

—*¿Quién es usted?* —le pregunta mi madre.

—*¿Qué quieren?* —pregunta el hombre. Parece sorprendido, aunque nos habla con amabilidad. Y entonces, tras captar la pregunta de mi madre, explica—: *Vivo aquí, trabajo para los hermanos. ¿Qué desean?*

Me invade una sensación horripilante y enfermiza cuando me doy cuenta de que no sé cómo se llama Jamón. Sé que no es Jamón de verdad, claro, pero, fuera lo que fuere que me hubiera dicho, yo no lo había entendido, por lo que seguía siendo un misterio para mí. Allí, de pie, tras haber causado todo aquel alboroto y con la tarea de responder la pregunta de aquel hombre, no tengo ni idea de por quién deberíamos estar preguntando.

—*Queremos hablar con Jamón* —dice mi madre.

—Mamá, no —la interrumpo—. *No se llama Jamón de verdad.*

—*¿Y cómo se llama entonces?*

—*No sé.*

El hombre de la puerta nos mira a mi madre y a mí por turnos.

—*Si buscan al apotecario* —dice, muy despacio—, *estará en el mercado los jueves, como siempre. No pueden venir aquí a buscarlo cuando les apetezca.*

Cree que somos idiotas. Cree que estamos locas y que necesitamos ver al apotecario.

—*¿Hay algún novicio aquí cuyo nombre suene como «Jamón»?* —le pregunto.

El hombre esboza una sonrisa muy leve.

—*¿Ramón?* —dice—. *¿Quieren ver a Ramón?*

—*¡Sí!* —exclamo—. *¡Seguramente!*

Mi madre se lanza a ello al instante: le cuenta que el tal Ramón me ha dejado embarazada, que no se presentó a verme cuando debía, que por supuesto debe dejar la cartuja de inmediato para poder casarse conmigo, que cada vez queda menos tiempo, que me estoy hinchando tan rápido y todo eso tiene que suceder antes de que sea demasiado tarde (para aclarar ese «demasiado tarde», hace un gesto de sacarme un bebé de entre las piernas; tanto el hombre de la puerta como ella están interactuando como si ninguno de los dos hablara el idioma demasiado bien), que tiene que ver a ese chico de inmediato para hacerlo entrar en razón.

—*¿Han venido a hablar con Ramón?* —insiste el hombre, todavía con una expresión perpleja, aunque ha dejado de sonreír—. *¿Han venido a hablar con Ramón sobre esta chica que va a tener un bebé y quiere que él se case con ella?*

—*¡Sí!* —exclama mi madre. Parece animada, aliviada porque por fin le haya entendido—. *¡Sí! Exacto. ¿Podría ir a buscarlo?*

—*No pueden venir aquí y hablar con los hermanos* —explica el hombre—. *No pueden...*

—No es ningún hermano —lo interrumpe mi madre.

—*Está estudiando. Todos están ocupados estudiando y rezando, hasta los novicios.*

—*Pues no estaba demasiado ocupado para dejar embarazada a mi hija.*

—*Estoy del todo seguro de que sí lo estaba.* —Un atisbo de dureza se ha introducido en la voz del hombre; se le está acabando la paciencia—. *Los hermanos nunca salen de la cartuja, y los novicios tampoco. Es imposible que esto haya pasado como ustedes dicen. Creo que deberían marcharse.*

Mi madre parece estar a punto de hacer algo. No sé decir si es que va a explotar o a encogerse. Está pensando —lo veo en ella— si debería abrirse paso a empujones por toda la cartuja para ir a buscar a Jamón, pero, en algún lugar de su interior, la determinación se está desvaneciendo, las dudas la carcomen, porque ¿quién es ella para contradecir a ese desconocido tan tranquilo que actúa en nombre de todos los hermanos eruditos, sagrados y sudorosos?

—*Mamá* —le digo, estirándole de la manga. Será más fácil para ella si puede hacer ver que se rinde porque yo se lo pido—. *Mamá, vámonos. No va a hablar con nosotras.*

—*Blanca, de verdad...*

—*Vámonos.*

El hombre de la puerta ya se ha echado atrás y está empezando a cerrarla.

—*Si fuera por mí* —empieza mi madre—, *no me marcharía de aquí hasta que ese chico respondiera por lo que ha hecho. Pero ya que mi hija...*

La puerta se cierra. Mi madre se la queda mirando, suelta un gruñido de frustración y le da una patada en el centro de aquella madera dura. Me doy cuenta de que se hace daño en el pie, por mucho que no lo admita. Durante el camino de vuelta al pueblo, cojea sin decir nada.

Estoy destrozada y lo único en lo que puedo pensar es en que mi madre se siente humillada. Me he olvidado de pensar en Jamón, en el bebé, en que todo el pueblo se entere y empiece a comentarlo. En su lugar, noto la vergüenza de mi madre en su nombre, su indignación, el pie que le duele, su furia al ver la puerta cerrada.

—¿Mamá? —la llamo. Le pongo una mano en el brazo. Ella no me mira, sino que continúa arrastrando los pies hacia casa—. ¿Mamá? *Lo siento.*

La piedra me da en toda la nuca: una punzada, un sobresalto, un traqueteo cuando cae al suelo. Me doy la vuelta a toda prisa, con una mano donde me ha golpeado y la otra sujetando a mi madre, y allí está Jamón, en medio del camino, con la cara roja, temblando y jadeando un poco. Parece desaliñado, como si no hubiera dormido bien. Su capa de novicio se le ha deslizado de los hombros, lo que la hace parecer una prenda más femenina, como los mantos que las ancianas llevan a misa. Tiene el brazo alzado y me está apuntando con otra piedra.

—¿*Blanca, en qué estabas pensando?* —me pregunta—. *¿Por qué me haces esto?*

No, no, no, no, no

Si en alguna ocasión hubiera tenido un motivo para pensar que iba a morir otra vez durante todos los años que han transcurrido desde mi muerte, habría sido durante el trayecto de vuelta de Palma hacia la cartuja. Tal vez porque todo el mundo tenía mucho miedo o porque estaba rodeada de corazones que latían a toda prisa. Me volví loca y me entró pánico al igual que a todos los demás.

La tormenta había estallado antes de salir de Palma. La lluvia, que había estado empeorando de forma gradual durante todo el día, ya no se podía considerar lluvia de verdad, sino que más bien era una ola que se estrellaba contra el puerto. Todo el mundo respiraba con la boca abierta para tratar de atrapar algo de aire. Los truenos hacían que los caballos entraran en pánico; varios hombres se apresuraban para llevarlos bajo cobijo mientras los animales daban grandes salpicones de barro con las patas. Solo los pescadores parecían tranquilos, con sus chaquetas y sombreros aceitosos, mientras miraban cómo sus redes saltaban y se sacudían por los peces que habían revivido por un momento bajo la lluvia. Nos abrimos paso entre todo ello hacia la vía de entrada de la ciudad, pero, cuando llegamos a una línea de conductores de carruaje que se refugiaban en sus propios vehículos, no nos hicieron caso.

—Valldemossa —decía George. El agua le entraba en la boca y tenía que pararse a escupir—. Tenemos que llegar a Valldemossa.

—Tenía el cabello aplastado contra el rostro, lo cual hacía que su cabeza pareciera más pequeña y con una punta extraña.

Los conductores no le hicieron caso, o bien pretendieron haberse quedado dormidos.

—Por favor —les pidió, dándole golpes a la madera de los carruajes—. Por favor.

Maurice había estado tras ella, protegiéndose los ojos de la lluvia con las manos y hundiéndose en el barro poco a poco. En ocasiones daba unos medios pasos hacia delante y abría la boca para intervenir, pero no llegaba a decir nada. George se volvió hacia él con una expresión que no había visto nunca; me di cuenta al mismo tiempo que él de que estaba a punto de echarse a llorar.

—¡Eh! —aulló Maurice más allá de donde estaba George, hacia los conductores. Su postura cambió. Fue como si se hubiera hecho mayor en un abrir y cerrar de ojos, como si se hubiera hecho más alto y más valiente al instante. Siguió gritando—: ¡Eh! ¡Eh! ¡Despertad! ¡Mi madre necesita ayuda!

El único conductor que se movió fue el único que había estado dormido de verdad. Se encontraba en un extremo de la fila de carruajes, y a Maurice le olió como las rameras que se le solían acercar en las posadas de carretera durante sus viajes entre París y la casa de campo: a alcohol, orina y suciedad. El conductor se despertó con un sobresalto, miró con ojos borrosos hacia la lluvia y a Maurice y dijo:

—¿Dónde?

George y Maurice se metieron en el vehículo sin perder ni un instante.

—Valldemossa —repitieron ambos.

—¿Mañana? —preguntó el conductor.

—Valldemossa —insistió George.

El conductor, todavía afectado por el sueño y medio borracho, se tambaleó para ir a buscar su mula. Para cuando volvió, la lluvia parecía haberlo despertado lo suficiente como para comprender la locura de aquella empresa, por lo que empezó a explicárselo a sus pasajeros: era peligroso y hacía frío, las colinas entre Palma y Valldemossa iban a ser como cataratas, iban a llegar bien entrada la noche, tal vez podrían perder la vida en el intento. Dijo que sería mejor que no se arriesgaran. Que sería mejor para todos que se fueran a dormir en ese mismo instante.

—Valldemossa —se limitó a repetir George, quien no entendió casi nada de las explicaciones del hombre.

El conductor volvió a negar con la cabeza. Su mula estaba coja; no iba a sobrevivir al viaje. De hecho, su eje se había roto.

—Valldemossa —dijo George. Se llevó una mano al cinturón para extraer su dinero empapado y menearlo en su dirección. Y así fue como, a regañadientes y bajo un gran peligro, emprendimos el viaje de vuelta a casa.

En un buen día, el viaje nos habría llevado tres horas. En uno malo, cinco.

Tras seis horas de viaje, nos habíamos adentrado tanto en un río que la mula tenía que estirar el cuello para poder sacar la nariz del agua, y George, Maurice y el conductor estaban mojados hasta la cintura.

—¡Esto no es un camino! —gritó George—. ¡Esto no es un camino!

El conductor indicó el río, pues tanto él como yo sabíamos que ahí era donde el camino había estado antes.

—Es el camino —dijo. Sí que lo era, y, bajo aquella lluvia torrencial, parecía un océano. Y lo que era peor aún: los últimos rayos de luz se estaban retirando tras las montañas.

Proseguimos la marcha, con la mula medio nadando y el conductor soltando pequeñas instrucciones abatidas, más para sí mismo que para el animal. Maurice se había puesto azul y estaba tiritando. George, quien lo sujetaba bien cerca, estaba muy pálida. La adrenalina le recorría el cuerpo entero.

Había tanto ruido que ninguno de nosotros oímos el crujido. El conductor seguía tratando de dirigir a la mula. La mula continuaba nadando y tropezándose. George y Maurice seguían sentados, llenos de pavor. Y, entonces, todos nos dimos cuenta al mismo tiempo de que nos estábamos hundiendo. El eje, que podría o no haber estado dañado antes de salir, se había roto de una vez por todas, y el peso de los pasajeros empapados empujaba todo el carruaje hacia abajo.

Al mismo tiempo, una roca se deslizó de la colina situada sobre nosotros. Pese a que no cayó sobre el carruaje, sí que desató una ola de agua que nos hizo volcar, y, en todo aquel lío, nos quedamos tirados por doquier, farfullando; no teníamos nada sólido a lo que sujetarnos, y yo no estaba en la mente ni en el cuerpo de nadie, estaba sola, estaba sumergida y pensaba, como una niña pequeña: *¡No me dejéis morir! ¡Por favor, no me dejéis morir!* Vi plantas y ramas y una bota deshilachada flotar frente a mí en medio de la oscuridad.

Nos sacudimos durante segundos, ni siquiera llegó a un minuto.

Para cuando nos pudimos recuperar y George y Maurice y el conductor habían arrastrado sus cuerpos maltrechos hasta las rocas más altas que habían podido encontrar, el conductor estaba desolado. Se había quedado contemplando a su mula, que tenía una mirada salvaje, y al destrozo de su vehículo mientras negaba con la cabeza y decía: «No, no, no, no, no, no, no» tantas veces que parecía que no sabía cómo parar de hacerlo. No se atrevía a mirar a sus ex-pasajeros, quienes no dejaban de temblar de forma violenta y habían perdido los zapatos. La chaqueta de Maurice había desaparecido, y su camisa estaba cubierta de suciedad y sangre, aunque no estaba claro de dónde procedía.

—¿Qué vamos a hacer ahora? —preguntó George, sosteniéndose la mandíbula para no tiritar.

—No, no, no, no, no —dijo el conductor, todavía sin mirarlos. Soltó a la mula de lo que quedaba del carruaje, le acarició la cara y le dio unos besos llenos de desesperación—. No, no, no, no, no —repitió mientras se colocaba al lado del animal y escalaba a una roca más alta para pasarle una pierna por encima. La condujo lejos de George y de Maurice y luego, entre murmullos, empezó a cabalgar de vuelta hacia la parte inferior de la montaña, en dirección a Palma.

George y Maurice se lo quedaron mirando hasta que los últimos rayos de luz desaparecieron. Bajo aquella oscuridad, empezaron a escalar, tanto con las manos como con los pies, para guiarse hacia lo que en otros tiempos había sido el camino hacia Valldemossa. Ninguno de los dos dijo nada. Les llevó tres horas más llegar hasta el pueblo, y para entonces la tormenta se había agotado y se había reducido a una ligera llovizna. Se habían quedado entumecidos, casi sin poder pensar siquiera, estaban cubiertos de arañazos y de golpes que no eran capaces de notar, y no veían nada delante de ellos por culpa de la oscuridad absoluta. Se tambalearon por todo el pueblo como un par de borrachos.

Cuando doblamos la esquina del camino y vimos la silueta oscura que era la cartuja, paró de llover. Nosotros también nos paramos. George apoyó una mano en una pared para sostenerse. Sus jadeos, que habían sido roncos y hondos durante todo el trayecto, se ralentizaron. A su lado, Maurice aguantó la respiración.

Me pareció que el pueblo nunca había estado tan silencioso en todos mis cientos de años. Todo el mundo estaba dentro; todos agotados por la tormenta, dormidos. Sobre nuestras cabezas, las nubes se estaban desvaneciendo alrededor de una luna desgastada. Maurice tragó en seco para impedirse tiritar.

Entonces los tres lo oímos al mismo tiempo. Fue un sonido leve y sonó más lejos de lo que estaba en realidad: el brillo dubitativo y agudo del piano de Chopin. Estaba tocando la misma nota una y otra vez (un la bemol, según resultó ser), como si él también hubiera estado en la colina, medio ahogado, y estuviera meneando la cabeza mientras no dejaba de repetir: «No, no, no, no, no».

Preludio n.º 15 en re bemol mayor, *sostenuto*

Maurice y George entraron en la Celda Tres, mojados y a la expectativa. Esperaban un buen recibimiento. Esperaban mantas secas, bebidas calientes, preguntas ansiosas: qué había pasado y si estaban bien y si se habían roto algo y si acaso no eran los dos muy valientes y muy intrépidos por haber intentado lo que habían intentado. ¡Claro que lo eran! Maurice se había centrado en pensar en un plato de comida caliente para resistir el último tramo de la colina, se había imaginado el vapor que surgía de uno de los estofados de María Antonia que antes le habían parecido casi incomibles, con la piel de un tomate escapándose de la carne como un pergamino, escamas de pescado flotando en el caldo, gotas de aceite agrupadas en la superficie. George quería un lugar seco en el que ponerse a fumar, quería hundirse en los brazos de Chopin, quería que la felicitara y que la tranquilizara. Quería empezar de inmediato el trabajo de transformar su desastre en una buena historia que pudiera purificarla y que, con el paso del tiempo, pudiera reemplazar el recuerdo del suceso de verdad.

Se quedaron en la entrada de la celda y gotearon y tiritaron y esperaron que ocurriera todo lo que habían pensado que iba a ocurrir. Lo que recibieron en su lugar fue silencio. No había movimiento. La celda estaba a oscuras. Se estaba formando un charco en el suelo, bajo sus piernas. A Maurice le pareció que se habían quedado quietos mucho tiempo.

—¿Hola? —saludó George—. Estamos en casa.

No se produjo ninguna respuesta, pero había una línea de luz tenue bajo la puerta de Chopin, por lo que se desplazaron hacia ella. A George se le hizo un nudo en la garganta. Pensó que Chopin había muerto, que, con toda la emoción y el terror del viaje de ida y vuelta hacia Palma, se habían olvidado de por qué se habían decidido a emprenderlo, que era para hacer feliz a Chopin, para mantenerlo con vida. Pensó en lo encantadoras que le parecían sus manos, en lo bello que era, y luego tomó conciencia de lo silencioso que iba a ser el resto de su vida si, tras entrar en la habitación del compositor, lo que encontraban era su cadáver, quieto sobre el colchón, con todos sus pensamientos y palabras y música desvanecidos para siempre. Le pareció, en aquel momento, la posibilidad más probable. Casi inevitable. Aquellas débiles notas que había oído desde el exterior debían haber sido sus últimos acordes. Le daba miedo empujar la puerta, por lo que se detuvo. Tras ella sonaban los dientes de Maurice al tiritar.

Y entonces volvió a oír el piano. Fue un solo la bemol, pero fue suficiente para llenar a George de una oleada de alegría que la empujó hacia la habitación por delante de Maurice, al tiempo que exclamaba:

—¡Queridos! ¡Chopin! ¡Solange! ¡Estamos en casa!

En la habitación de Chopin: el rostro pálido de Amélie, de pie junto a la ventana y jugueteando, nerviosa, con la costura del cuello de su vestido; Solange, con los ojos muy abiertos, refugiada en una esquina; Chopin en el piano, dándose la vuelta muy poco a poco, ni animado ni sorprendido de verlos. Observó su ropa mojada, sus pies desnudos, la sangre que tenían por todas partes, soltó un extraño sonido ahogado y dijo:

—Sabía que habíais muerto. —Tocó el la bemol una vez más sin mirar el piano.

—*¿Qué pasa?* —pregunté. Chopin estaba pálido y tenía los ojos rojos. No dejaba de tocar la misma nota, aunque su mirada se apartó de George y de Maurice para empezar a dar vueltas por la habitación. Solange y Amélie seguían sin decir nada y no se habían movido—. *¿Qué ha pasado?*

La cabeza de Chopin estaba llena de fantasmas. Al principio, aquellos fantasmas eran lo único que podía ver cuando me adentraba en su cabeza. Me abrí paso entre ellos y los aparté de mi camino para tratar de llegar a un solo hecho concreto. Había fantasmas sobre el piano, con el cuerpo de Solange y los ojos de sus padres. Había fantasmas en cada esquina que flotaban contra el techo abovedado y polvoriento (el cual, según se dio cuenta en aquel mismo momento, tenía la misma forma exacta que un ataúd) y se deslizaban por la ventana y por la puerta. Y también estaban los fantasmas de Maurice y de George, de pie y sin fuerzas delante de él, sin ninguna diferencia respecto de los demás. Estaban pálidos, desaliñados e insustanciales. Se encorvaban y se doblaban sobre sí mismos como el resto de los fantasmas.

—¿Cuánto tiempo lleva así? —quiso saber George.

Amélie parpadeó y trató de aunar fuerzas. No sabía qué hora era, sino solo que fuera estaba oscuro y que había sido así durante cierto tiempo.

—Horas —repuso.

Conforme George empezó a decirle a todo el mundo qué debía hacer —le ordenó a Amélie que pusiera agua a calentar, que trajera toallas, que despertara a María Antonia para que preparara algo de comer y le llevara leche a Chopin; le dijo a Solange que se fuera a la cama y a Maurice que fuera a por ropa limpia—, yo rebusqué entre el día de Chopin. Estaba el beso firme y abrasivo de George de aquella misma mañana. La noticia sobre el piano Pleyel, una esperanza que se había alzado para disipar el dolor por un momento antes de que se produjera un nuevo humor de perros, un regreso de los dolores, las punzadas y la falta de respiración. Había estado molesto. Con George. Con Mallorca. Con sus amigos de París que se suponía que debían estar encargándose de sus finanzas y su correspondencia y que habían fracasado tan estrepitosamente a la hora de conseguirle lo que necesitaba para trabajar. Lo único que necesitaba de verdad: el piano apropiado.

Estaba: «Cariño, hablaré con ellos y lo solucionaré todo». Estaba George saliendo por la puerta con Maurice y una bolsa de naranjas. Solange revoloteando por la habitación como un canario aburrido, en busca de su atención para que la viera bailar. Estaba la lluvia que caía con fuerza y la erupción de una pequeña gotera en la esquina de la ventana, tras lo cual el agua se adentró a través de la piedra hasta caer al suelo. Chopin observó, horrorizado, cómo se encharcaba y crecía hasta tragarse las baldosas y arrastrarse hasta sus pies (le dolía todo: el modo en que el agua le dolía era como unas náuseas sin fondo, con retortijones y punzadas en los huesos). Era el principio de todo yendo muy mal.

Tosió y vio unas gotas de sangre en su guante blanco. La sangre le pareció igual que las goteras. Su cuerpo: una tormenta que se estaba desatando en la habitación. Había caído una sola gota en la tecla del sol central. La pulsó y se llevó la sangre en el dedo.

Solange le acercó algo del estofado que María Antonia había preparado y se lo comió con ella mientras pretendía que todo iba bien, cuando, de hecho, le costaba hasta tragar. Las verduras tenían la textura de partes del cuerpo, pequeños órganos que flotaban en su cuchara, hígados y corazones, tomates esponjosos como pulmones y olivas resbalosas que parecían ojos. Cuando Solange acabó y se fue a su propia habitación, él se puso a vomitar en una jarra de agua. El sabor del estofado al revés le provocó más arcadas todavía. Se sujetó a la pared para no perder el equilibrio y se tambaleó hasta el taburete del piano.

Le pareció que se hacía oscuro muy temprano. ¿Más temprano de lo normal? Temprano, fuera como fuere. La tormenta arreció; los rayos arrojaron unas sombras irregulares por toda la pared, y, cada vez que finalizaba el destello, la sala quedaba más oscura todavía. Amélie entró sin decir nada y encendió la vela del piano. La llama soltó un sonido hambriento, crepitante y como de desgarre mientras se ahogaba en su propia cera. Cuando apretó las teclas del piano, Chopin casi ni podía oírlas, pues la vela hacía demasiado ruido.

O: no era la vela. Era la tormenta. Los truenos destellaban por toda la montaña como una serie de puñetazos. El dolor de los truenos era el dolor de un golpe en todo el cuerpo.

El agua se estaba adentrando en la habitación a través de nuevas rendijas. Entraba como dedos que intentaban abrir la tapa de su ataúd.

O: estaba dentro de un huevo, y el cascarón se estaba abriendo y no quería salir, de verdad que no quería. Una flor oscura hecha de humedad se abrió en el techo, junto a la ventana. Empezaron a caer gotas de allí. Chopin la miró y vio un fantasma que mostraba un pecho plano que goteaba. Cerró los ojos y los volvió a abrir. El techo estaba allí de nuevo. Probablemente.

—¿Hola? —preguntó—. ¿Hay alguien ahí? —Pronunció las preguntas en su lengua natal, la cual nunca le había oído hablar antes.

Las gotas que caían del techo eran regulares y sonaban a percusión. Caían hasta el charco del suelo con unos pequeños salpicones (el dolor de los salpicones era el mismo que experimentaba alguien cuando le arrancaban el vello uno a uno).

Un fantasma cruzó la habitación y apagó la vela de Chopin. Una ráfaga de viento. La tormenta enviaba unas corrientes gélidas y fuertes por toda la cartuja.

Un fantasma puso una mano sobre la de Chopin y lo guio hasta el piano.

Un fantasma apretó el dedo de Chopin, y la nota que sonó fue un la bemol.

Chopin empezó a tocar el piano. Era una melodía en la que había estado trabajando los días anteriores: una abertura moteada de sol, un claro entre las nubes, un rayo de luz que trataba de rozar el horizonte. Solo que el la bemol la estaba atravesando, al principio casi de forma imperceptible, bajo la melodía de la mano derecha, y luego cada vez con más volumen, cada vez con más insistencia. Se convirtió en el sonido más triste que había escuchado jamás: *Tal vez estés contento*, decía la música, y luego el la bemol soltaba: *Pero ¿qué me dices de esto, esto, esto?*

Para entonces ya comprendía que la música de Chopin era la mejor parte de él. Era donde residía su encanto. Sus mejores impulsos, su ternura y su tristeza, estaban allí, a salvo de su cuerpo, sin que fueran perturbados por los bordes afilados del dolor y la enfermedad, por los enfados, la frustración y la irritabilidad.

La mano izquierda casi no se separaba del la bemol (el goteo del techo continuó). Entonces la mano derecha la sustituyó, y ¿cómo podía ser que una misma nota que sonaba una vez tras otra fuera capaz de transmitir con exactitud lo que significaba ser Chopin, el estar atrapado en un cuerpo y una mente que lo socavaban; el estar solo en la oscuridad del ataúd con goteras que era aquella habitación en una colina tempestuosa de Mallorca en 1838, rodeado de una niebla de fantasmas y pérdida y preocupaciones y sin ninguna George ni ningún alivio; el saber que no era tan bueno como podía ser, ni tan generoso o amable como podía ser, y que bien podría llegar a morir sin pensar sobre las cosas —la vida, la música, el amor, la amabilidad— de forma tan clara como quería? ¿Cómo podía ser que el preludio transmitiera de manera tan precisa lo que era ser alguien (yo, por ejemplo) que se había perdido en algo (el tiempo, por ejemplo) y que no era capaz de encontrar un modo de salir de allí?

Las manos de Chopin se movieron por el piano. Se le pasó por la cabeza que George había muerto. Se le pasó por la cabeza que Maurice también había muerto. Habían salido hacía mucho tiempo y todo estaba muy oscuro. Solange, quien se había colado en su habitación y cuya boca se movía como si quisiera decir algo, era un fantasma. Peor aún: parecía bastante probable que él mismo, Chopin, hubiera muerto, que los fantasmas estuvieran moviendo sus manos porque él también era un fantasma, porque se había marchado; porque no era que la habitación pareciera un ataúd, sino que lo era de verdad; y ¿qué podía resultar más aterrador que morir y quedarse quieto, vivo de algún modo, que despertarse después de su entierro para descubrir que nada había cambiado y que todo había ido a peor? La sirvienta, quien también era un fantasma, estaba allí y le decía: «Señor, por favor, deje de gritar. Por favor, deje de gritar». Y aquello era precisamente lo que un fantasma le podría decir a otro. Él seguía tocando el la bemol y soltando el sonido que hubiera estado emitiendo con la boca antes, y el techo no dejaba de gotear, gotear y gotear.

Una vez que George y Maurice se secaron y se pusieron ropa limpia, una vez que George fumó y Maurice comió y los dos, con la ayuda de Amélie, persuadieron a Chopin para que se metiera en su cama, George se dejó caer en el suelo a su lado y le acarició el cabello.

Le pasó los dedos con cariño por las mejillas y la nariz y esperó un segundo bajo las fosas nasales para comprobar que aún seguía respirando.

—Maurice —le susurró a su hijo al tiempo que le indicaba que se acercara a ella—. No podemos quedarnos aquí. —Amélie alzó la mirada del fuego—. Si nos quedamos aquí, no sé qué nos va a pasar. Nos vamos a volver locos. Tenemos que volver a casa.

A Maurice, agazapado junto a su madre, le costó formar palabras. Todavía le temblaban las pantorrillas, y se aferró al borde del colchón para mantener el equilibrio.

—¿No podemos quedarnos en la cartuja?

—No podemos quedarnos en Mallorca —repuso George.

Lo vi con claridad por primera vez. No tuve que hacer trampa y mirar hacia el futuro para verlo, no tuve que saltarme ninguna página. Estaba más que claro: no podían quedarse en Mallorca. No podían seguir como estaban, hambrientos y mojados y solos y mal de salud y sin que nadie se fiara de ellos. La gente del pueblo era demasiado hostil; la salud de Chopin, demasiado frágil; y el clima, demasiado extremo. *Alguien va a morir aquí*, pensé. Lo único que había querido desde que George había llegado había sido saber que se iba a quedar, que iba a pasar todos sus días junto a ella en la cartuja y en el jardín, pero entonces supe que mi trabajo a partir de ese momento iba a ser ayudarla a salir de allí antes de que fuera demasiado tarde.

ENERO

George

Los siguientes días fueron bastante apagados. Todo parecía estar del revés. Los horarios de sueño de toda la familia habían cambiado: a las ocho de la mañana, George se despertaba y se ponía a dar vueltas, nerviosa, entre la habitación y el jardín, y Chopin seguía en la cama; Solange se despertaba a las dos de la madrugada y tenía que ponerse a contar arañas para volver a quedarse dormida. Nada parecía tener sentido, por mucho que George actuara como si tal vez sí lo tuviera, o como si pudiera tenerlo, como si las palabras pronunciadas con un tono firme y alegre tuvieran el poder de aliviar el malestar de sus hijos y el suyo propio. Se pasaba el día nerviosa, casi sin escribir, y vigilaba a Chopin con cierta obsesión. En la mayoría de las ocasiones se lo encontraba dormido, y la atención de George se dirigía a las manchas del techo y de las paredes de su habitación que habían dejado las goteras. El aire no era saludable, y eso también la preocupaba. Chopin respiraba la humedad y el polvo del edificio. Tenían que salir de allí lo antes posible, iban a tener que hacer las maletas y marcharse, porque toda aquella aventura había sido un fracaso estrepitoso.

Yo sabía que ella tenía razón y estaba dispuesta a hacer todo lo posible por ayudar, pero, aun así, la idea me daba pánico, como si en cualquier momento fuera a dar una palmada para anunciar que todo se había acabado, que me iba a dejar. Me percaté de que siempre deseaba que hubiera un solo día más, una noche más, una mañana más, antes de que los perdiera a todos de golpe.

Maurice también pensaba en marcharse.

—¿De verdad nos vamos a ir? —preguntó mientras masticaba pan seco y observaba a su madre fumar.

—No sé qué es más probable que lo mate, si quedarnos o marcharnos. —George se encogió de hombros.

Maurice contestó con el mismo gesto.

—Vamos a la playa —propuso George, haciéndole un ademán.

—Ya nadé suficiente en Palma —repuso Maurice. Todavía se sentía húmedo desde dentro, como si hasta su personalidad se le hubiera mojado. La ropa seca, la hoguera que Amélie había preparado y la ligereza de su madre en los días que habían transcurrido desde entonces no habían sido capaces de secar su tormenta interna. Había desarrollado cierta resistencia a parpadear, pues, cada vez que cerraba los ojos, veía el río de la colina.

—Hace buen día —dijo George, y tenía razón. Señaló hacia la ventana con la mano en la que sostenía el cigarro, lo cual arrojó ceniza en dirección al sol. La tormenta se había ido a dormir después de tanto llorar, y lo que había quedado de ella durante los días siguientes fueron cielos claros y azules y una paz ligeramente traumática, como si el invierno nos hubiera otorgado una paz momentánea. En el jardín y en el camino que conducía hacia el pueblo, una capa de frutas caídas y maltrechas cubría el suelo: granadas y naranjas que daban vueltas cuando alguien les daba patadas al caminar y hacían tropezar a los transeúntes. Hacia el mediodía, toda Valldemossa iba a estar invadida por un olor a pulpa recalentada, y la sección más escarpada del camino estaría embadurnada de jugo donde la gente se hubiera tropezado o deslizado. Si no caía más lluvia que lo lavara todo, la fruta iba a empezar a solidificarse y a fermentar y a oler a mermelada podrida.

A Solange le apetecía ir a la playa, por lo que Maurice accedió, ya que lo que era peor que estar mojado era quedarse a solas con Chopin (aunque también cayó en la cuenta de que ambas situaciones eran muy similares, de hecho, pues Chopin se asemejaba a una sábana húmeda, a una nube cargada de lluvia, a una jarra de agua fría). Y si bien Maurice no estaba en contra de la idea de marcharse de la isla para volver a casa, una especie de nostalgia preventiva ya se estaba alzando en él. Era posible que nunca más pudiera tener la oportunidad de caminar junto a su madre y su hermana por la ladera de Valldemossa hacia el mar Balear, y no quería perdérsela.

Justo cuando estaban a punto de marcharse, George dudó.

—Deberíamos quedarnos con Chopin —dijo—. No está bien.

Maurice la sujetó del brazo y tiró de ella en dirección a sus botas.

—Nunca está bien, mamá. No está bien cuando cuidas de él ni tampoco cuando no lo haces.

Por tanto, dejaron una nota para Chopin, quien seguía dormido, y le recalcaron que todos estaban bien y que el sol brillaba y que iban a volver en cuanto vieran una sola gota de lluvia, tras lo cual se marcharon. El paso: ligero. El ánimo: alegre. La conversación: juguetona, con muchas pullas entre Maurice y Solange sobre a quién prefería Adélaide, lo cual era un terreno seguro, dado que Adélaide era básicamente el único ser vivo por cuyo afecto no competían de verdad y, a fin de cuentas, a ella no le importaba ninguno de los dos.

La ruta la conocía muy bien, por supuesto. Solía evitarla porque me traía malos recuerdos, por mucho que la mayoría de los puntos de referencia de mis días en vida hubieran desaparecido ya. Los edificios y las plantas por los que había pasado durante mis caminatas tristes, solitarias y optimistas para encontrarme con Jamón se habían derrumbado o se habían marchitado durante los siglos que habían transcurrido desde entonces. Solo que, en ocasiones, pasábamos al lado de algo que había estado allí desde hacía siglos; un pequeño olivo retorcido que se doblaba sobre sí mismo bajo el sol, una parte medio derruida de un muro de piedra, lugares que me provocaban una sensación de ánimo y cautela a la vez.

Para distraerme, me centré en el aire alrededor de la piel de George, que la hacía sentirse animada y optimista.

Me centré en la piedra que se había colado en su bota y se movía entre la suela y la media y se le clavaba en la piel con precisión.

Una puntada en la costura de su camisa que se le estaba soltando y le hacía cosquillas en las lumbares.

El bulto extraño de la lengua en su boca. El sabor mineral de su saliva.

Estaba empezando a ansiar tener un cigarro para fumar: sus dedos se sacudían por sí solos y se dirigían al bolsillo de su chaqueta.

Me había quedado tan absorta con todo ello que me perdí el momento en el que el camino se abrió para dejarnos ver el mar. Siempre se trataba de una sorpresa maravillosa, aquella sección de la ruta, y, por mucho que la hubiera visto cientos de veces antes, me arrepentí de no haberla visto por mí misma en aquella ocasión y de no haber advertido la reacción de los niños ante ella. Estaba tan centrada en la breve experiencia del estómago de George, que burbujeaba y revoloteaba (le estaba entrando hambre), que ni siquiera llegué a percibir lo que ella pensaba de aquellas vistas.

El borde de la isla estaba delante de ellos, abrupto y sobrecogedor: el suelo se hundía en picado hacia él. El camino se bifurcaba. A la izquierda se encontraba la ruta que Jamón y yo solíamos usar, que describía un zigzag a través de las rocas hasta el agua. La familia se detuvo, sin saber por dónde ir, y se decidió por el camino de la derecha, que nos condujo por todo el borde plano del acantilado durante unos veinte minutos más o así, por encima de los árboles y arbustos que se aferraban con cierto peligro a la roca, hasta que el camino descendió por completo y se convirtió en aire y en un acantilado vertical hecho de roca gris pálida, con el enorme azul del agua muy por debajo. A George y a los niños todavía les quedaba un poco de trayecto, pero el descenso se estaba tornando más peliagudo y complicado. Solange se patinó por la gravilla suelta y se cayó de espaldas, lo cual le hizo un agujero en la parte trasera de los pantalones.

—Cuidado —dijo George—. Deja que vaya yo primero.

—*Es más fácil* —interpuse— *si volvemos y vamos por el otro camino.*

Solange seguía adelante, sin hacer caso, y Maurice fue tras ella, mientras a George se le aceleraba el pulso; le sudaban las manos; algo le daba mucho miedo. Me aferré a su pecho, me enredé entre sus costillas y busqué el motivo de aquel miedo tan grande. Me pregunté si estaría notando algo que yo no era capaz de percibir, me pregunté si encontraría algo horrible si me saltaba mi propia norma y avanzaba unas páginas para ver el futuro: a Solange cayendo por el precipicio, con Maurice detrás de ella y George después de los dos. Estaba escéptica. Pese a que el camino era escarpado, los niños eran lo suficientemente mayores como para poder con él. El terror repentino de George fue todo un misterio para mí.

El camino culminaba en una losa de piedra lisa, un balcón tallado en el acantilado. Los tres se quedaron allí y absorbieron el aroma espeso y herbáceo de las plantas al tiempo que notaban que la piel se les reblandecía por la sal del ambiente. Se quedaron un poco alejados del borde. Muy muy por debajo de ellos, las olas se sacudían.

—Pero no podemos llegar al agua —dijo Solange—. No podemos ir a nadar. —Tenía calor y estaba llena de polvo. Las glándulas sudoríparas que se le acababan de activar en las axilas hacían que se sintiera pegajosa. Se había imaginado lanzándose al mar desde las rocas: salpicar y chapotear y jugar con Maurice.

Maurice se agachó y se dejó caer de culo con torpeza. Pareció sorprendido por haber aterrizado con tanto peso, pero se dispuso a sacar sus materiales de dibujo de forma ordenada: sus carboncillos partidos, su cuaderno.

—Se está bien aquí —dijo—. Quedémonos un rato.

George, quien miraba distraída hacia la roca, los arbustos que los rodeaban y el océano, dijo:

—Podemos bajar un poco más. Mirad, hay un camino por ahí. —El corazón le latía más deprisa todavía. Su adrenalina le pulsaba con un dolor ardiente por debajo de la piel.

—*Ah* —dije—, *no, de verdad no podéis bajar más.* —No había ningún camino. El acantilado era prácticamente un precipicio, ni siquiera las cabras pasaban por allí. ¡Ni siquiera los fantasmas! El problema era que George ya se había echado hacia delante, con el corazón latiéndole con fuerza y llena de determinación.

—*¡Espera! ¿Por qué lo haces si te da tanto miedo?*

George le ofreció una mano a Maurice, quien se la quedó mirando un par de segundos antes de cerrar el cuaderno y aceptarla. Su madre lo ayudó a ponerse de pie.

—No veo cómo —dijo él, aunque la siguió conforme ella pisaba con fuerza sobre los arbustos hasta el filo—. No creo que haya ningún camino.

George señaló hacia un borde delgado.

—*Ah, eso* —dije—. *Entiendo que pueda parecer un camino, pero de verdad que no es seguro, no es...*

—Ahí —me interrumpió George.

—Eso no es un camino —dijo Maurice.

—Quédate atrás y déjame probar —le pidió George. Había una especie de aspereza frágil en su voz.

Me adentré en su cerebro en busca de alguna pista. No estaba pensando con palabras, ni siquiera con el tipo de pensamientos que estaban justo por debajo de las palabras pero que seguían relacionados con ellas. Toda ella eran fragmentos, latidos, hambre, adrenalina, dolor de garganta, ganas de fumar y luego destellos de recuerdos: un caballo sumergido en agua hasta el pecho, con George cabalgándolo y los pies mojados. ¿Sería el de su viaje de vuelta de Palma? ¿La mula de la colina? Parecía un recuerdo más antiguo, distinto; George estaba más joven.

Cosí el recuerdo como pude: George y el caballo estaban en un río. En Francia. En el campo alrededor de la gran casa de la infancia de Solange y Maurice. George era adolescente. Alguien estaba al otro lado del río y esperaba que lo cruzara, solo que George había detenido el caballo en el punto más hondo, y el animal estaba perdiendo el equilibrio por culpa de la corriente. Sabía que tenía que continuar, seguir adelante y llevarlos a tierra firme a los dos. Una voz en su cabeza sopesaba su destino y le preguntaba: *¿No? ¿Sí? ¿No? ¿Sí?* una y otra vez, como un metrónomo. ¿Cuál era cuál? No estaba claro. ¿Era *no, no te mates*? ¿O más bien era *no, no vivas más*? ¿Era *sí, debería ahogarme*? ¿O más bien era *sí, debería sobrevivir*?

Estaba dejando de notar los pies por culpa del agua fría y su dolor agudo. Se echó a reír y se quedó así durante un buen rato, riéndose y con el caballo tambaleándose en el lecho del río. Su amiga al otro lado del río la llamaba, y, en vez de contestar, giró el caballo para que se pusiera a mirar a la corriente de forma directa. El caballo perdió el equilibrio y se cayó, y ambos quedaron sumergidos, y ella cayó de la silla y se alejó, y ya no había ningún caballo, y ella lo había hecho a propósito para morir.

Fue entonces cuando me di cuenta de algo muy importante sobre George.

Se trataba del tipo de personas que siente la necesidad de lanzar objetos desde todo lo alto.

Incluida, en aquel momento, ella misma.

Por decirlo de otro modo: era una persona con necesidades. Estaban todas sus necesidades de siempre, claro, como la de la cafeína, la nicotina o el sexo. Estaba la necesidad de echarse a reír ante los silencios incómodos, la de sonreír cada vez que se ponía nerviosa. Pero también tenía otras necesidades más perversas, como la de hacer tropezar a un niño pequeño que pasara por delante de ella o la de dirigir a su caballo hacia la fuerza de la corriente. Todo eso lo entendí a la perfección.

En una ocasión había arrojado un zapato desde lo alto de una ventana de la última planta de un piso de París. No sabía explicar por qué lo había hecho, por mucho que hubiera sido completamente a propósito. No se le había caído, sino que lo había lanzado y había gozado de su velocidad y del sobresalto del chico cuyo paseo quedó interrumpido de forma abrupta por el zapato de una señora que había caído al suelo frente a él. El chico lo había recogido y había mirado a su alrededor. Había echado un vistazo al cielo, como si el zapato fuera un efecto del clima. Lluvia, nieve, granizo, zapatos. George se había quedado maravillada.

Había lanzado monedas a los ríos desde lo alto de los puentes.

Había lanzado una porción húmeda de tarta de membrillo por unas escaleras.

Había lanzado un sombrero por la rendija de un glaciar en Suiza.

Y en aquel momento estaba a punto de lanzarse a sí misma desde un acantilado de Mallorca.

Mientras se acercaba más al borde, las voces de metrónomo volvieron a sonar: *¿Sí? ¿No? ¿Sí? ¿No?* Hablaban en voz muy alta, y sus propios latidos eran altos y su sangre se movía a tal velocidad por sus venas que chirriaba a su paso.

—George está bien, no le pasa nada —me dije a mí misma—. *Es solo una incidencia pasajera, un impulso extraño que acabará por irse. A George no le pasa nada.*

El borde era tan estrecho que tuvo que sujetarse a unas plantas para no perder el equilibrio. Maurice y Solange se habían detenido un poco más arriba, horrorizados, y le estaban gritando.

—¡Mamá, para!

—¡Mamá! ¿Qué haces?

El grito de Solange estaba teñido de un tono aterrado. Incluso desde lejos notaba cómo latía su corazoncito, enloquecido como un puño. Maurice tenía el rostro y los ojos rojos y estaba furioso.

—¡Vuelve! —le gritó él—. ¿Qué haces?

George no lo oyó. Había olvidado que sus hijos estaban allí. Había olvidado que habían existido en algún momento.

Dejó de acercarse al borde y miró abajo. Yo la imité y me quedé mareada por el vacío que se extendía ante nosotras, por la caída, el gran espacio rocoso que llegaba desde el filo de los pies de George hasta el agua de más abajo.

Podía simplemente dar un paso hacia delante. Notaría una gran emoción, un miedo que se abría como unas alas.

El soplo de aire más grande.

Caería de cabeza, hacia abajo.

Abajo, y luego una pequeña salpicadura.

Se produciría un golpe húmedo cuando el agua se la tragara.

Eso sería todo.

(Eso iba a ser solo el principio).

Soltó la planta a la que se había estado agarrando y respiró hondo.

¿Sí?

¿No?

Me preparé para atraparla al vuelo. Tal vez tendría fuerzas suficientes para ralentizar su descenso. Tal vez podría retenerla el tiempo justo para que se diera cuenta de lo que estaba a punto de hacer.

Inspiró una bocanada de aire del mar.

Tragó en seco.

Y entonces, con pasos inestables, empezó a dar marcha atrás por el borde, de vuelta hacia sus hijos.

Las piedras del suelo se le estaban clavando a través de las suelas de los zapatos. Notaba el viento muy frío, incluso bajo el sol. El pulso se le ralentizaba. La sangre le circulaba con un poco más de serenidad.

—¿Qué ha sido eso? —exigió saber Maurice en cuanto su madre volvió a estar sobre tierra firme—. ¿Qué ha sido eso? ¿En qué estabas pensando? —Estaba tan enfadado que le costaba respirar como era debido. A su lado, Solange se estaba tapando el rostro y había empezado a sollozar.

George miró de uno a otro, perpleja.

—¿A qué te refieres? —dijo—. No sé de qué me hablas.

Se sentó, abrazó a sus hijos contra sus lados y se quedó mirando hacia el mar. Todos estaban agotados de repente. La mente de George, en aquel momento, se había reducido a una sola pregunta —me di cuenta de que era lo que estaba preguntando en su novela, de lo que todos sus monjes se preocupaban y hablaban y por lo que rezaban—, la cual era: «¿Qué voy a hacer con mi vida?». Sacó un cigarro y se lo encendió, y todos se quedaron sentados así hasta que el cielo se nubló y empezó a llover. Entonces Maurice dijo, con cierta brusquedad, que quizá sí que era verdad que el clima de Mallorca le había quitado los resfriados, solo que no con el sol y el aire fresco, sino al lavárselos de encima. George sonrió para reconocer el intento de humor, pero tenía la cabeza lisa, borrada, reducida, casi como si no estuviera en aquel lugar.

Recuerdo

Jamón y yo estamos sentados en unas rocas, un poco por debajo de la colina que sale del camino. Miro la nuca de mi madre conforme cojea hacia casa y se vuelve de vez en cuando para ver qué está pasando entre nosotros. Pese a que no quería irse y a que, si se hubiera salido con la suya, se habría sentado con nosotros de buena gana para mediar en el encuentro, yo la eché a base de fulminarla con la mirada. Fuera como fuere, tampoco era que hubiera nada que ver: Jamón y yo no nos habíamos dirigido la palabra desde que nos habíamos sentado. Su rostro había pasado del rosa al blanco. Sacude una de sus piernas, lo cual envía unas pequeñas ondas por la falda de su túnica, como olas que se acercan a la orilla.

—¿Y bien? —pregunto.

—¿Y bien? —responde.

—¿Qué ha pasado con la playa? ¿Por qué no viniste?

—Mira —dice—, no puedes… no puedes presentarte así sin más con tu madre y contárselo todo a todo el mundo. No puedes…

—Da igual, tampoco nos han hecho caso.

Jamón deja de mover la pierna por un instante.

—Eso no es lo que importa.

—¿Y qué es lo que importa entonces? —le pregunto.

—Estaba ocupado —se excusa.

Cerca del pie derecho de Jamón, una lagartija asoma la cabeza desde debajo de una hoja. Se acerca a sus dedos con unos respingos forzados. Se detiene, con dos patas alzadas, para mover los ojos a su alrededor.

—*Mira* —le advierto—, *esa lagartija se te va a meter en el zapato.*

Solo que Jamón está distraído y no le presta atención a la lagartija ni, a decir verdad, a mí. Se está mordiendo la piel en el lateral de su pulgar y ha vuelto a sacudirse.

—*La cosa* —empieza— *es que no es algo tan simple como no convertirme en hermano y ya.*

—*La lagartija* —le digo—. *De verdad se va a meter...*

Y de verdad lo hace. Se escabulle primero por debajo del pie de Jamón y luego desaparece entre su túnica. Jamón no reacciona durante un instante, pero luego se levanta de un salto como si algo le acabara de picar, da vueltas sobre sí mismo con los brazos en el aire, salta y pisotea y sube las rodillas en un extraño baile estúpido mientras suelta unos grititos («¡Ah, ah, ah!») muy agudos que se transforman en una especie de chillido infantil. Levanta polvo con su baile. Parece un espectro.

—*¿Dónde está?* —le pregunto—. *¿Dónde se ha metido?* —Solo que no me escucha, porque sigue dando vueltas y saltitos, y no me queda otra cosa que hacer que echarme a reír. Antes de empezar sé que lo va a odiar, que nada podría ser peor que reírme de él, pero, por alguna razón, saber eso hace que me den más ganas de reír, y, cuanto más salta y grita, más pierdo el control, hasta que se me saltan las lágrimas y me duele la cara y se me retuerce el estómago.

»*Ay, Dios* —susurro cuando recobro el aliento—. *Ay, Dios, Dios, Dios.* —Y entonces vuelvo a echarme a reír.

La lagartija no aparece por ninguna parte, por lo que me figuro que debe haberse escapado, pero Jamón está demasiado sumido en su pánico como para darse cuenta de ello: salta por el aire y gira sobre sí mismo como si fuera el propio viento quien lo estuviera atacando, como si no fuera una sola lagartija, sino cientos de ellas que escalan por sus muslos, por su entrepierna y por su estómago.

—*Jamón* —lo llamo, una vez que he retomado el control de mí misma—. *Jamón, se ha ido. No pasa nada, se ha ido.*

Le lleva mucho tiempo oírme o creerme. Parece reacio a dejar de saltar, ya que ha empezado. Aun así, de forma gradual, la velocidad de sus pisotones se ralentiza, deja de dar vueltas y de sacudir polvo.

—*Jamón* —continúo—, *no pasa nada.*

El rostro se le ha puesto de color escarlata. Se vuelve a sentar en la roca y se ata la túnica por los tobillos para que nada más pueda adentrarse en ella. Está jadeando. Me pregunto si se va a echar a llorar.

—*No quiero que tengas un bebé* —me dice.

—*No lo he hecho a propósito.*

—*No quiero no ser un hermano. No quiero casarme ni nada por el estilo.*

—*Bueno* —digo—, *pues vas a tener que hacerlo.* —No se me pasa por la cabeza que él considere que esa es una decisión que debe tomar. No se me pasa por la cabeza que él disponga de opciones que no lo son para mí—. *Es sencillo* —insisto—, *así que no pasa nada.*

—*Puede que el bebé se muera antes de nacer.*

Lo reflexiono. Es algo posible, desde luego. He visto que ha sucedido en algunas ocasiones: mujeres del pueblo que se hinchaban y luego, por alguna misteriosa razón, se deshinchaban de nuevo. Telas negras y el sonido de la campana de la iglesia. Crucifijos diminutos en el cementerio, a la altura justa a la que a los perros les gusta mear. Tal vez eso será lo que nos pase a nosotros —a mí— o al bebé. Busco una reacción en mi interior. ¿Me importaría? ¿Me pondría triste? ¿Lloraría como las mujeres del pueblo, vestidas de novias de negro con su ropa de velatorio, con los ojos rojos y los rostros hinchados? Por ahora solo pienso: *Podría pasar. Y no sería ningún problema. Si Jamón lo prefiere así, quizá yo también* (y entonces aparece un nuevo sentimiento: no es exactamente tristeza ante la muerte del bebé, sino decepción por que la versión más bonita del futuro se fuera a desvanecer, que Jamón y yo no fuéramos a casarnos, que no fuéramos a formar una familia, tras lo cual, más allá de eso, fuera de mi alcance, se despierta un temor).

—*Puede que el bebé se muera* —digo.

—*¿Puedes hacer algo para que eso pase?* —me pregunta Jamón. Y entonces parece oír lo que acaba de decir y abre mucho los ojos. Suaviza un poco el tono al continuar—: *Nada que vaya a ser peligroso para ti. Nada malo, vaya, solo quiero saber si hay algún modo de hacer que el bebé desaparezca.*

—*¿Ese no es el tipo de cosas de las que tú sabes más?* —Pienso en la experiencia que tiene Jamón en ese tema: si lo hacemos cuando tengo la regla, no puedo quedarme embarazada; si me lavo en el agua después de hacerlo, no puedo quedarme embarazada. Parece saber todo tipo de cosas sobre cómo no quedarme embarazada—. *Aunque es posible que no sepas nada.*

—*Lo he buscado en los libros de la cartuja* —me explica—, *pero no dicen mucho. Hay algunas plantas que funcionan al principio, solo que no cuando…* —Me señala hacia el estómago—. *No sirven de mucho cuando ya está más grande.*

Entonces nos quedamos mirando mi estómago. Me llevo una mano a él y lo presiono un poco para esconderlo.

—*¿Sabes cuándo saldrá el bebé?* —le pregunto—. *¿Los libros hablan de eso?*

—*¿Quizás en primavera?* —Jamón frunce el ceño—. *No sé.*

Ha vuelto a tomar el control sobre sí mismo, con la lagartija ya olvidada. La expresión aturullada y enfadada que había tenido al perseguirnos desde la cartuja ha desaparecido. Sus mejillas vuelven a tener color de mejillas, y hay algo sobre su tranquilidad que me da mucho miedo. Me doy cuenta de que voy a ponerme a llorar. Trato de impedírmelo a tiempo, pero no lo consigo.

—*¿Por qué lloras?* —Parece alicaído—. *Blanca, ¿qué te pasa?* —Se desliza de su roca a la mía, la cual no es lo bastante grande para los dos, por lo que me acaba echando al suelo, y, de algún modo, acabo sentada sobre su regazo, mientras él me rodea con los brazos, y por alguna razón nos besamos, por alguna razón sus manos se dirigen bajo mi vestido, me acarician el estómago y me tocan los pechos.

Lo hacemos ahí mismo en el suelo, casi sin escondernos entre los arbustos. Me quedo tumbada de espaldas sobre la tierra, mientras la arena limosa se me escurre por los dedos. Noto una incomodidad cuando Jamón me presiona en el estómago, pero no le digo nada. No es como las otras veces junto al mar. Lo observo como si no estuviera involucrada en ello, como si no lo conociera de nada, sus embestidas y jadeos me parecen un poco ridículos, y, cuando todo termina, busco algo de agua, un charco, un estanque, cualquier cosa que pueda usar para lavarme.

—*No seas tonta* —dice Jamón, apoyándose en el suelo para incorporarse y enredándose un mechón de mi pelo entre los dedos—. *Ya no tenemos que preocuparnos por eso.* —Nos quedamos tumbados así, con Jamón murmurando palabras bonitas y yo escuchándolo, hasta que empieza a llover y me doy cuenta de que quiero llorar otra vez.

—*¿Te veré por la playa?* —le pregunto—. *¿Como siempre?*

—*Ya te diré* —contesta—. *Te lo diré pronto.* —Y entonces se coloca la capa de novicio y se escabulle por la colina de vuelta a la cartuja, la cual nos ha estado mirando desde arriba todo ese tiempo, como una nube muy negra. Se mueve a tal velocidad y con tanta ligereza por el camino que me recuerda a la lagartija otra vez, con Jamón dando vueltas y el polvo, y eso es lo único que me distrae de mis lágrimas.

Mi madre está en la puerta cuando vuelvo a casa. Me pregunto si me ha estado esperando allí todo ese rato.

—¿Y bien? —me pregunta—. ¿Qué? ¿Qué te ha dicho?

Me paro a pensar. ¿Qué me ha dicho Jamón? No logro recordar nada de lo que hemos hablado, ni una sola decisión a la que hayamos llegado. Estaba la idea del bebé muerto, pero no parece digna de mención.

—No mucho —contesto—, nada, en realidad. —Me froto las manos. Un rollito de suciedad se me pela de la piel. Y entonces pienso en las manos de Jamón en mi cabello, en los dos tumbados en el suelo, en no tener que preocuparme por lavarme después del sexo, en su aliento cálido en mi mejilla—. Ah —digo—, no, ahora que lo pienso sí que ha dicho algo. Ha dicho que todo saldrá bien, que no me preocupe.

La boca de mi madre se tensa en una mueca. Da una palmada y se deja las manos frente al estómago mientras me observa.

—Bueno —dice—. Menudo alivio entonces, ¿no?

Blanca

Una confesión: lo que más me asustó de George en el acantilado —más que la expresión de Maurice o el corazoncito de Solange que latía a toda velocidad— fue cómo me hizo sentir a mí. Maurice se enfadó, Solange se asustó, George oyó el metrónomo roto del «sí» y del «no» de la inconsecuencia de su propia existencia, y lo que yo noté fue que me gustaría morir. No que pudiera, no que me diera miedo, sino que quería. Lo cual resulta un poco absurdo, claro. Era una sensación con la que nunca me había permitido interactuar desde mi muerte. Si pensaba en ello sabía que no habría vuelta atrás; si iba allí, no podría regresar.

Era una puerta que había mantenido cerrada a cal y canto. Un precipicio propio sobre el que nunca me había asomado. Si bien mi intención había sido que siguiera siendo así para siempre, en aquel acantilado me perdí un poco en George, y se produjo un momento en el que lo que quería ella y lo que quería yo era lo mismo, es decir: nada en absoluto.

Estaba cansada. Llevaba consciente desde hacía trescientos setenta y nueve años. La fatiga, tan condensada, me hacía desear la muerte, la muerte de la muerte, con tanta claridad y nitidez como un trozo de hielo.

¿Sí? No. Sí. ¿No?, decía el metrónomo interno de George, y yo pensaba con el ritmo de su cadencia: *George está mal*. Pensaba: *Qué cansancio*. Pensaba: *Odio vivir*. Pensaba: *Quiero morir*.

Había una versión con una pega: *Si George se va a morir, yo también me quiero morir.*

Pero también había una más sencilla: *Quiero morir.*

Cuando morí por primera vez, me había despertado al instante para descubrir que no había fallecido del todo. En aquel entonces —tenía catorce años y era un poco tonta— me negaba a ver mi condición como algo contradictorio a las enseñanzas que había recibido en vida. En la iglesia no había habido ninguna mención a fantasmas más allá del Espíritu Santo, el cual no parecía ser relevante en mi caso. Sí que estaba Jesús, claro, quien había vuelto de entre los muertos. Y cómo olvidar lo de la vida eterna. Sin embargo, estaba segura de que el cura no nos había dado ninguna indicación de que la vida después de la muerte pudiera llegar a suceder exactamente donde la vida antes de la muerte se había acabado. Así que, en aquellos primeros días, floté por los claustros, confundida y más devota que nunca, mientras entonaba mi mantra: *Confía en Dios todopoderoso, Blanca; confía en Dios todopoderoso.* Me dije a mí misma que se trataba de una parte de un plan mayor, cuya meta final seguía siendo desconocida. Dios seguro que sabría lo que estaba ocurriendo.

Tras un tiempo, mi confianza en el plan de Dios perdió convicción, y empecé a sospechar que lo que estaba experimentando —la sensación de falta de cuerpo, una enorme reducción de fuerza, invisibilidad aparente— no era más que una especie de fallo. Algo había salido mal en el sistema divino y pronto lo iban a descubrir y a solucionar. Era como una moneda que se había colado entre dos baldosas; alguien, tarde o temprano, me iba a acabar recogiendo.

Me rendí con la confianza y deposité toda mi fe en la piedad: *Santa María tendrá piedad, Blanca.* Me prometí que ella iba a tener piedad de mí y que me iba a librar de mi sensación de vacío de un modo o de otro: o me devolvía el cuerpo, o bien me transportaba adonde fuera que las chicas bien educadas que por algún motivo habían tenido la mala suerte de cruzarse en el camino de hombres llamados Jamón debían estar. Sabía muy bien que lo que había ocurrido entre Jamón y yo era un pecado capital por parte de ambos bandos, por lo que estaba preparada para descubrir que lo que el destino me deparaba en realidad era el fuego eterno del infierno. Aun así, pensé que incluso el averno sería mejor que aquella existencia perdida entre las baldosas, aquella desaparición, aquella sensación de no estar yendo a ninguna parte. Y, fuera como fuere, todavía quedaba una parte de mí que creía en el cielo y ansiaba llegar allí, pues me imaginaba que involucraba un montón de marisco del bueno y música suave con arpas de la que nunca había escuchado en vida.

Una vez que se me pasó lo de la piedad, atravesé una fase de pensamientos positivos en la que traté de convencerme de que lo que estaba experimentando era, de hecho, un regalo maravilloso. *Te han concedido una segunda oportunidad en la vida, Blanca.* La mayoría de las personas se limitaban a morir y ya. Había visto numerosas muertes: gritos ahogados, caídas y golpes seguidos de nada. Que mi propia muerte hubiese sido tan ambigua, tan llena de poros e incertidumbre, era por tanto algo tremendo. No había perdido nada, no de verdad. Todavía podía oler los naranjos al florecer y la tierra mojada después de la lluvia, podía oír a los niños pequeños reír y podía ver el azul infinito del mar en el horizonte (el tipo de cosas que te dices que importan cuando lo que importa de verdad se ha ido al traste). Era cierto que no tenía amigos y estaba muda; y que el tiempo, para aquel entonces, había adquirido una cualidad pegajosa y vertiginosa. Pero bueno, aun así: ¡tenía una segunda oportunidad para vivir! Qué afortunada era. Era el siglo XVI. Empecé a viajar.

Estás aquí por una razón. Me quedé con ese razonamiento casi durante todo el siglo XVII; aunque supongo que también después, dado que mantuve los hábitos que había desarrollado durante esos años. Jamón ya llevaba mucho tiempo muerto para aquel entonces, pero había descubierto que el proceso de perturbarlo a él y a los demás hermanos me resultaba tan gratificante y necesario que solo me limité a transferir el centro de mi atención a los hombres que siguieron sus pasos. Siempre había alguien como él, así que no podía marcharme. Estaba el hermano Pablo, quien se colaba en el pueblo y metía palos por las ventanas para poder apartar las cortinas y ver cómo se desvestían las mujeres. Tuve cuidado con mis intentos con él, pues quería actuar en proporción y no pasarme de la raya. Hice que todo pinchara. Nunca se podía sentar sin encontrar algo afilado en el asiento. Su cama siempre estaba llena de guijarros y arena, por muchas veces que sacudiera las sábanas. Y además estaba la voz en su oído que le susurraba: *Te estoy vigilando.* Aquello lo tornó paranoico y le hizo pensar que se estaba volviendo loco. Lo convirtió en alguien cauto y nervioso y nunca quería desnudarse, ni siquiera cuando estaba a solas.

Luego estaba Tito, el carnicero que llevaba carne a la cartuja y que atormentaba a sus propias hijas. Con él fui rápida y directa. Su mujer, quien necesitaba su rosario en todo momento, se despertó una mañana y no lo encontró. En el suelo cerca de la hoguera: una sola cuenta. Y allí, en el umbral de la puerta: otra. Siguió el recorrido desde su casa hasta la letrina detrás de la carnicería, donde vio a su marido con su hija de dieciséis años. Al día siguiente lo invitó a pasear por los acantilados con ella; se quedaron juntos en el borde, y ella le rodeó la espalda con un brazo. Después le apoyó la cabeza en el hombro durante un instante antes de empujarlo. Aquel fue el logro culminante de ese periodo de mi existencia.

Y cosas así. *Estás aquí por una razón* era algo muy útil en lo que creer. Libraba castigos y me tomaba mis venganzas y, en general, cuidaba de todo, y así estaba más o menos contenta, o al menos resignada a hacerlo. Intenté que las dudas no me asaltaran. Intenté no hacer ninguna pregunta, ni pensármelo todo demasiado ni tratar de comprenderlo. Sin embargo, estar allí por una razón sí que implicaba que alguien lo hubiera provocado a propósito, que me hubiera adjudicado una parte en un plan mayor. Tras cien años de considerarlo, la lógica me empezó a fallar. Si de verdad era el plan de Dios, o de cualquier otra persona, no era el mejor plan del mundo precisamente. Era una niña fantasma solitaria y poco efectiva. Mi éxito con el carnicero fue cosa de una vez. No daba la talla para la tarea de mediar en las vidas sexuales de los vivos. No daba la talla para nada, a decir verdad. Solo hacía lo que podía.

Hazlo lo mejor que puedas, Blanca. Esa fase no duró mucho. De 1698 a 1701. Lo mejor que podía resultaba deprimente.

No está tan mal, Blanca. Mismos resultados.

Un día a la vez, Blanca. Esta fase sí se quedó conmigo. Dejé de mirar hacia el futuro y me centré en el pasado. Nunca anticipaba nada, nunca esperaba nada, solo existía. Día tras día. Todavía tenía tareas por cumplir, claro. Mantuve mi papel de vengadora. Cuidaba de mi familia (más o menos, y, con el paso del tiempo, más menos que más). Aun así, en general medía los días con los modos más pequeños que encontraba. Una semilla de granada que interponía en el camino de un gorrión. Una araña que escalaba por un cristal. Observaba las medicinas solidificarse en las jarras de la parte trasera de la estantería del apotecario; tapones de corcho que se secaban, se resquebrajaban y caían al líquido.

Si alguna vez fallaba y pensaba en cosas como *mañana* o *pasado mañana*, me distraía. Me decía a mí misma que no había ninguna necesidad de pensar en ello, que lo único que tenía que hacer era observar cómo la pintura de las contraventanas de la panadería se pelaba y se caía y exponía la madera podrida que había debajo. Estaba el hermano Samuel, quien era muy licencioso y voraz. A él le susurré: *Dios no existe.* Había un anciano que invitaba a chicas jóvenes a su casa para ver las flores que tenía en el jardín. Le escondí los bastones que usaba para caminar y le envenené las flores. Estaba el sacristán, y todo el asunto de las miguitas de pan.

Y entonces estaba George, y me enamoré de ella, y mi mantra volvió a cambiar para convertirse en: *George está bien.* Que George estuviera bien hacía que todo lo demás me pareciera bien.

Era lo más interesante que me había pasado nunca.

Dejé de preocuparme de la pintura y las semillas para pasar a pensar en ella y en el reducido grupo de personas que a ella le importaba.

Y entonces George dejó de estar bien, por lo que las palabras de mi cabeza se transformaron en *quiero morir*, y me tuve que enfrentar a la enormidad y a lo imposible de mi propia existencia, cuando lo único que podría haber ayudado a aliviarme habría sido tener un cuerpo con el que vomitar, desmayarme o sufrir una combustión espontánea, y hasta eso había perdido.

Di vueltas por todo lo que me había proporcionado algo de alivio durante todo aquel tiempo:

Confía en Dios todopoderoso, Blanca.

Santa María tendrá piedad, Blanca.

Te han concedido una segunda oportunidad en la vida, Blanca.

Estás aquí por una razón, Blanca.

No está tan mal, Blanca.

Un día a la vez, Blanca.

George está bien, Blanca.

Y, aun así, acabé girando como una peonza sobre: *Yo, Blanca, quiero morir.*

Pensé en el latido sólido y regular de un corazón. Pensé en la barba de Adélaide. Pensé en los huesos bajo tierra, duros y secos, con un gusano blando retorcido alrededor de un fémur.

Pensé en una conversación que George y Chopin habían mantenido al poco de llegar, cuando todavía buscaban tiempo para charlar entre ellos y Chopin seguía lo suficientemente bien de salud como para escuchar. Acababan de hacerlo, y George se había apretujado contra Chopin en su cama estrecha.

—Si creyera en el infierno —había dicho ella—, sería un lugar en el que nunca pasara nada. Sería una casa, en algún lugar del campo, con la mejor sirvienta del mundo. Ella haría que todo funcionara a la perfección y que todo estuviera en su lugar y que nada se rompiera. Nunca permitiría la entrada a ningún perro en la casa, para que no se meara en la moqueta. Eso es lo más parecido a la idea de una condena eterna que se me ocurre. Todo ordenado, pero para siempre.

Chopin jugueteó con un rizo del cabello de ella.

—Suena bonito —dijo.

(Entonces supe que no iban a terminar juntos).

—Creo que es mejor que no crea en el infierno —continuó ella—. A veces me parece que no puedo creer en nada eterno.

—*Aquí estoy* —interpuse yo—. *George, George, estoy aquí.*

Pensé en cómo, cuando había dicho eso, su cuerpo había cambiado. Cómo había entrecerrado los ojos ligeramente, con las pestañas casi rozándose. Cómo noté, aunque fuera por un segundo, aunque fuera por la fracción más ínfima de la eternidad, que tal vez ella sabía que yo estaba allí.

George recuerda

George ve a Marie por primera vez en el teatro. Es una noche con bastante público, pues se trata de una obra popular, y cualquier persona que creas que podría estar allí lo está. Las gradas son un quién es quién de los hombres del mundillo literario, y George se encuentra entre ellos, disfrazada tranquilamente con su chaqueta, pantalones y botas. Sobre ellos, las mujeres ocupan los balcones: un halo de volantes. Es enero y hace mucho frío, pero el interior está cálido; todos tienen la nariz rosa, se frotan las manos, y las mujeres se abanican en vano, lo cual a George le da la sensación de que está en una pajarera, rodeada de alas.

George ha oído hablar de Marie, por supuesto; lo difícil habría sido lo contrario. Sale mucho en los periódicos. Es el tipo de persona del que la gente que conoce George presume conocer. Sin embargo, esta noche es la primera vez que George le puede poner un rostro al nombre, por lo que se dirige a la experiencia con curiosidad y poco más: una oportunidad de ver a una actriz famosa actuar en la flor de su vida. Es una obra de Victor Hugo. Marie cuenta con el papel epónimo, Marion de Lorme, una mujer de la corte. George cree que va a ser una buena noche. Espera que la entretengan. Espera, o eso supone, que la impresionen.

Y allí, con paso tranquilo hacia el escenario, aparece Marie. Tiene algo más de treinta años, un poco mayor que George, es pálida y parece relajada. Se mueve con una naturalidad que hace que los demás actores parezcan marionetas. Cuando habla, su voz suena más alta que la de los demás, por mucho que el volumen sea más o menos el mismo. Hay algo sobre su despreocupación que a George le hace pensar en su vieja amiga Chico, en las noches que habían pasado juntas rascando los muros del Convento de los Agustinos Ingleses. George se endereza y presta más atención. Ocurre durante el transcurso de tal vez quince minutos: se enamora de ella.

George se entiende muy bien a sí misma o, al menos, cree que lo hace. Tiene veintiocho años, es una esposa separada, una mujer que vive con independencia en París; está acostumbrada a las personas y a los modos en que ella reacciona ante los demás. Recuerda la punzada de reconocimiento que había notado al ver a su futuro marido por primera vez, aquel día en el Café Tortoni, como si ambos hubieran recordado sus propios futuros, como si todo lo que fuera a suceder ya estuviera guardado en algún lugar de sus pensamientos. Recuerda cómo sus primeros encuentros con Jules la habían dejado en un estado de nerviosismo cálido; sin saber qué hacer con las manos y fumando sin parar. En ocasiones, el rostro de algún desconocido por la calle le golpeaba del mismo modo: una punzada placentera de atracción. Ya está acostumbrada a todo ello. Es parte de la vida, de vivir en París, de vivir siendo George.

Por tanto, la sensación que Marie despierta en George le resulta similar, aunque también muy sorprendente. Al principio, George la confunde con la furia y piensa: *¿Quién es esta mujer que ocupa tanto sitio?* Piensa: *No veo nada más en el escenario que a esta mujer que habla tan alto y me distrae tanto.* Piensa: *No puedo seguir la obra, no puedo seguir la obra.* Se remueve en su asiento, nerviosa, estira el cuello y mira los rostros del público para ver si a ellos también les está molestando Marie.

Y entonces se asienta en ella como una oleada de náuseas: el deseo.

Es como si estuviera viendo mi alma —piensa—, *viendo cómo camina con ropa y botas fuera de mi cuerpo.*

Es una sensación terrible, agonizante e insoportable, y vuelve al teatro noche tras noche para experimentarla de nuevo.

George le escribe una carta a Marie. Decide no contenerse desde el principio. Al fin y al cabo, ese es el deleite de las mujeres, el poder decir exactamente lo que George quiere decir y que ella solo fuera a verla mejor debido a eso. Así que le escribe a Marie que verla es como ver su propia alma; y que no se le ocurre, de entre todas las experiencias de sus veintiocho años de vida, ni una sola que la haya trastocado y encantado y absorbido tanto como ver a Marie sobre el escenario; y que no puede estar satisfecha, ni tampoco tranquila, a decir verdad, hasta que conozca —¡no! Hasta que considere su amiga— a la mujer que la ha hecho sentirse así. Y, por tanto, concluye con la pregunta de si le parecería bien, si Marie estaría dispuesta a recibir una visita por parte de George Sand.

Parece que acaba de enviar la carta —todavía está emocionada y algo ansiosa por haber escrito todos sus sentimientos en el papel con total libertad— cuando alguien llama a la puerta de su piso y, envuelta en telas y plumas y ruido, Marie está allí de repente, personificada y perfumada, recorriendo el suelo hasta donde George está ubicada cerca del fuego, rodeándola con los brazos y diciéndole con la misma voz que usa para proyectar en el escenario: «¡Aquí estoy!».

Marie es la primera persona de la que George se ha enamorado que la hace sentirse tonta. No es algo que ella parezca hacer a propósito, sino que más bien se trata de un efecto de su presencia, como si soltara una especie de gas que la adormeciera. Hace que George sea más torpe, que piense más lento, que casi se quede muda. Se encuentran por las noches para ir al teatro o salir a cenar, y luego se sientan junto al fuego en los aposentos de George hasta bien entrada la madrugada. Cada vez que Marie le pregunta «¿qué has hecho hoy?», a George solo se le ocurre responder «pensar en ti». Ni siquiera es cierto: su cerebro trabaja en todo momento; está escribiendo una nueva novela, pero, si Marie le pide que le cuente sobre ella, lo único que es capaz de decirle es que «es una historia sobre una mujer». Frente a Marie, George se siente simplificada y atormentada: quiere hacer cosas complicadas e impresionantes para su nueva amiga, solo que Marie nunca nota que le falte nada.

Después de estar con Marie, en cambio, nada más esta sale por la puerta, a decir verdad, George se llena de energía. Sus pensamientos le parecen más nítidos, todo lo que la rodea le parece más claro, y escribe toda la noche sumida en un frenesí para explicar en el papel cómo es que una persona puede transformar una sala, un edificio o una ciudad entera como si de una nueva estación se tratase. Primavera, verano, otoño, invierno, Marie. Marie hace que George sea ambiciosa del modo que solo lo consigue la primavera; hace que George sea decidida del modo que solo lo consigue el invierno.

George es consciente de que algunas personas perciben sus sentimientos de forma cada vez menos intensa conforme se hacen mayores; sus amigos hablan sobre cómo la música les había afectado de forma más poderosa que ahora, cómo el ver un cuadro o leer un poema a los dieciséis años había sido como un sobresalto en el cuerpo que ya no son capaces de experimentar. George se ha llegado a preguntar, tras escucharlos, si eso es algo que le está pasando a ella también. Ahora sabe a ciencia cierta que no es así. De hecho, está envejeciendo al revés: el mundo le parece más impresionante con cada año que pasa. Es como si estuviera mudando la piel y convirtiéndose en algo más puro. Antes de Marie, no había nada en el mundo que la sorprendiera con semejante impacto, de forma tan inmensa; y ahora está Marie, y los días de George son un aluvión de sensaciones que la impulsan: ¡Dios, los pájaros! ¡Dios, el sabor del café! ¡Dios, los rostros de todas las personas con las que se cruza por la calle!

Y entonces Marie aparece por sus aposentos, y George se vuelve suave, callada y absorbente otra vez.

Hacen planes para ir a cenar, George con Jules y Marie con su amante, Alfred. Una vez que todos han llegado y se han sentado, a George se le pasa por la cabeza lo horrible que es esa idea. Ella y Marie habían armado el plan como una travesura llena de risitas, cuando pensar en arrastrar a los hombres con ellas les había parecido entretenido.

—Te miraré cada vez que Alfred se ponga a hablar de sí mismo —le había dicho Marie—, así que te miraré durante toda la velada.

Ahora George mira de Jules, quien ha retorcido los labios casi en un mohín, a Alfred, quien tiene la mirada clavada en el vino. Los hombres lo han notado al instante, o tal vez han estado enterados desde hace algún tiempo, que algo amenazante ocurre entre las dos mujeres. En una situación normal, George llenaría el silencio con historias de las suyas, pero, dado que Marie está con ella, su cerebro funciona con lentitud. Cuando intenta decir algo, la lengua le parece demasiado grande para su boca.

Se les agota la cháchara insulsa durante la sopa, y un silencio espeso cae sobre los cuatro. George remueve la comida de su cuenco con la cuchara, como si la idea de algo que decir fuera a aparecer de entre los trozos de patata. Jules se aparta un poco de la mesa y su silla roza contra el suelo. Alfred eructa de forma discreta contra su mano. Cuando George alza la mirada, lo hace directamente hacia los ojos de Marie, que están vidriosos. El rostro de la actriz se ha tornado de un color rosa brillante. George se percata de que Marie está intentando contener una carcajada y de que va a perder la batalla, pues está a punto de salir. Al verlo, toda la solemnidad y la incomodidad de la ocasión se alza de sus hombros y suelta una risa maníaca y llena de alegría. Aquello desata a Marie, y las dos pierden el control, se salen de sí, se sacuden y lloran y se mecen en sus sillas. George cree que se lo va a hacer encima.

—*Ay, no, ay, no* —suelta Marie cuando logra recobrar un poco el aliento—. *¡Es horrible! ¡Oh, no!*

Los hombres se quedan quietos y en silencio hasta que George y Marie retoman el control sobre ellas mismas, se limpian las lágrimas y de vez en cuando vuelven a caer en unos paroxismos de risitas.

—*Lo siento* —se disculpa Marie, llevándose las manos al rostro para secarse los ojos—. *Es que no podía.*

Alfred se inclina hacia Jules, sin hacer caso de nada de lo que ha ocurrido, y le dice:

—*He estado trabajando en unos nuevos poemas. El plan es publicar varios de ellos en otoño.* —Lo dice como si estuviera respondiendo una pregunta que cree que le deberían haber formulado.

Cuando acaba el mal trago de la cena, salen al balcón a fumar. Las parejas se separan; Marie y Alfred se ponen a observar el río, y George y Jules se colocan al otro lado, de cara a la ciudad. George mira a Marie, quien parece estar regañando a Alfred, le acaricia las mejillas y el cuello y le planta besos en la mano. Desea no haberlo visto.

Jules sigue callado, como lo ha estado durante toda la velada, y George se siente tan sola que se marea y le cuesta respirar.

—¿*Qué te pasa?* —le pregunta ella, con cierta hipocresía—. *¿No te cae bien Marie?*

—*El problema no es si me cae bien a mí, ¿no?* —responde él tras guardar silencio unos segundos.

Más tarde, los hombres vuelven a entrar para beber, por lo que George y Marie se quedan a solas por primera vez en toda la noche. Marie le da un beso a George en la mejilla, y ella se siente borracha de repente.

—*Menudo desastre* —dice Marie, mirando hacia los tejados oscuros y estirando una mano hacia la de George. La piel de Marie está fría, por lo que George se la coloca en el muslo para calentarla.

—*Una catástrofe.*

—*Alfred dice que no tienes nada de gracia. Dice que eres como un hombre.*

George se enciende un cigarro.

—*Dios no quiera que pases tiempo con alguien que parece un hombre* —dice ella. Se trata de una de las cosas más astutas que ha logrado decir en presencia de Marie, pero ella se ríe con la misma intensidad que ante las bromas más malas de George.

—*Está celoso* —explica Marie—. *Le he dicho que claro que no tiene que estarlo, que lo quiero más que a nada en el mundo, y, aun así, se ha enfadado y me ha llamado Safo. Y a ti te ha llamado Safo. ¡Imagínate!*

Le duele.

—*Te quiero* —le dice George.

Marie le da un apretón más fuerte a George en la mano.

—*Estoy triste* —contesta.

—¿*Sabes que Marie Dorval se acuesta con mujeres?* —le pregunta Jules—. *He oído un montón de cosas sobre ella.* —Parece más irascible y delgado que nunca y se pasea sin descanso por los aposentos de George mientras agarra objetos para luego dejarlos en lugares distintos. George lo sigue y vuelve a acomodar los objetos que ha desordenado. Han transcurrido varios días desde la cena con Marie y Alfred, y él no la ha besado desde entonces. Parece no estar muy seguro de si debería hacerlo o no.

»*Deberías andarte con cuidado* —sigue Jules—. *La gente podría ponerse a hablar.*

Es cierto que los demás, entre ellos Jules, podrían ponerse a hablar. También es cierto que lo hacen de todos modos. George se ha dado cuenta de una divergencia extraña que se ha producido en el modo en que sus amigos le hablan del tema; en lugar de decir «Me he enterado de que hay algo entre ti y Marie Dorval», lo que dicen siempre toma la forma de una advertencia: «He oído que deberías andarte con cuidado con Marie Dorval. La gente podría ponerse a hablar».

George se pregunta de dónde habrían oído todo eso si la gente no estuviera hablando ya.

Se pregunta si Marie oirá las mismas palabras sobre ella: «Ándate con cuidado con esa George Sand. He oído que se acuesta con mujeres». Por supuesto, Alfred le estaría diciendo cosas así o peores. Solo que la mayoría de las personas tampoco van y dicen directamente que una mujer se acuesta con otras mujeres. Dicen: «Sufre de una pasión de la misma naturaleza que la que tenía Safo por las jóvenes de Lesbos». Como si la comparación fuera algo más discreto.

George alterna entre cuánto le importa lo que piensan los demás y olvidar lo que era que le importara algo. Algunos días la invade un asco que no es capaz de soportar al imaginar lo que los demás piensan sobre ella y Marie, al saber lo que ella misma piensa sobre ella y Marie. La sola idea de ello, dos mujeres juntas: tan desconcertante que se asienta en ella como una especie de tristeza. No obstante, durante el resto del tiempo no logra recordar qué diablos podría haberla conducido hasta aquel tipo de melancolía. Trata de pensar en lo que aquella vergüenza había sido y le resulta algo muy lejano, como el recuerdo de una noche con alcohol. No puede unir las piezas en algo que tenga sentido, y, ante la ausencia de la claridad, ¿qué otra cosa puede hacer sino desprenderse de los fragmentos y decidirse a ser más ella misma que nunca? Se siente obstinada. Quiere estar a la altura de los rumores, darles algo a los demás para que hablen, darle a Alfred un motivo por el que ponerse celoso de verdad. Desearía estar acostándose con Marie, como dicen los demás.

De hecho, solo ocurre una vez entre ellas. Jules se ha ido con unos amigos —ya casi ni habla con George, y ambos parecen saber que lo que fuera que hubiera habido entre ellos ya ha desaparecido—, y Marie aparece en los aposentos de George después de la cena. Se queda en el umbral de la puerta con los ojos vidriosos, cansada, tal vez un poco achispada, y, en lugar de dejarse caer sobre una silla junto al fuego como hace siempre y proclamar que tal o cual persona es un cabrón o que nadie ha tenido un día peor que ella, cruza la sala y se queda con el rostro a escasos milímetros del de George. Su mirada se dirige de lado a lado; mira de uno de los ojos de George al otro y la comprueba.

El corazón de George le da un vuelco.

No es que no se haya imaginado esa situación, que no haya intentado pensar exactamente en cómo iba a ser, en quién iba a hacer qué, en qué iba a ir dónde, en qué utensilios iban a necesitar, en la mecánica del asunto. No es como si no se hubiera plantado desnuda frente un espejo y se hubiera inspeccionado a ella misma, entretenida y frustrada al pensar en que sabe menos sobre cómo complacer a alguien con un cuerpo como el suyo que a los hombres y a sus protuberancias extrañas. Ha intentado imaginarse, de forma tan gráfica como ha podido, una vulva que no es la suya, ha invocado sus texturas, pliegues y olores, su vello rizado y las arrugas en la piel, y se ha preguntado: *¿Es esto lo que te gusta? ¿Es esto atractivo? ¿Seductor? ¿Qué se hace con esto?* Sospecha que Marie sabe las respuestas a todas esas preguntas, pero George no.

El problema es que, a pesar de todos sus intentos por prepararse, en realidad no tiene ni idea de qué hacer.

Desea que Marie se lo muestre. Solo que ahora Marie no hace nada, sino que se ha quedado plantada, con los labios abiertos alrededor de un aliento que huele a vino, por lo que es George quien acaba dando el paso y le acerca el rostro lo suficiente para besarla. Es una especie de intento, como un sorbo. George se echa atrás y examina el rostro de Marie mientras se pregunta si ha hecho lo correcto. Marie, todavía distante, junta los labios en una sonrisa entendida, se ríe suavemente por la nariz y se inclina hacia delante para devolverle el beso a George, quien casi quiere hundirse en la tierra por el alivio, porque piensa que ya no pasa nada, que no importa lo que sabe y lo que no, que no tiene nada de malo si es ignorante o extraña, si se habla sobre ella o no, si es mujer u hombre, si es estúpida o inteligente. Se le suelta el cuerpo con un suspiro, y sus manos se abren camino entre la ropa de Marie como si se hubiera desatado un sello.

Un desangrado lo matará

Y entonces a Adélaide se le acabó la leche. Su suministro había disminuido de forma continua desde que había llegado a la cartuja, y en aquellos momentos parecía ser presa de una gran depresión. Casi no levantó la cabeza cuando Amélie, con sus escabeles y su cubo de leche en las manos y una canción sobre una vaca y un burro gris en la boca apareció por el patio. Amélie estaba muy animada, serpenteando entre las baldosas, y al principio no se percató de que la cabra estaba floja por la miseria.

—¡Adélaide! ¡Adélaide! —Interrumpió su propia canción para llamarla. Tenía la cabeza llena de lo que le había oído decir a George hacía dos noches: «No podemos quedarnos aquí. Si nos quedamos aquí, no sé qué nos va a pasar. Nos vamos a volver locos. Tenemos que volver a casa». Aquellas palabras habían tomado la forma de una promesa en la mente de Amélie. Iban a volver a casa, a París. Y era por ello que le apetecía cantar villancicos y canciones populares sobre burros—. ¡Adélaide!

La cabra le dio la espalda.

—¡Adélaide! —insistió Amélie—. ¡Ven aquí, cariño! Tengo algo para ti.

Lo que Amélie tenía para Adélaide era solo un caqui del jardín, pero fue suficiente para alentarla. La cabra arrastró los pies hasta llegar a la fruta y consintió acomodarse junto a la pila de escabeles mientras Amélie empezaba a retorcer y a apretarle las ubres.

No salió nada.

—¿Adélaide? —la llamó Amélie, en un susurro—. ¿Adélaide? ¿Qué te pasa?

Adélaide parecía no verla ni oírla. Amélie le acarició las orejas, el cuello y la barba. Y entonces Adélaide se tumbó y cerró los ojos.

No estaba muerta. Su estómago se alzaba y se hundía con cada respiración. Hundió la nariz en el suelo, como si quisiera descender más aún.

Por un momento, pareció que Amélie iba a echarse a llorar. Se arrodilló junto a la cabra e inspiró hondo y con dificultad antes de exhalar poco a poco, con los labios apretados. Meneó la cabeza. Solo era una cabra. No le importaba, no de verdad. Iba a volver a París. Iba a volver a París.

Adélaide pareció captar tanto la oleada de simpatía como su repentina desaparición y rozó el suelo con el hocico. Mantuvo los ojos cerrados, con sus largas pestañas que le cubrían los párpados bajados a cal y canto.

Amélie la dejó, volvió a la celda con las manos vacías y explicó que Adélaide se había quedado sin leche y que se mostraba desanimada.

—¿No tiene leche? —preguntó George con un atisbo de pánico en la voz—. ¿Nada de nada? —Había estado en su mesa escribiendo una carta sobre el piano. Le imploraba al cónsul francés de Palma ayuda para razonar con los agentes de aduanas. Debía haber algo que alguien pudiera hacer. Y se les había acabado la leche. Amélie inclinó el cubo para mostrarle que estaba vacío.

Chopin había vuelto un poco en sí desde el día en que George y Maurice habían ido a Palma, aunque no del todo. Seguía apático y ausente. La esperanza del piano y la leche podrían haberlo ayudado o no, pero el ritual de mezclar la contribución de Adélaide con la leche de almendras casera les había ido bien a todos, o al menos les había dado la impresión de que en esa pequeña escala todo estaba bajo control. La idea de seguir sin ella nos puso nerviosos a todos.

Mientras George y Amélie tenían su conversación sobre la leche, Chopin estaba en su habitación, tosiendo y con las manos en la garganta. Creía que se le estaban cayendo los dientes, que se los había tragado sin darse cuenta. Tosía y tosía para desatascar los dientes de su garganta, pero lo único que soltaba era sangre.

George escuchó la tos de la habitación de Chopin, se quedó mirando el cubo de leche vacío y le dijo a Amélie:

—Ve a buscar al médico.

Mientras aguardaba la llegada del doctor Porras, George se sentó y se puso de pie cuatro veces. Fue hasta la puerta de Chopin y se dio media vuelta para dirigirse a la habitación en la que dormía junto a sus hijos. Asomó la cabeza para ver que Maurice estaba tumbado en su cama, leyendo, y que Solange seguía durmiendo. Se retiró antes de que ninguno de los dos pudiera darse cuenta de que había estado allí. Caminó deprisa hasta su escritorio y sacó tres cigarros y se los guardó en el bolsillo de la chaqueta. Luego se dio media vuelta y fue hasta el jardín.

Amélie hizo pasar al doctor Porras mientras George fumaba en el exterior, y, para cuando ella se dio cuenta de que ya había llegado, él estaba en la habitación de Chopin, con la puerta cerrada. Colocó las manos y una oreja contra la puerta. Oyó: una voz baja y el sonido de su propia piel al rozar contra la madera. Llamó a la puerta y la abrió un poco antes de que alguien contestara.

—¿Doctor Porras? —lo llamó George.

La habitación estaba invadida por un olor rancio y mohoso. Chopin estaba tumbado bocabajo, con la camisa levantada para dejar ver su espalda. El doctor Porras lo estaba examinando entre las vértebras y de vez en cuando se encorvaba para colocar la oreja entre los omóplatos de Chopin.

—¿Doctor Porras? —repitió George—. ¿Chopin?

Cuando Chopin volvió la mirada para ver a George, tenía los labios de color rojo brillante. Había estado tosiendo bocabajo en la almohada, y la sangre había pasado del lino a su piel. Me di cuenta de que le había crecido el pelo y que, junto a sus labios de un color rojo tan llamativo, parecía femenino. Tenía la tez pálida, casi azul, y verlo así despertó algo en George. Cruzó la sala hasta él para plantarle un beso en la boca, justo por debajo del carrillo del doctor Porras.

George se echó atrás, se limpió los labios y retrocedió hasta el taburete del piano.

La expresión del doctor Porras: preocupación. Con un atisbo de horror.

—¿Qué le parece, doctor?

El doctor Porras se limpió la boca con el dorso de la mano, como si hubiera sido él el de los besos. Carraspeó. Frunció el ceño.

—Bueno —dijo y se limpió la boca otra vez—. Ahora está claro que se trata de un caso de tuberculosis contagiosa. Ya lo sospechaba al principio, pero ahora tenemos todas las pruebas. —Recobró la compostura lo suficiente para señalar hacia la hinchazón en el cuello de Chopin (ni George ni yo la pudimos ver) y el brillo vidrioso de sus ojos; su cuerpo no tenía fuerza. Chopin estaba flojo y pálido y al borde de las lágrimas.

El doctor Porras alzó una de las manos de Chopin y le separó los dedos. Nos mostró las puntas de estos, que estaban enrojecidas, y explicó que estaban hinchadas. Dijo que la sangre de Chopin se estaba atascando, que había dejado de fluir. Se estaba acumulando en los pulmones, las manos y la garganta; por eso estaba tosiendo tanto. Hacían falta unas medidas urgentes.

—¿Está seguro, doctor? —inquirió George—. Es solo que sé que si lo viera cuando está bien, y está bien tanto tiempo como no lo está, lo reconsideraría. —Una exageración—. Si de verdad fuera tuberculosis, ya la habríamos pescado todos. Está conmigo y con mis hijos casi en todo momento.

El doctor Porras se llevó la mano a la boca una vez más.

—Ha habido médicos en mi familia desde hace seis siglos —dijo. Le di un manotazo, y él se tensó un poco—. Le aseguro que no me equivoco. Sé lo que es la tuberculosis cuando la veo, y, si usted y sus hijos no han contraído la enfermedad, solo será cuestión de tiempo. —Posó la mirada en los labios de George, como si ya pudiera ver la enfermedad en ellos, abriéndose paso entre sus dientes.

—Ya veo —repuso George.

—Además, si las personas del pueblo no están infectadas, señora, es por la gracia de Dios. Su marido, su *amigo,* es un peligro para todos quienes lo rodean. Debemos actuar de inmediato para salvarle la vida, y, cuando tenga fuerzas suficientes para viajar, lo más sabio, lo más sensato, es que regresen a… a donde sea que sea su lugar de origen.

Chopin había estado callado durante toda la conversación. Se había tumbado de espaldas y miraba el techo, que le parecía más bajo que antes.

—¿Qué me recomienda, doctor? —le preguntó.

—Un desangrado —dijo el doctor Porras—. Y ahora mismo. —Había acudido preparado, con su lanceta y su cuenco tallado. Abrió la cuchilla y la dejó sobre su rodilla—. Solo tres o cuatro incisiones por hoy, creo yo. Y más mañana.

Chopin frunció el ceño y le buscó la mirada a George. Ella frunció el ceño y se frotó los dedos índice y pulgar; tenía ganas de fumar. Chopin contuvo una tos, tragó y volvió a tragar. Ninguno de ellos dijo nada. Ambos habían sabido desde hacía algún tiempo que todo había salido mal, que el invierno soleado de aire fresco y buen trabajo se había convertido en algo frío, obstaculizado y mortal. Sin embargo, en aquel momento ambos estaban asustados, asustados del mismo modo y al mismo tiempo.

El doctor Porras le desabrochó el puño de la camisa a Chopin, le levantó la manga y sostuvo el antebrazo del músico en su regazo. Chopin apartó la mirada.

Todos estaban preparados para lo que iba a suceder, y no lo pude soportar.

Fue entonces cuando lo hice. Me descuidé. Me caí de bruces. Después de haberme contenido durante tanto tiempo.

Le di la vuelta a la página y leí lo que venía a continuación. Vi el futuro en el que el doctor Porras llevaba su lanceta hasta el antebrazo de Chopin y le hacía tres cortes en la vena. Vi la sangre formar una manga en la piel de Chopin y caer hasta el cuenco. El rostro de Chopin, blanco y cada vez más blanco. Iba a empezar a toser, y la presión de la tos iba a provocar que la sangre fluyera más deprisa, y George iba a decir: «Se va a desmayar. Cuidado, cuidado, que se desmaya». Y entonces Chopin se iba a desmayar.

Vi que el doctor Porras iba a continuar con el desangrado hasta que la sangre llegara a la marca superior del cuenco. Acumulado de aquel modo, el líquido iba a parecer de color negro. Llamarían a Amélie para que se lo llevara. Ella iba a caminar muy despacio para no derramar nada. Luego iban a limpiarlo, lavarlo y ponerle vendas. El doctor Porras iba a musitarles instrucciones para pasar la noche y a indicarles que pensaba regresar por la mañana. Chopin se iba a quedar tumbado de espaldas como un cadáver, con George sentada junto a su cabeza para acariciarle el cabello, iba a ver al doctor Porras marcharse sin decir nada y se iba a quedar allí toda la noche. La tos de Chopin se iba a volver más ronca y peor, y, alrededor de las cuatro de la madrugada, se le iban a abrir mucho los ojos, muy vidriosos, y se iba a retorcer sobre su colchón, impulsarse y ponerse de pie. Iba a dirigirse al piano, a sentarse en él y a abrir los dedos como si fuera a tocar un acorde, pero nunca iba a llegar a pulsar las teclas, sino que se iba a quedar allí flotando antes de volver a la cama.

Vi que George iba a ponerle la mano en la frente y la iba a notar helada. Le iba a dar la mano para comprobarle el pulso, el cual iba a ser rápido y tembloroso como un insecto atrapado.

Iba a pensar: *Me está dejando. Me está dejando.*

Y entonces Chopin iba a morir.

Su muerte iba a ser para George como la pérdida de un órgano vital: un repentino espacio vacío en su interior, donde antes había habido algo esencial para su funcionamiento.

Retrocedí dando tumbos hasta el presente, en el cual el doctor Porras estaba limpiando la cuchilla de la lanceta con el lateral de sus pantalones.

—¿Accede a proceder? —le preguntó el doctor Porras.

Había entrado en demasiado pánico como para pensar en lo que acababa de hacer, en lo que estaba haciendo. Centré toda mi energía en George, en decirle tan alto y tan claro como nunca:

—*¡Un desangrado lo matará! ¡Un desangrado lo matará!*

George se quedó mirando al doctor Porras sin parpadear. Dirigió la lengua hasta los labios y luego la volvió a meter.

—*¡Un desangrado lo matará!* —insistí. Le sostuve el rostro. Le pronuncié mis palabras justo en la boca—. *George, escúchame. Un desangrado lo matará.*

—Un desangrado lo matará —dijo George—. Un desangrado lo matará —repitió—. No puedo permitirle proceder, doctor Porras.

El doctor protestó, por supuesto. Algo sobre: presión. Algo sobre: urgente. No sé, no le estaba prestando atención.

—¿*George?* —dije—. ¿*George?* —Le toqué las manos, le toqué el rostro, le toqué la boca.

Me miró directamente. Podría haberme muerto ahí mismo.

Recuerdo

Al principio solo es cosa de mi estómago, que sobresale cuando antes se me hundía bajo las costillas, además de un poco más de volumen en los pechos. Nada de eso resulta obvio a simple vista, o al menos no me lo parece cuando estoy vestida y ocupada con los cerdos, la compra o las tareas de la casa. Me ajusto la ropa tanto como puedo. Combato contra mi carne, la apretujo y la meto dentro.

Entonces me visitan unas mariposas nerviosas en el estómago y me distraen. Cuando mi madre me pregunta qué me pasa le contesto que estoy preocupada, muy preocupada, y que no sé por qué. Objetos cotidianos, charlas amistosas, saludos por la calle: hacen que mis adentros se pongan del revés como si el mundo estuviera llegando a su fin. Los días de la semana: la palabra «martes» parece llena de malos augurios. «Martes». «Jueves». Las mariposas van a peor. Se me revuelve el estómago.

La sensación se suma a unos movimientos distintos. No mariposas, sino algún tipo de arañas. Varias serpientes pequeñas. Una lagartija.

Hay una cosa con brazos y piernas dentro de mí. El bebé extiende sus manos y pies hacia mi cuerpo y se sirve de lo que es mío: una cucharada de pulmones, un golpe en la vejiga. A veces es algo tan agudo, tan preciso, que hace que se me doblen las rodillas.

Desnuda y tendida sobre la cama, me quedo mirando la cúpula que es mi vientre. Los golpes en mi interior se intensifican: un espectro nervioso que se retuerce ahí dentro. Y luego aparece: un bulto en la piel estirada cuando el bebé da una patada; la siguiente vez, de forma incluso más clara, un pequeño y breve bulto que sobresale del bulto más grande y permanente. El bebé está buscando una ruta de escape. Golpea y araña las paredes que soy yo. Pongo una mano donde se producen los movimientos; trato de imaginar que eso es algo maternal y tranquilizador. Intento decirle «shh, shh, pequeñito, vuelve a dormir», pero no logro poner el tono adecuado, y lo que quiero decir en realidad es «vuelve a ese sueño en el que dormías antes de ponerte a vivir en mi cuerpo, fuera lo que fuere eso. Vuelve ahí».

Veo a los bebés del pueblo como si fuera la primera vez. Hasta el momento solo han sido ruido de fondo, como las ráfagas de viento o la lluvia al golpear el tejado. Me asomo a los brazos de las esposas en la iglesia, hacia los rostros de sus hijos cubiertos de leche y haciendo muecas, los cuales se arrugan como higos secos cada vez que lloran. Verlos me da escalofríos, además de pensar en lo que estoy haciendo, en lo que hace mi cuerpo. Las madres del pueblo se agrupan, redondeadas o vaciadas y con sus hijos en brazos. Me imagino a mí misma entre ellas, con mi propia criatura que se retuerce como si fuera lo más normal del mundo, como si fuera un estado normal, algo normal que le puede pasar a cualquiera.

Cuando hace frío, los pezones se me ponen morados y blancos y me empiezan a arder. Me apresuro a buscar algo cálido que ponerme cerca: mi madre, mi hermana, los cerdos, perros callejeros. Es lo único que me ayuda: la sangre caliente y el latido del corazón de otro ser vivo.

—¿Qué le pasa a Blanca? —pregunta mi hermana cuando me lanzo sobre ella.

—*Tiene las tetas frías* —dice mi madre, y, a partir de entonces, cada vez que mi hermana me visita, me acaricia el vientre, el cabello y las mejillas y me dice: «Mi querida Tetas Frías, ¿qué te pasa ahora?».

Las madres del pueblo han empezado a percatarse de mí también, por supuesto, e incluso las mujeres jóvenes y sin marido me dirigen la mirada mientras camino como un pato y jadeo por todas partes. Sé lo que se preguntan sobre mí. Sé que quieren venir a interrogarme sobre el bebé, sobre el marido que mi madre ha prometido que está en camino y que todavía no se ha materializado. Solo que nadie se atreve, y yo no digo nada. *Ya lo veréis dentro de poco,* pienso. Que es lo típico que se piensa cuando avanzas como lo hago yo, cuando el futuro sucede más rápido de lo que una sabe, cuando ves que las cosas solo pueden terminar de un modo y no con millones de posibilidades.

Dejo de acudir a misa. Mi madre le dice a todo el mundo que estoy enferma. Yo me digo a mí misma que estoy enferma. Hay algo que va muy muy mal en mi cuerpo.

—*No será diminuta e inofensiva toda la vida* —me dice mi madre—. *Dentro de poco será lo suficientemente grande para hablar y ayudarnos con los cerdos. Y luego un poco más tarde ya se estará acostando con monjes y metiéndose en todo tipo de…* —Hace una pausa— *aventuras.*

El paseo hasta la costa se me hace más difícil con cada semana que pasa. Me pesan los pies, me pesa el estómago, tengo la vejiga apretujada, pero me arrastro hasta allí de todos modos. En la mayoría de las ocasiones, Jamón no aparece. Me quedo sentada en las rocas y mojo los dedos de los pies en el agua y noto que estoy en el borde de un precipicio, y, cuando vuelvo a casa, le digo a mi madre que ha ido genial, que él ha sido muy cariñoso y que ha dicho que la boda será muy pronto, que solo tiene que finalizar algunas cosas.

En otras ocasiones, sin embargo, sí que está allí, nadando a pesar del frío, o estirado y fingiendo una especie de naturalidad que nunca parece sentir de verdad.

—Jamón —lo llamo—, ¿qué está pasando?

Quiero que me diga las cosas que le cuento a mi madre que me ha dicho, o al menos una versión más pálida y holgada de ellas: «Todo va bien, todo es maravilloso».

—Jamón —insisto—, *el futuro está pasando dentro de mí.*

Quiero que me diga que sí, que está de acuerdo, que solo hay un futuro posible.

En su lugar, me dice:

—*Cada vez estás más grande.*

Poco después, unas estrías aparecen desde mis muslos hasta mis pezones, de modo que mi cuerpo parece un cojín viejo y deshilachado. Jamón deja de ir a la playa, por lo que al final no dice nada de nada.

El futuro inmediato

M e había descuidado, claro. Había quebrantado la única regla que todavía mantenía. Había visto el futuro y, al narrarlo, lo había cambiado.

¡Lo había querido hacer tantas veces! Solo que nunca se me había pasado por la cabeza que iba a hacerlo de verdad.

Para entonces, hablar con los vivos se había convertido en una de mis costumbres desde hacía siglos. ¿Cuántas veces le había dicho a Jamón «¡a María no le caes bien!»? ¿Y acaso había llegado a captar el mensaje una sola vez? Según lo veía, lo máximo que había conseguido había sido transmitirle una especie de sensación enfermiza. Tal vez mis mensajes, mis pequeñas formaciones de palabras, llegaban hasta los sueños de los demás. Nunca había llegado a creer que pudieran oírme, oírme de verdad, como si fuera otra voz cualquiera. Y, aun así, algo en George parecía haberme oído, parecía haber notado, aunque fuera por un instante, mi miedo, mi prisa y mi amor.

Y así nos habíamos adentrado en un mundo alternativo. George debería haber estado a punto de emprender un largo y amargo viaje de vuelta a Francia con el cadáver de Chopin. Solo que allí estaba, soplándole a una taza de café demasiado caliente como para bebérselo. Y allí estaba Chopin, incorporado en la cama y bebiendo leche de almendras, con Solange haciéndolo reír con una torpe función de marionetas de sombras en la pared.

No tenían ni idea.

—*No tenéis ni idea* —les dije a todos, antes de detenerme por si George me estaba escuchando.

Pero no pude contenerme del todo. Volví a mirar hacia adelante para ver qué iba a ocurrir en aquel nuevo futuro que yo había creado.

Vi: el viaje de vuelta a Francia a bordo de un barco que compartían con cientos de cerdos; a Chopin tosiendo más que nunca y a Solange vomitando por la borda. Maurice preguntaba: «¿Se va a morir?», ante lo que George alzaba las manos y respondía «bueno, claro, osito, igual que tú y que yo y Solange y cada uno de esos cerdos». El viento les lanzaba puñetazos salados a la boca cada vez que hablaban. Vi su llegada a Marsella, con las piernas temblorosas y los ojos muy abiertos; allí todo estaba más nítido que en Mallorca; los bordes de las cosas parecían más vivos y deliberados, el color azul era más azul; había botes de velas blancas en el puerto, y todo el mundo estaba alerta.

Los vi apresurarse de inmediato al despacho de un médico francés, quien se negó a pinchar, tocar e inspeccionar a Chopin y, en su lugar, le puso los dorsos de las manos contra la frente y el pecho. Examinó al resto de la familia también: comparados con las personas que los rodeaban en Marsella, todos parecían pálidos y delgados.

—Necesita sol —recomendó el médico—. Y reposo. Todos lo necesitan.

—¿Se trata de tuberculosis? —le preguntó George.

El médico negó con la cabeza.

—No, está cansado. Es una infección. Se le pasará si duerme y come todo lo que pueda de todo lo que le guste.

Se tomaron aquel consejo muy a pecho: «todo lo que puedas de todo lo que te guste». Alquilaron una casa junto al agua y colocaron la cama de Chopin de modo que, cuando se despertara, viera el frío sol de enero sobre el océano. Comían pastitas, carne y dulces. Solange atacó una tarta de manzana a semejante velocidad que le dieron ganas de vomitar.

Los vi volverse más rechonchos, más fuertes, a George caminar más alta y con cierto contoneo.

Vi a visitantes en el exterior de su casa, quienes le pedían a Amélie que los dejara pasar. Habían oído que el compositor Chopin vivía allí, habían oído que la escritora George Sand vivía allí.

—Están descansando —respondía Amélie—. Están muy cansados.

George pensó en fingir sus propias muertes solo para que todas las personas que llamaban a su puerta los dejaran en paz por un momento.

—Podríamos hacernos los muertos por un ratito —dijo—. ¿No sería gracioso?

Pero a Chopin le dio un escalofrío, y se negó. Disfrutaba de la sensación de estar volviendo a la vida y no quería perderlo, aunque fuera a través de una mentira.

El clima se volvió más cálido, y viajaron al norte. A París. Amélie estaba emocionadísima; George caminaba con más alegría que nunca; Chopin no dejaba de pensar en muebles suaves y chalecos nuevos y guantes limpios, brillantes y blancos; anunció que su nuevo piano era más elegante e incluso más encantador que aquel que había estado esperando con ansias en Valldemossa y que, antes de marcharse, había vendido a la esposa del banquero de George en Palma. Solange comía pequeñas tartas de almendras y todo el mundo la llamaba «guapa». A Maurice lo presentaron ante los amigos de George, quienes dijeron casi no poder reconocerlo, porque ya era todo un hombretón, tan mayor. Se le permitía sentarse con ellos en las reuniones. Empezó a fumar y aparecía cada mañana rodeado de una nube gris, todavía como una versión delgaducha de su madre y con un intento de barba.

Durante el verano se mudaron a la gran casa de campo que había visto en sus recuerdos, la cual era un poco más oscura en su versión del futuro, un poco menos grande y dorada, pero igualmente llena de olores frescos del campo.

Chopin parecía ser más alto conforme su salud mejoraba.

Él y George comenzaron a ganar más dinero, por lo que dejaron de preocuparse por ello.

Empezaron a acostarse otra vez.

Se besaban cada vez que se cruzaban por la casa, o en los jardines.

Chopin publicó sus preludios, y George publicó su novela sobre los monjes. Ambos cobraron.

George todavía se pasaba la noche escribiendo, aunque durante el día salía a cabalgar. Por la tarde iba a jugar al billar. Evitaba pensar en cosas que la hicieran querer morir. Silenció su metrónomo.

Escribió: «La vida me parece aceptable porque es eterna. Alguien dirá que eso es un sueño mío. Yo lo llamo mi fe y mi fuerza. No, nada muere, nada se pierde, nada se acaba, digan lo que digan. Noto de forma profunda y llena de pasión que todos los seres queridos a quienes he visto marcharse siguen viviendo a mi alrededor».

(—¡Sí! —le grité—. ¡Sí! ¡Exacto!).

Todos estaban bien. Todos eran felices. La vida les parecía aceptable porque era eterna.

Debería haberme detenido ahí, sabía que debería haberlo hecho. Los había visto llegar sanos y salvos a Francia, volver a estar bien de salud, con sus relaciones felices entre ellos restauradas. Había visto a Solange comerse una tarta de manzana empezando por el borde. ¿Qué más quería? Estaban vivos. Eran felices.

Por el amor de Dios, Blanca, deja de mirar. No avances más.

Así que, por supuesto, continué.

El futuro más allá del futuro inmediato

Vi a Solange crecer. Vi cómo se le adelgazaba el rostro, se le llenaban los pechos y se le estrechaba la cintura. Vi cómo el modo en que se movía pasaba de caminar con los pies planos a un porte muy calculado. Cuando le vino la regla por primera vez, no entró en pánico ni se estremeció como había hecho yo y como había visto que hacían tantas otras chicas. Tocó la sangre con el dedo índice y se la frotó contra el pulgar hasta que se volvió pegajosa y luego, seca. Era como una hiedra, que se arraigaba y crecía hacia arriba al tiempo que se aferraba a todo lo que tenía cerca.

Dejó de vestir como su madre y pasó a llevar solo ropa femenina.

Se percató de que los hombres se quedaban en silencio durante unos instantes cuando ella movía las pestañas: las bajaba y miraba hacia arriba.

Cumplió los diecisiete y aprendió a morderse el labio inferior.

Apuntó más que nunca a Chopin.

No era su padre, a fin de cuentas. Era un amigo, según se dijo a sí misma. Un amigo que no se había casado.

Le pidió que le enseñara a tocar el piano, pero de verdad aquella vez, no solo a tocar los acordes que le había enseñado cuando era pequeña. Quería lecciones de verdad.

Observé, perpleja, cómo se deslizó a su lado en el taburete del piano mientras tocaba, cadera contra cadera, muslo contra muslo, rodilla contra rodilla. Cuando él cambió de posición para llegar mejor al piano, Solange le permitió que se apoyara contra ella. Cuando él se dirigió a las notas agudas, ella le colocó una mano encima. Él dejó de tocar y se volvió un poco para mirarla. Tenía una expresión muy seria. Y ella estaba de lo más entretenida.

—¿Qué quieres, Chop-Chop? —le preguntó.

Él quería besarla. No sabía por qué ni de dónde había surgido aquella necesidad. No sabía si aquello se había puesto en marcha años antes, cuando Solange le había mostrado los golpes en la cartuja y él se había enfadado tanto ante la indiferencia de George, o incluso antes que eso, cuando Solange había nacido, o incluso antes, cuando él había nacido tan dependiente, voluble y desesperado por la atención. Desde luego, se había puesto en marcha la semana anterior, cuando Solange, mientras se miraba al espejo, había decidido que podía tener todo lo que quisiera.

A Chopin le parecía que su amor por Solange había aparecido de repente, como de la nada.

A George le parecía que se acababa de despertar en un mundo alternativo en el que todo estaba mal, bocabajo y del revés, en el que su hija y su amante la estaban traicionando.

George se llevó a Solange a París. Solange transfirió sus atenciones a otros hombres.

Chopin escribió cartas llenas de ira en las que le exigía a George que regresara y la acusaba de ser la infiel de los dos.

George acabó buscándose otro amante por rencor.

Solange se prometió con un hombre, y luego con otro, un escultor para quien George y ella habían posado para un retrato y quien, una vez que George se marchó, le hizo el amor a Solange en su estudio, junto al busto todavía húmedo de su madre.

Chopin escribió cartas llenas de ira en las que preguntaba por qué no le había pedido permiso cuando se había comprometido (ambas veces).

Chopin escribió cartas llenas de ira en las que acusaba a George de no quererlo.

George escribió respuestas llenas de ira en las que decía que iba a volver a casa para resolverlo todo.

Sin embargo, cuando ella y Solange volvieron a la casa de campo, todos estaban enfadados entre sí y nadie supo cómo expresarse. Chopin dijo que se sentía enfermo, pero, en realidad, se sentía solo. Solange dijo que se sentía sola, pero, en realidad, estaba enfadada. George dijo que estaba enfadada, pero, en general, lo que estaba era muy muy cansada.

Maurice, quien se había quedado en el campo con Chopin, dijo que se marcharía, y fue el único que de verdad dijo lo que quería decir.

—No puedes irte —le pidió George a Maurice—. Te quiero, te quiero, te quiero, osito mío.

El prometido escultor llegó a la casa, borracho, y le exigió a George que saldara sus deudas antes de la boda. Le contó las muchas y variadas cosas que había hecho con su hija. Solange lo observó y se echó a reír y trató de no percatarse de que el hombre con el que planeaba casarse era un bruto. George les dijo a los dos que se fueran, y ellos se negaron. Se produjo toda una escena. Un martillo se vio involucrado. George se llevó un golpe en el pecho. Alguien sacó unas pistolas. Y entonces, por fin, Solange y el escultor se marcharon de la casa.

—No he hecho nada para merecerme una hija como esa —dijo George.

»Ya no la quiero, o, al menos, eso es lo que creo —dijo George.

»En lo que a mí concierne, es una barra de hierro frío, un ser desconocido, una extraña —dijo George.

La casa de campo se tornó muy oscura. George se refugió en sí misma. Chopin empezó a toser de nuevo. George se marchó a París y lo dejó atrás. Luego él fue a París también, y, a pesar de que ambos estaban allí, no hablaron.

No hablaron y no hablaron hasta que dejaron de hablarse, hasta que se separaron por completo y empezaron a hablar con sus amigos mutuos de lo mal que se había comportado el otro. George le confesó a todo el mundo que estaba aliviada. Chopin era demasiado autoritario, según les contó, y la drenaba. Se había quedado con él durante tanto tiempo por lástima. Una vez que fue libre de él, se había dado cuenta de que había desperdiciado los mejores años de su vida atada a un cadáver. No mencionó a Solange, aunque Chopin sí, pues dijo que George lo había traicionado y que había tratado a su hija con mucha crueldad. Dijo que ella no sabía lo que era el amor.

Solange tuvo un bebé, y el bebé murió.

Chopin y George se encontraron una vez en la escalera fuera del piso de un amigo. Chopin le dijo a George que había sido abuela (por entonces no sabía que el bebé había muerto), y George abrió la boca para decir algo, para disculparse incluso por cómo habían terminado las cosas, pero, antes de que pudiera sacar las palabras, Chopin ya le había dado la mano, había inclinado la cabeza y se había marchado. Ella escuchó sus pasos conforme él descendía, así como su tos, que resonaba por la escalera.

Un año más tarde, George recibió la noticia de que Chopin había muerto. Se quedó muy quieta, con la carta estirada en el escritorio frente a ella. Estaba delante de una gran ventana del primer piso de la casa de campo, con vistas a los jardines. Era un día frío, de finales de octubre; todo se estaba tornando crujiente y frágil; la niebla nocturna se quedaba por los campos. Un conejo salió de debajo de una flor, se detuvo a mordisquear la hierba, se asustó por

un ruido que George no fue capaz de oír y se apresuró a esconder-
se. George abrió la boca de golpe y se echó a llorar. El sonido fue
una especie de crujido que duró horas, incluso días.

(Y, ya que había llegado tan lejos, lo único que podía hacer era
seguir adelante).

El futuro lejano

Proseguí en busca de alivio. Y, con el tiempo, lo que vi en el futuro fue a George en la casa de campo, encargándose del jardín con una niña pequeña. La niña pequeña era Nini, la hija de Solange que había quedado al cuidado de George después de que Solange y su marido se hubieran separado. George la adoraba. Las dos trabajaban juntas en el exterior, construían grutas, apilaban tierra en montañas y plantaban violetas en sus picos en miniatura. Establecían bases y riachuelos. Cargaban con carritos llenos de tierra y rocas de aquí para allá, de lado a lado, durante horas, durante días.

Nunca había visto a George tan feliz. Era el amor menos complicado que ella había llegado a conocer. Soñaba con Nini, se preocupaba por Nini, conseguía solo la mejor comida, los mejores juguetes, la mejor ropa para Nini.

Y lo mejor de todo era que Nini quería a George.

Un día, el marido de Solange, el escultor, llegó a la casa y se llevó a Nini. George se había puesto enferma de pura preocupación, pero Nini regresó con ella en cuestión de semanas, tras haberle dicho a todo el mundo que quería vivir con su abuela. Volvieron a encargarse del jardín. Se contaban historias sobre las criaturas que vivían en él, las que dormían bajo tierra y comían semillas.

George estuvo con varios amantes y se quedó con uno de ellos, aunque esas cosas parecían importarle menos que antes. Pensaba menos en sexo y más en los suaves tallos blancos que surgían de los bulbos de azafrán.

Cuando vi los primeros indicios de que Nini se estaba enfermando, decidí no pensar demasiado en ello. Aceleré, ansiosa por saltarme la enfermedad y regresar al jardín. Sin embargo, cuanto más deprisa avanzaba, más débil se volvía Nini, y, cuando esta murió y George volvió a quedar reducida a un montículo solitario y aullante en el suelo de su estudio, pensé: *No es justo. No es justo. No es justo.*

George escribió una historia. En ella, la narradora oye una voz que sale de la nada. Es una voz que le resulta familiar. La voz de una chica a la que había querido y que había muerto. La narradora se pregunta si está soñando, o si aquello, ese suceso tan maravilloso, está ocurriendo de verdad. ¿Acaso la chica muerta está hablando con ella? Emprende una búsqueda de la chica por todas partes —es un día muy bello, el sol brilla, el aire es fresco y fácil de respirar— hasta que se la encuentra. No puede creer que sea ella de verdad. La chica se pregunta por qué la narradora se ha sorprendido tanto. La narradora explica: es porque la chica había muerto. Se suponía que no debía estar allí. En respuesta, la chica se echa a reír y dice: «¿Muerta? ¡Los niños casi nunca mueren aquí! Ya veo que no eres de este mundo y no sé cómo has llegado hasta aquí». De algún modo, la narradora se ha adentrado en un mundo en el que los jóvenes viven para siempre y pueden hablar y reír y respirar el aire fresco y limpio.

Dios, me encanta esa historia, pensé. La leí y la volví a leer: la voz, la búsqueda, la niña riéndose, tan poco sorprendida por su existencia continuada, tan despreocupada en cuanto a la duración y el significado de su vida.

Cuando George se hizo mayor y ya no podía encargarse del jardín, soñó más sobre plantas que sobre otras personas.

A un globo aerostático le pusieron su nombre.

Era verano cuando le empezó a doler el estómago, y ella tenía setenta y un años. Fue todo de lo más normal: se estaba muriendo. Llamó a Maurice y a los hijos de Maurice. Les dijo que fueran buenos. Les dijo que movieran su cama hasta la ventana para que pudiera ver el sol. Les dijo que…

Y ya no pude ver nada más.

Preludio n.º 16 en si bemol mayor, *presto con fuoco*

E l piano llegó primero, y, unos días después, arribaron los pirómanos, como una llamada y una respuesta, un sonido y su eco. Yo estaba mareada, tras haberme atiborrado del futuro con tal frenesí, sin haberme podido controlar. Aterricé de vuelta en el presente como si me hubiera lanzado desde un acantilado y me sorprendió verlos a todos tan jóvenes y atormentados. Solange: una niña. Maurice: larguirucho, inestable. Chopin: tan pálido y aguado como la leche de almendras que bebía, a falta de la de Adélaide.

George fumaba en el jardín mientras observaba la colina más abajo, la cual, desde que habían llegado allí, había pasado de estar llena de tonos amarillos y verdes a un escueto espectro de grises. Las cabras escalaban los terraplenes y balaban, temblorosas. Un granjero, muy por debajo, blandía un hacha contra el tronco de un olivo muerto. Asimilé todo lo que concernía a George: el humo que se arremolinaba entre su boca y sus dedos, el modo en que los vellos finos de sus sienes se alzaban por el aire, la arruga en la piel entre sus cejas. Estaba viva, tenía mucha vida por delante, la esperaban muchos años hasta llegar a su jardín, hasta que llegara un día en que ella y Nini estuvieran colocando musgo entre las piedras para hacer una cueva en miniatura y ella se diera cuenta de lo diminutas que eran las uñas de Nini y de que nada iba mal y de que no había ningún indicio de que nada fuera a ir mal pronto.

Oímos el piano acercarse varios minutos antes de que entrara en la plaza del exterior de la cartuja. El sonido fueron los quejidos de dos burros furiosos y agotados. Fueron las ruedas del carro que rozaban contra las baldosas bajo el gran peso del piano Pleyel. Fueron las risas y los gritos de la muchedumbre —adolescentes y esposas interesadas, más que nada— que se había reunido tras el carro para ver el espectáculo.

George oyó el alboroto del exterior y cruzó las salas sin decirle nada a nadie. Marchó por el pasillo y salió del edificio. Esperó conforme el ruido se acercaba, apoyada en una pared con su cigarro. Parecía tranquila, más de lo que la había visto antes, y su metrónomo se había atascado en «no». Cuando la muchedumbre se hizo visible, junto con el piano tambaleándose sobre el carro, esbozó una sonrisa, una sonrisa de verdad, tan amplia que casi se le cayó el cigarro.

Se volvió para abrir las puertas de la cartuja de par en par y casi bailó por el pasillo para regresar a la celda.

—¡Chopin! —lo llamó tras cruzar la puerta y entrar en su habitación—. ¡Chopin! ¡Mi Chopinet!

El compositor alzó la mirada, contrariado.

—¿Qué? —dijo. Su tono: fastidiado, una advertencia de que no lo molestara, de que no hiciera demasiado ruido ni se acercara más de la cuenta.

—El piano está aquí —anunció George.

Chopin negó con la cabeza y apartó la mirada.

—No, claro que no.

—Ven a verlo.

—No —insistió, e hizo un mohín—. No pienso ir. —Negó con la cabeza y se cruzó de brazos.

—*Pero qué infantil* —le dije—. *Para ya.*

Entonces el piano llegó de verdad, y él dejó de ser infantil. Cuando los hombres entraron en la celda y maniobraron a través de la sala principal con mucho alboroto hasta llegar a la habitación de Chopin, él se incorporó un poco. Cuando el piano emergió, entero y enorme, a través de la puerta, se sorprendió tanto que parecía que iba a ponerse a vomitar. Se tornó un poco verde. Miró a su alrededor en busca de algo sobre lo que vomitar. Y entonces volvió a mirar el piano —su propio piano, real y tan conocido— y se le pasaron las náuseas, las cuales se vieron sustituidas por una sensación de fortaleza enorme.

Se puso de pie. No podía apartar la mirada del instrumento e hizo una mueca cuando rozaron la pared o cuando chocaron con una silla al tambalearse por todo el suelo. Hacía movimientos de sacudida inconscientes con las manos cada vez que alguien tocaba el piano. Esperó a que el conductor y sus hombres descargaran el paquete en el centro de la sala. Esperó a que George les ofreciera agua y café y a que ellos lo miraran con cautela antes de rechazar la oferta. Esperó a que se marcharan y alejaran a los niños de la zona en la que habían estado esperando en el pasillo. La puerta de la celda se cerró tras ellos.

Chopin se acercó al piano poco a poco, como si le preocupara que este no fuera a reconocerlo. Estiró una mano y acarició un costado. Respiró hondo antes de levantar la tapa y tocar las teclas.

George, Solange y Maurice estaban en silencio.

—Está aquí —dijo Chopin.

—Toca algo —le pidió George.

Tocó los primeros preludios, en los que había trabajado cuando la familia acababa de llegar a Mallorca y nada había salido mal todavía, cuando las composiciones de verdad habían sido preludios para otras melodías: unos pequeños inicios. El piano Pleyel estaba desafinado por culpa del viaje, y Chopin hacía una mueca de vez en cuando, pero todas las notas tenían vigor. Las manos del compositor se fundieron con el teclado mientras tocaba, como si él y el piano estuvieran hechos de la misma sustancia, como si él y su música no fueran nada distinto. Los acordes agudos se alzaban, se alzaban y se alzaban hasta la cima de la colina de Valldemossa. Una sección crujiente e incómoda con una melodía fuerte y espesa que se le cruzaba, reconfortante y decidida. Unos patrones agitados y nerviosos que iban de agudo a grave; saltos entre rocas, entre luces y sombras, entre naranjos del jardín. Parecía haber vuelto atrás en el tiempo, hasta el hombre que era en sus recuerdos: más grande y firme. O, de algún modo, hacia delante: parecía el hombre en quien se iba a convertir cuando mejorara su salud.

Y, mientras tocaba, todo lo que me molestaba sobre Chopin pareció desaparecer. No podía negar lo mucho que me molestaba: era mezquino y se compadecía demasiado de sí mismo. Nunca parecía darse cuenta de cómo George, mi George, se esforzaba por hacer cosas por él, de cómo dejaba de dormir para cuidarlo, de cuántas veces en las que estaba sentada de noche con su historia él se adentraba en su mente y ella se sumía en un pozo de preocupaciones oscuras por él. No valoraba nada de ello. Era como un niño pequeño que solo veía que eran sus necesidades las que no se cumplían. Sin embargo, todo aquello se desvaneció mientras tocaba como lo hacía con aquel nuevo piano, como si la música ocurriera a pesar de él, y no gracias a él.

Los sentimientos de Chopin, cuando tocaba, eran grandes, buenos y dignos. Sentimientos como: «Amor». Sentimientos como: «Valentía». Sentimientos como: «Soy una fantasma que está sola en el mundo, pero hay un cierto encanto en lo melancólica que soy».

Chopin, cuando tocaba el piano, era un hombre del que alguien se podía enamorar.

Y, de forma increíble, por algún milagro del mundo, se quedó así durante días. Se sentaba recto, y sus dedos se movían por todo el piano como las alas de un insecto. Como si estuvieran reaccionando a su música, el resto de la familia empezó a mejorar. Empezaron a tener hambre, a darse cuenta de que las miserables porciones de María Antonia no los satisfacían del todo. George se reía con Solange, y, conforme lo hacía, recordaban que antes solían reír juntas. Maurice descubrió que sentía menos amargura hacia Chopin y que algunas veces incluso agradecía la música que acompañaba su lectura. Incluso Amélie pareció quedarse más tranquila gracias al piano. Dejó que sus hombros cayeran de su posición habitual, la cual era justo por debajo de las orejas. En ocasiones, mientras limpiaba la celda, dejaba lo que hacía y se apoyaba contra el marco de la puerta de la habitación de Chopin para escuchar mejor. Movía los dedos contra su falda al ritmo de la música.

Chopin tocaba y tocaba, y, cuando no lo hacía, tarareaba las melodías que componía. Les dijo a los demás que estaba a punto de acabar. Que ya casi estaba y que solo le quedaban los últimos retoques. Estaba tocando la melodía de principio a fin solo para comprobar que todo estuviera bien.

Y entonces llegó una mañana, unos pocos días después del arribo del piano, en la que acabó. Había terminado el último preludio. Les pidió a George y a los niños que fueran a su habitación para escucharlo; Amélie, que había ido a llevarle su leche de almendras, se detuvo en seco cuando empezó a tocar y, distraída, se llevó la taza a los labios y dio un sorbo. La melodía era apasionante, comenzaba con unos acordes urgentes y se desintegraba casi al instante en un alboroto lleno de frenesí que recorría todo el piano hacia abajo, con una mano persiguiendo a la otra, pero sin llegar a atraparla. La velocidad de la música contenía cierta manía, como si Chopin pensara que se le estaba acabando el tiempo, como si tuviera que apretujar todo lo que se había dejado por decir en aquel último minuto de música.

Noté un tirón ante el silencio que se produjo después. Había algo en la música de Chopin que se metía entre los dientes —donde los dientes habían estado— o que se colaba entre las costillas —donde las costillas habían estado— y se adentraba en el cuerpo —donde el cuerpo había estado— para pasar a formar parte de él. Había algo en ella que te daba un cuerpo que tomar prestado, si por alguna razón carecías de él, y te dejaba vivir allí por unos breves y extraordinarios momentos. No soportaba pensar en que aquello podría acabar.

Chopin se dobló sobre sus papeles y empezó a garabatear notas con la misma velocidad con la que había tocado. George se inclinó hacia Maurice y le susurró:

—Me equivoqué al pensar que teníamos que irnos. Míralo.

—¿Que mire qué? —repuso Maurice, y sus viejas molestias volvieron a salir a flor de piel—. Está igual que siempre. Se pondrá malo en cualquier momento.

—No, está mejor —insistió George. Los pensamientos le iban a toda velocidad. Se imaginó que iba a cambiar el tiempo, pues tenía que hacerlo tarde o temprano, se imaginó que el jardín y el cielo y la colina se suavizarían y se tornarían brillantes durante la primavera. Pensó que podrían plantar verduras para alimentarse. Podrían comprar otra cabra que le hiciera compañía a Adélaide, y tal vez una oveja o dos, y, cuando Chopin vendiera los preludios, ganaría una enorme cantidad de dinero, lo suficiente para cubrir sus gastos en Mallorca durante otro año o tal vez más. Quizás hasta podría permitirse contratar a un tutor para los niños, de modo que ella pudiera ser más ella misma para poder escribir más y por tanto ganar más dinero y por tanto escribir más y así sucesivamente.

El futuro se estaba marchando con ella, o ella se estaba marchando con él, se estaba alejando de la trayectoria que había visto en su vida: una brillante vida alternativa en una Valldemossa en la que siempre brillaba el sol y a nadie le molestaba que estuvieran allí.

—Podemos quedarnos todo el tiempo que queramos —dijo ella, más alto que antes, y Amélie pareció que iba a echarse a llorar—. Hasta el verano, o el siguiente invierno, o tal vez más. Podríamos quedarnos aquí toda la vida. ¿No queréis quedaros aquí para siempre?

George estaba ansiosa, era incapaz de quedarse quieta, y la sensación de hambre que había estado creciendo en su interior durante los últimos días se le hizo imposible de ignorar: quería darse un festín con todo, celebrar, devorar el mundo y sus posibilidades. Podían quedarse tanto tiempo como quisieran en Valldemossa, y, para demostrarlo, pensó que iba a salir a comprar. Iba a hacer que los comerciantes aceptaran su dinero sin importar lo difíciles que se pusieran.

—Voy a salir a por algo de comer —anunció, y se marchó de la celda antes de que los demás tuvieran la oportunidad de cuestionarla.

Cuando llegó allí, el mercado no estaba demasiado lleno, aunque sí que había suficientes personas como para que George se sorprendiera al verlas. Estaba acostumbrada a los límites de la cartuja, a los mismos rostros de siempre. En aquel lugar, confrontada por desconocidos, por palabras extrañas que se gritaban de puesto a puesto y por los olores de la comida, se le suavizó el cuerpo y perdió algo de decisión. Se deslizó por el borde del mercado y acechó. Le pareció que estaba siendo discreta, por mucho que todos se hubieran percatado de su presencia nada más llegar; toda la gente del pueblo, en mayor o menor medida, vigilaba cada uno de sus movimientos. Se agachó en la sombra entre dos edificios mientras fumaba y giraba sobre sus talones para observar el ir y venir de los compradores y de los vendedores como si de una comerciante rival se tratase, alguien que quería controlar de cerca a su competencia como un gato callejero que se escondía tras una carnicería.

Todas las personas a las que vio le molestaron antes de tiempo, pero no pude evitar deleitarme en la extrañeza de mi vecindario a través de sus ojos: la luz del sol tan brillante, el olor a ajo en el ambiente y todo el mundo con sus imperfecciones. El idioma sonaba como unas palabras crujientes sin sentido en sus oídos. Lo estaba tratando de captar todo con total seriedad.

El sacristán pasó, con su hermana justo al lado, por el extremo más alejado de la plaza. Se detuvieron para que su hermana regateara por unas semillas de café antes de proseguir con su camino. Casi consideré seguirlos —había dejado muy de lado mis intentos por arruinarle la vida desde que George había llegado a la cartuja—, pero, entre lo que titubeaba, noté que George se sorprendía, por lo que me quedé con ella.

El pescadero, un hombre de cabello plateado que cobraba menos de lo debido a todo el mundo, acababa de llegar. Estaba colocando unos besugos en una baldosa, desplegando anguilas y pasando los dedos entre ellas para ordenarlas. El olor a sal y algas y océano le llamó la atención a George. Unos rapes oscuros y sonrientes, unos brillantes bonitos de aletas afiladas y dos enormes calamares bulbosos y enredados, blancos como el mármol, gelatinosos y espectrales. George no había visto nada igual en su vida. No podía apartar la mirada. Inspiró unas bocanadas profundas y hambrientas. La saliva se le formó en la base de la lengua.

Pensó: *El pescado fresco le sentará bien a Chopin.*

Pensó: *¿Qué es esa cosa, con tentáculos y tan babosa?*

Pensó: *Voy a conseguir que me lo venda.*

Se puso de pie. Le dio una última calada a su cigarro, lo lanzó al suelo y lo aplastó. Pensé que nunca había estado más elegante que en aquel momento, al cuadrar los hombros y aunar fuerzas para acercarse al pescadero.

—¿Cuánto por este pescado? —preguntó en francés, y no se permitió titubear en la palabra «pescado», por mucho que no estuviera segura de si la comida se trataba de eso.

El pescadero, al intuir lo que le quería decir, negó con la cabeza y movió una mano como si quisiera alejar a una gaviota.

—No está a la venta.

—¿Cuánto es? Quiero comprarlo. Lo voy a comprar. —Sacó el dinero y se lo mostró al vendedor—. ¿Cuánto?

—No —insistió él—. No.

Lo que ella hizo a continuación no fue nada correcto, nada justo, nada aconsejable. Ni siquiera se lo pensó antes de hacerlo, sino que se lanzó a ello, por lo que me sorprendió tanto como a los demás. Estiró una mano y agarró el calamar por el centro (estaba frío al tocarlo, y era más suave de lo que había esperado, por lo que soltó un sonido húmedo ante su roce) y se lo llevó. El calamar se deslizó por la mesa y se le movieron los tentáculos, de modo que parecía haber vuelto a la vida.

George colocó con fuerza una moneda en la mesa y se marchó, llena de orgullo y alivio.

No iba a enterarse de cuánto costaba el calamar. Él se había negado a decírselo, después de todo. No iba a enterarse de que, de todo lo que podía haber comprado, se había llevado lo más caro, lo único que de verdad costaba una fortuna, lo que se consideraba una exquisitez, algo muy especial. No iba a saber que la cantidad de dinero que había dejado no habría podido comprar ni un solo tentáculo.

Y allí estaba, la mujer extranjera de la cartuja, robando un calamar a plena luz del día sin nada de vergüenza, paseándose por el pueblo con el botín de su crimen. Los transeúntes la miraban con la boca abierta. Empezaron a susurrar. Los susurros aumentaron de volumen y se convirtieron en una especie de aullido.

—¡Esa mujer! —gritó el pescadero—. Esa mujer me ha robado el calamar.

—A esa mujer hay que enseñarle una lección.

—Esa mujer no es ninguna mujer.

Claro que no fue solo eso lo que llevó a los pirómanos a la cartuja. Todo había estado ya en marcha para entonces. Había empezado antes de lo del calamar, antes de los rumores sobre la salud de Chopin, antes, incluso, de que se hubieran perdido su primera misa; había comenzado en el instante en que George y su familia habían llegado a Valldemossa y habían revelado ser quienes eran: unos extraños muy extraños a quienes su extrañeza no les extrañaba. La gente del pueblo estaba preparada para alborotarse, y George los había estado alentando a ello desde hacía semanas, por lo que a nadie debía haberle sorprendido, y mucho menos a mí, lo que iba a suceder a continuación.

No obstante, durante un tiempo más, George no se enteró de nada. La luz empezó a desaparecer conforme subía por el camino hacia la cartuja, movía su calamar de lado a lado, inspiraba su intenso olor a sal y revivía su victoria frente al pescadero. Se había sentido poderosa y orgullosa de un modo en que no lo había estado desde que habían llegado a Valldemossa. Se había sentido más como ella misma y tenía hambre de más: más victorias, más comida, más George. Le rugía el estómago. Cuando se acercó a las puertas, se detuvo y oyó el lejano sonido del piano de Chopin, que surgía por las ventanas de la celda hacia el jardín y recorría el aire fresco y oscuro hacia ella.

George recuerda

Imagina enamorarte sin música.

George no puede. Nunca lo ha hecho. O, al menos, si no sin música, sin ruido: sin el crepitar de fondo de la cháchara en una fiesta, los pasos que cruzan el suelo con demasiadas ganas, las escalas de violín que salen de la ventana de un desconocido mientras tu amado se acerca por la calle. Aquí, en esta reunión tan mal iluminada, donde George está intranquila, hambrienta y distraída, llega la música de repente —nunca ha oído algo similar—, una música de verdad, de piano, densa, ligera y rápida. Deja que el sonido se produzca a su alrededor; es como estar rodeada por una tormenta.

Nunca había visto al hombre que toca el piano. Es delgado, un poco encorvado, y su cabello rebota mientras toca. Se dirige a la parte frontal de la sala para poder verle las manos sobre las teclas, firmes y de nudillos amplios, que se mueven a toda prisa. Le parecen una araña tejiendo algo.

—*¿Quién es?* —le pregunta a la mujer que tiene al lado.

George piensa en su marido de repente; a pesar de que intenta no hacerlo muy a menudo, en aquel momento piensa en él, en enamorarse de él y en la sensación de inmenso alivio que había tenido entonces, de exhalación. El amor como tierra firme. El amor como un refugio seguro. Y entonces, cuando ya no quiso más a su marido y aquel tipo de amor le dejó de parecer algo seguro, había encontrado a Jules y se había sentido igual por él, solo que un poco menos;

la segunda vez llegó con un poco más de nerviosismo, con un poco más de riesgo. Con Marie no se había producido ninguna sensación de alivio, nada de seguridad, sino tan solo emoción, aunque su aventura nunca pareció despegar del todo, y, poco tiempo después, Marie había desviado su atención a otros amantes. Había conocido a otras personas desde Marie, y la sensación de amor cada vez había pasado más del alivio al miedo.

Así es como se siente ahora al observar a Chopin en el piano conforme toca el tercer movimiento de la sonata: asustada.

—*¿Quién es?* —vuelve a preguntar, y la mujer que tiene al lado repite lo que le acaba de decir: es Frédéric Chopin, compositor polaco, amigo de Liszt, muy particular, muy enfermo, probablemente un genio.

George trata de captar la mirada de Chopin mientras avanza la velada. Siempre le han gustado los genios. Sin embargo, por alguna razón, nunca llega a capturar su atención. El músico deja el piano, empieza a hablar con Liszt, se gira para toser en sus guantes. George lo observa. Ahora se ha puesto a hablar con una mujer; asiente, sonríe y suelta una carcajada carente de humor. George cambia de posición y se adentra en una nueva conversación para poder quedar directamente en la línea de visión de Chopin. Trata de interesarse por otras personas y sus conversaciones, pero se da cuenta de que nada de aquello le importa.

Ella tose a cierto volumen. Le pide a alguien con descaro que le lleve más tabaco. Pisa fuerte con un pie y luego con el otro. Jura que Chopin se está sobresaltando, que coloca su cuerpo en un ángulo respecto al de ella de modo que solo pueda verle los hombros bajo la camisa, una oreja o una mano ocasional que mueve para enfatizar una parte de su conversación.

¿Por qué no la mira? Es como si ella lo repeliera.

Durante meses, George trata en vano de llamar la atención de Chopin en distintas fiestas. Su deseo de hablar con él no es nada siniestro: solo está interesada en el compositor y no comprende por qué el sentimiento no puede ser mutuo. Ella es de lo más interesante, sin duda. Ya ha publicado once novelas —doce si cuenta la que tiene el nombre de Jules en la cubierta— y se habla mucho de ella. Se pasa el día rechazando las atenciones de los admiradores. Tiene treinta y dos años, aunque los demás la creen más joven. En su opinión, al observar su reflejo en una ventana oscura, es guapa. Al otro lado del cristal está la ciudad, y en algún lugar de la ciudad está Chopin, quien la ignora.

Les escribe a amigos que cree que pueden conocer a Chopin. Al principio escribe con cautela, explica que le gusta su música y que le interesaría tener la oportunidad de conocerlo. Con el paso del tiempo, se vuelve más atrevida: escribe que parece tan enfermo, tan frágil, que quiere cuidar de él. Necesita el apoyo y el cariño de alguien que sepa nutrir sus talentos. ¿Y quién mejor que George?

Tiene un hambre voraz. Está irritable. Cuando está a solas, se tumba con los ojos cerrados y trata de recordar la canción que él tocó la primera noche que lo había visto. Lo único que logra conjurar son unas mediocres melodías tintineantes que ha creado ella misma, algo infantil y obvio. Recuerda lo que la música le había hecho sentir, tentadora y enérgica a partes iguales (en resumen, orgásmica), pero los detalles se le escapan. Tiene una memoria horrible; ni siquiera está segura de poder recordar su rostro, aunque sí que piensa en él —o en la idea de él— de sobra. ¿Qué es entonces, si no es el rostro, o la música, a lo que se está aferrando?

A veces —piensa— *una sabe que alguien tiene algo que ver consigo misma.*

Uno de sus amigos le responde: «¿Estás enamorada de él o solo quieres comértelo?».

Otro: «Le he hablado de ti, pero parece no darse cuenta, o prefiere no darse cuenta. Creo que está comprometido con una chica polaca».

George escribe: «¿Dónde estará? ¿En qué fiestas y cosas así? Solo en pequeños eventos. No tendré la oportunidad de conocerlo en las reuniones grandes. Dime dónde puedo encontrarme con él».

Un tiempo después le llega una buena noticia. Chopin va a organizar su propia fiesta, en la que él y Liszt van a hacer un dueto, y ella está invitada. Se alegra tanto que se olvida de mandar su agradecimiento por la invitación.

George no sabe qué ponerse para la fiesta de Chopin. Examina chaquetas, pantalones, chalecos, faldas. Si lleva un vestido será como todas las demás mujeres; si lleva un traje, será como todos los demás hombres. Bromea consigo misma con que siempre podría ponerse el disfraz turco. Pero entonces esa idea se le queda atascada, y quiere ver cómo le queda; rebusca entre prendas descartadas hasta encontrarlo en el fondo de un viejo arcón, arrugado aunque todavía brillante, una larga chaqueta de seda con hombreras bordadas, pantalones voluminosos que se ajustan en los tobillos, unas sandalias con puntas que se alzan como lenguas. Una excavación posterior hace que encuentre el sombrerito rojo. Había llevado aquel atuendo una vez para una obra de teatro, años atrás, y no había vuelto a pensar en él desde entonces.

Se lo prueba. Se imagina entrar en la sala con el traje puesto. Se imagina diciendo: «Hola, buenas, sí, muy bien, gracias, y usted»; se pregunta si alguien soltaría algún comentario, y, si lo hiciera, si sería algo bueno o malo.

Entonces Maurice se pasa por allí en busca de un libro. Encuentra lo que estaba buscando, lo hojea, eleva la mirada y le dice, distraído:

—*Estás guapa.*

Decidido, pues. Va a ir a la fiesta con su disfraz turco, y, si eso no llama la atención del compositor, piensa que… Bueno, es imposible que eso no le llame la atención.

Cuando Chopin, esa misma noche, posa la mirada en George —por fin, por fin—, ella se percata de que sus ojos están hinchados, como si hubiera estado llorando o si se acabara de despertar. Le extiende una mano, envuelta en un guante, y le dice:

—*Madame Sand.* —Hay algo en el énfasis que pone en la palabra *madame* que la hace sonar como una pregunta, aunque ella no está muy segura de lo que le está preguntando.

—*Sí* —responde.

Si enamorarse siguiera siendo algo relajante, tal vez se habría relajado ya. Ha acabado el trabajo. Puede llevarles algo de tiempo, puede ser algo incómodo y complicado —a fin de cuentas, hay todo un compromiso que romper con una chica polaca—, pero George sabe que, en algún momento, Chopin se va a enamorar de ella. Lo sabe como si ya lo hubiera visto suceder. Está de lo más segura de que tienen algo que ver el uno con el otro, ¿y qué cosa mejor para tener entre ellos que amor? Aun así, se siente como una tecla en el piano de Chopin, lista y tensa, esperando a que él la pulse.

Está nerviosa. Se le olvida comer. Fuma más. Bebe más café.

Lo escucha tocar y trata de aprenderse la melodía de memoria. Nocturno, op. 27, n.º 2 en re bemol mayor: vibrante y triste, notas que se mueven como la gravilla bajo los pies en un camino escarpado. La sorpresa discordante del la natural que parece ser un error al principio hasta que mantiene su presencia y se gana su lugar en la composición. Aleteos de ornamentación que se tocan de forma lenta y deliberada: susurros añadidos y urgentes. Piensa: *Lo recordaré.*

Chopin la deja sentarse al otro lado de la sala mientras toca.

Y entonces la deja sentarse junto al piano.

Y entonces ella está a su lado, en el taburete, y observa cómo sus manos producen sonidos con las teclas.

—No sé qué pensar de ti —dice Chopin.

—No pienses nada de mí —dice George.

Él sospecha de su forma de vestir, de su hábito con el tabaco, del modo en que habla. Ella piensa: *Soy el la natural en el re bemol mayor de Chopin.*

Chopin le permite ir a su piso a cenar, y luego a comer, y luego a desayunar.

Cuando él no se encuentra bien, deja que George vaya a verlo y a llevarle sopa e incluso rechaza a Liszt. Tose hasta vomitar. La sangre le salpica el pañuelo, las palmas de los guantes. Algunos días está tan enfermo que parece haberse encogido, con los ojos muy abiertos como un niño, y a George le sobrepasa tanto el amor que casi quiere darle el pecho.

Su compromiso con la chica polaca llega a su fin, tal como George sabía que iba a ocurrir, aunque él no explica por qué.

Nocturno, op. 32, n.º 1 en si mayor. Pausas repentinas. Música que se detiene y vuelve a comenzar. Una melodía tentativa e inevitable. El sonido de alguien al resolver algo, de alguien que se vuelve más decidido, valiente, tierno y definido, lo suficiente como para, un día, echarse atrás en el piano y encontrar la mano de George reposando junto a su muslo, en el taburete. Él se la da. Ella le entrelaza los dedos.

Hasta los cimientos

María Antonia se emocionó a más no poder al ver el calamar. Se lo quitó a George de los brazos y lo acunó como si de un bebé monstruoso y sin rostro se tratase. Solange estaba muy animada, soltaba chillidos y estiraba las manos para tocar los tentáculos que le rodeaban el codo a María Antonia. El olor, una vez que estuvo en el interior, era sudoroso e intenso; sacó a Maurice de su libro. Apretó la carne del calamar con un dedo y lo olisqueó.

—¿Qué es eso? —preguntó.

—Calamar —repuso María Antonia. Estaba radiante. Se le había olvidado que tenía que cojear. Ya estaba pensando en cocinarlo, en abrir el cuerpo para tallar el interior de la carne. Aceite de oliva. Ajo. Pieles de limón. Lo iba a servir con pimientos rojos y cebolla. Si empezaba a cocinarlo en aquel momento, podría esconder una gran porción del plato antes de que a la familia le entrara hambre. Al fin y al cabo, ellos no sabían nada de nada, y mucho menos de buena comida, por lo que no se iban a percatar de lo que faltaba. Se imaginó todo un plato de calamar salado e intenso; pensó en el modo en que la carne se le iba a resistir a sus dientes antes de sucumbir.

—¿Nos vamos a comer eso, mamá? —quiso saber Solange.

—Es comida, claro que nos lo vamos a comer —contestó George, aunque luego le dedicó una mirada inquisitiva a María

Antonia—. Es comida, ¿verdad? —Hizo mímica para dejarse entender—. ¿Sí?

María Antonia consideró decir que no. Hizo un mohín y le llegó un atisbo de remordimiento, tras lo cual asintió.

—Comida muy buena —dijo, y, al ver que George seguía sin tenerlas todas consigo, añadió en voz más alta—: Sí, comida, sí.

—Estamos de celebración —explicó George—. Nos vamos a quedar en Valldemossa. Tenemos que celebrarlo.

Todos estaban tan intrigados por el calamar, tan envueltos en sus propios planes, que no se dieron cuenta de que Amélie se escapaba de la celda. No oyeron sus pasos conforme recorría el pasillo a toda prisa, ni tampoco la puerta que se había cerrado con fuerza tras ella cuando salió de la cartuja.

Ya estaba oscureciendo para cuando Amélie siguió el camino hacia el pueblo. No estaba segura de a dónde iba, y ella tampoco. Estaba demasiado enfadada como para saber lo que hacía. El pueblo parecía más vacío de lo normal; hacía muchísimo frío y la gente se había refugiado en el interior. Sus pasos eran pesados y escandalosos. El sonido rebotaba entre los edificios y se amplificaba. Corrió hasta la plaza del mercado y solo ralentizó el paso cuando empezó a respirar con dificultad. Había estado jadeando para absorber el aire frío. Se dobló sobre sí misma, con las manos en las rodillas, y trató de hacer acopio de sus fuerzas.

Menudos cabrones —pensó—. *Cabrones mentirosos, enfermos y egoístas*. Le habían dicho que iban a volver a casa. George le había prometido que iban a volver a casa. Todo había estado decidido ya, por lo que solo tenía que haber sido cuestión de unos pocos días hasta que hubieran hecho las maletas para marcharse. George se lo había prometido.

—*Tranquila, Amélie* —le dije—. *Oye, Amélie, escúchame. Cálmate.*
—Quería hablarle del futuro. Quería decirle que no pasaba nada,

que sí que se iban a marchar. Iban a ir a Marsella. La había visto allí, la había visto abrir la puerta de la gran casa junto al agua para decirles a los visitantes que el señor y la señora se encontraban mal y que seguramente habían muerto. Iba a ser maravilloso. Solo que sus pensamientos estaban llenos de ira y sonaban a todo volumen, así que no me oía.

Cuando vio a las personas que se acercaban, le llevó unos momentos entender que se trataba de algo extraño: el hecho de que una muchedumbre enfadada estuviera delante de ella le pareció algo muy acorde con sus propios sentimientos, como si sus pensamientos hubieran salido de su cabeza para adquirir forma humana. Un conjunto de cuerpos llenaba todo el ancho de la calle, con antorchas alzadas y un zumbido grave y enfadado que resonaba entre todos ellos. Entonces se percató de que aquello era algo ajeno a ella, además de hostil. Una punzada de miedo le atravesó el cuerpo. Antes de que la luz la iluminara, se escabulló hacia un callejón, se apretó contra una pared y esperó a que pasaran por allí.

La noticia de lo ocurrido con el calamar se había esparcido por el pueblo como la pólvora. Había sido como una chispa que caía sobre la hierba seca. La gente del pueblo estaba preparada para ello, lo había estado desde hacía algún tiempo, y no mucho después todo quedó en llamas. ¿Acaso no era suficiente que esas personas hubieran llegado al pueblo con sus costumbres y ropas extrañas y un idioma desconocido? ¿Acaso no era suficiente que fueran paganos? ¿Acaso no era suficiente, incluso, que estuvieran enfermos, que fueran contagiosos, que hubieran llevado la tuberculosis consigo? Y los extranjeros habían pasado a robarles, para colmo. Era intolerable. Un insulto. Ya no lo soportaban más. Su furia tuvo un efecto coagulante. La gente salió de sus casas con antorchas, se reunieron en la plaza del mercado y, sin ningún debate previo, empezaron a moverse hacia la cartuja.

Las antorchas emitían una luz tenue e inestable que hacía que el camino, las plantas y los edificios parecieran insustanciales. Pasaron por delante del escondite de Amélie sin echar un vistazo hacia la oscuridad siquiera, y yo me alejé de ella para sumarme a la multitud. Conforme avanzábamos, más y más personas se adentraban en la refriega. Estaban enfadados y emocionados, aunque ninguno de ellos era capaz de explicar exactamente qué ocurría. Cuando alguien se percataba de que se había quedado al frente del grupo, se echaba atrás y esperaba a que otra persona lo adelantara. Les faltaba un líder.

Si el sacristán hubiera estado en casa, que era donde debía estar, nunca se habría visto involucrado, pues la ruta no nos llevaba por allí. En su lugar, nos topamos con él cuando salía de la casa de Margarita y Jaume y su hija Fidelia, y me puse en alerta máxima al instante. Se escabullía, con la cabeza gacha. Se movía del modo en el que se mueve un hombre cuando no quiere que nadie lo vea. Parecía asustado al encontrarse de repente en medio de una muchedumbre enfadada con antorchas.

—¿Qué pasa? —preguntó.

—¿Está Jaume en casa? —preguntó alguien, y el sacristán negó con la cabeza.

—No hay nadie. —Lo cual no tenía sentido.

Y entonces Fidelia apareció en la puerta para asomarse hacia la calle.

—¡Serás cabrón! —le dije—. *Cabronazo pervertido, horrible y enfermo. ¿Fidelia? ¡Pero si tiene quince años!*

Y no era que yo quisiera a Fidelia en particular ni que me importara más que otras personas. No era que supiera a ciencia cierta que lo que fuera que hubiera hecho con el sacristán iba a terminar muy mal; tal vez no le iba a pasar nada malo, y más adelante lo iba a ver como un extraño interludio, una anécdota privada. Lo que me enfadó fue la repetición, el dolor tedioso de ver lo mismo suceder una y otra vez. Pensé en la sonrisita satisfecha del sacristán cuando había dicho aquello sobre proteger a las vírgenes de los cuadros de la cartuja. Pensé en Jamón y en todos los hombres que precedían al sacristán y en lo enfadada que me ponían también, y en cómo todos esos siglos de furia me hicieron sentir, en aquel momento, harta hasta el punto de sumirme en la ira.

—*Cabrón, cabrón, cabrón* —solté. Miré a Fidelia, quien tenía las mejillas rojas y esbozaba una sonrisa extraña y valiente, como si estuviera muy segura de sí misma, como si supiera que había hecho lo correcto. Pensé en la hija del refugiado español, esférica y confundida. Pensé en mí. En lo que me ocurrió a mí.

La muchedumbre con antorchas estaba apiñada, a la espera de que alguien los condujera hacia delante, y el sacristán estaba haciendo unos cálculos rápidos. Era culpa suya que los extranjeros hubieran ido a la cartuja, para empezar. Si todas aquellas personas lo recordaban, cabía la posibilidad de que dirigieran su ira hacia él. ¿Y acaso no sería eso muy inoportuno? ¿Acaso no formularían preguntas, una vez que se les ocurriera hacerlo, sobre por qué había salido de la casa de Jaume si solo su joven hija estaba en casa? Y, si iba a producirse toda una escena, y estaba bastante claro que iba a ser así, ¿no sería mejor que él estuviera al frente para liderarla, para que no lo vieran como el enemigo, sino como la solución?

Dio un paso adelante. Dijo que él también se había hartado, que los extranjeros tenían que marcharse. Alguien le entregó una antorcha. Ocupó su lugar en la parte frontal del grupo y prosiguieron como si no hubiera ocurrido nada horrible, como si el sacristán fuera un hombre aceptable.

El grupo aceleró el paso conforme nos acercábamos a la cartuja. La muchedumbre empezó a gritar. Sus rostros parecían borrosos y extraños bajo la luz de las antorchas, y todo alrededor estaba oscuro, y yo me percaté de que estaba enfadada, muy enfadada, tal vez más de lo que lo había estado en todos mis cientos de años de existencia. Fue como si toda la furia de mis siglos como fantasma hubiera regresado a mí al instante, y estaba enfadada con el sacristán, enfadada con la gente del pueblo y enfadada también con Jamón y con todos los demás hombres y con todas las demás cosas atroces que había visto pasar y que no había sido capaz de impedir. El pescadero lideró un cántico de «¡fuera los extranjeros!». Abrieron la puerta de la cartuja de un empujón y se adentraron en el pasillo. En aquel espacio confinado, los gritos sonaban más alto, ensordecedores, y rebotaban contra las superficies sólidas. Yo gritaba con ellos al ritmo del cántico.

—¡*Cabrón! ¡Cabrón! ¡Cabrón!*

Fuera como fuere, fue un accidente. El sacristán hizo el ademán de acercarse a la puerta de la Celda Tres, con la antorcha en alto, el rostro decidido y una expresión de lo más justificada. ¿Iba a prenderle fuego a la puerta? ¿Iba a llamar primero para hacerles saber educadamente que iba a prenderle fuego a la puerta? Vaciló.

Me adentré en su cerebro, en su garganta. Le hice cosquillas en la laringe, y se puso a toser. Le toqué el hígado y le apreté los riñones. Se dobló un poco. Se sentía extraño, inestable. Y entonces le clavé la mirada en el corazón y solté toda mi ira. Golpeé, abofeteé y grité «cabrón», y entonces sucedió. Todo se quedó congelado. Las arterias se le apagaron. La sangre le dejó de circular. El corazón se le movió, dio una sacudida, luego otra y luego una última vez. Entonces dejó de latir.

El sacristán se encorvó sobre sí mismo y cayó al suelo. Los demás se apresuraron a ayudarlo a ponerse de pie, pero ya no había nadie a quien salvar. Ya se había ido. La sensación de morir me resultó familiar, por supuesto, y me tranquilizó pasar por ella junto a él: la sensación de un despegue, la visión que se reducía, una furia incipiente e inmensa que parecía estar a punto de explotar en un grito hasta que... nada. Me deslicé fuera de su cuerpo. Floté y me alejé del grupo. Estaba satisfecha, además de muy muy avergonzada.

—*No había hecho eso nunca* —dije, aunque no había nadie a quien contárselo—. *Juro que no había hecho eso nunca, lo juro. Ni siquiera sabía que era posible. Ni siquiera sabía que podía hacer eso.*

Se produjo cierta conmoción alrededor del sacristán, y luego más, porque la puerta de la Celda Tres se había abierto y George había salido de ella. Dio una larga calada a su cigarro mientras observaba los rostros indecisos de la gente de Valldemossa. Se habían tropezado entre ellos para tratar de alejarse de ella cuando había aparecido, y en aquel momento se la habían quedado mirando, con las bocas cerradas y las manos sobre la nariz. George observó al grupo de personas que estaban encorvadas sobre el sacristán. Lo estaban golpeando, empujando y respirándole encima, como si aquello fuera a devolverlo a la vida. Entonces George se volvió hacia el grupo de las antorchas.

Estaba más asustada de lo que la había estado en su vida. Había llevado a su familia a un lugar lleno de peligro, y en aquel momento todo iba a acabar en llamas. Pensó que podían morir así, a manos de la muchedumbre con antorchas, y, si bien no temía por su propio dolor, temía tanto el de sus seres queridos que creyó que se iba a desmayar. Le temblaban los dedos alrededor del cigarro, y su respiración era demasiado rápida y jadeante como para que pudiera inhalar como era debido.

—Ya os podéis marchar a vuestras casas —dijo ella—. No nos quedaremos aquí. Nos vamos.

Trató de aparentar que nada de aquello le importaba, como si todas esas personas con antorchas no hubieran afectado a su decisión.

—La idea siempre había sido marcharnos —insistió.

La muchedumbre no se movió.

George dio un paso rápido hacia ellos, y el grupo se echó atrás de nuevo.

—Marchaos —dijo.

Cuando no se movieron, ella le dio una calada al cigarro y les soltó una nube de humo en su dirección. El humo flotó por el aire hacia el gentío, y este salió corriendo como si de un disparo se tratase.

Recuerdo

Cuando empieza, no se lo cuento a nadie. De todos modos, no es para tanto; las contracciones son rápidas y ligeras y hay bastante tiempo entre cada una. No se lo cuento a mi madre, quien está en el piso de abajo canturreando para sí misma mientras se sirve el vino de la noche y quien ahora me doy cuenta de que ha sabido durante todo este tiempo que le he estado mintiendo sobre Jamón. Con el tamaño que tengo ahora ya no hay cómo ocultarlo, no hay tiempo para que ella planee una boda con un chico al que ha visto una sola vez, desde lejos, y con quien nunca ha hablado. ¿Qué otra cosa habría podido hacer, supongo, salvo asentir y sonreír y decirme que todo iba a ir bien cada vez que le transmitía la seguridad que Jamón nunca me daba? Me pregunto qué me va a suceder en las siguientes horas: un bebé ¿y qué más? Mi madre debe habérselo pensado todo muy bien. Seguro que tiene un plan en marcha.

Jamón nunca se va a casar conmigo. El bebé nunca va a no llegar. Los dos hechos son bien claros y nítidos. Espero hasta que mi madre esté distraída, cuando llama a gritos por la puerta trasera a una amiga que pasa por allí —una corriente de aire se adentra en la casa, espesa por el hedor de los cerdos—, y me escabullo al exterior.

Está anocheciendo. La cartuja parece ser de color negro en lo alto de la colina. El cielo es de ese tono azul oscuro brillante que hace que los bordes de todo parezcan serios. Alzo una mano y veo el contorno de mis dedos, nítidos y negros, con unas estrellitas aguadas entre ellos. En algún lugar por debajo, en el pueblo, alguien entona una canción obscena sobre cazar jabalíes. Pasos en un callejón. Paso por delante de la casa de mi hermana, donde ella y Félix están comiendo, o discutiendo, o haciendo lo que sea que hagan las personas casadas. Vacilo por unos momentos; podría llamar a la puerta de María, explicárselo todo y pedirle que fuera a buscar a alguien. Podría dar media vuelta, volver a casa y dejar que mi madre se encargase de todo. Al fin y al cabo, ella sabe qué esperar.

Solo que entonces pienso en Jamón, pienso que, en resumidas cuentas, aquello tiene tanto que ver con él como conmigo. No está bien que él pueda o deba quedarse sin saber nada cuando todo esto está pasando. Querrá al bebé, ¿no? Lo normal es querer al bebé que uno mismo tiene. Incluso puede que me quiera un poco más a mí cuando haya visto todo lo que me estoy esforzando por él. Nunca se va a casar conmigo, pero puede llegar a respetarme. Me viene una contracción, tan dolorosa que me hace doblarme sobre mí misma en medio del camino, y me digo que no pasa nada, que las demás mujeres son unas niñas pequeñas al causar tanto alboroto por eso. Me espero, y, cuando pasa el dolor, subo por la colina un poco más deprisa.

Rompo aguas mientras aporreo la puerta de la cartuja. El líquido hace que las baldosas del umbral se tornen de color negro. El hombre que abre la puerta me echa un solo vistazo a mí, al charco entre mis piernas y al goteo que sigue cayendo de mi entrepierna y se desvanece una vez más, aunque deja la puerta algo abierta. Lo oigo llamar al apotecario. Cuando asomo la cabeza, lo veo corriendo por un claustro de piedra y doblar una esquina, todavía gritando. Doy un paso hacia dentro, y luego otro, y, cuando me viene otra contracción, me doy cuenta de que estoy gritando «¡Jamón! ¡Jamón!» con una voz que no había oído nunca en mí misma.

Y entonces allí está, pálido y con los ojos muy abiertos. Arrastra los pies hacia la puerta y mira por encima del hombro, como si le preocupara que alguien lo siguiera.

—*Calla, calla, calla* —sisea mientras me sujeta del codo y me lleva por donde ha venido, pasillo tras pasillo, pasaje oscuro tras pasaje oscuro, hasta que, al fin, llegamos a una puerta ante la que se detiene para abrirla y me ayuda a entrar. Me vuelve el dolor, y suelto un sonido como de cabra enfadada.

»*Siéntate* —me dice Jamón, llevándome hacia un pequeño taburete.

Aprieto los dientes. Me aparto su mano de la espalda.

—*No quiero sentarme* —le digo, antes de empezar con mis balidos de nuevo.

Jamón parece afectado. Se aparta de mí un poco, como si pensar en tocarme le resultara obsceno, como si nunca lo hubiera hecho ni fuera a hacerlo.

—*¿Qué es lo que quieres, entonces?* —me pregunta—. *Si no quieres sentarte, ¿qué es lo que quieres?*

El parto dura horas. La noche pasa y la luz se adentra en la sala. Por momentos, recuerdo dónde estoy, que estoy en la habitación de Jamón en la cartuja, que estoy en un lugar en el que las mujeres no deberían estar y en el que nunca han estado, y me parece graciosísimo estar ahí ahora mismo, en mi estado más salvaje, entre gritos y gruñidos y sangrando por doquier sin ningún remordimiento. Jamón da vueltas por la sala, se lleva las manos al pelo cada dos por tres, me ofrece agua y paños húmedos y una vez me coloca algo que parece fruta cocida en mi dirección, tras lo cual le gruño hasta que me deja en paz. Me doy cuenta de que en algún momento ha encendido una vela y se ha puesto a leer en una esquina, y entonces veo que esa es su vida, que eso es lo que hace cuando no estoy en su habitación para dar a luz a su bebé. Al parecer, también es lo que hace cuando sí estoy en su habitación para dar a luz a su bebé.

—¿Estás segura de que no quieres que vaya a buscar al apotecario? —me pregunta Jamón—. Es que de verdad no tendrías que estar aquí, me podría meter en un lío si se enteraran. Pero iré a buscar al apotecario si quieres.

Empiezo a empujar en algún momento del día siguiente, cuando hay luz en el exterior y un pájaro chillón se ha colocado de centinela en el alféizar. Noto que el bebé se hunde en algún lugar tan profundo que me parece que seguro, segurísimo, que ya tiene que haber salido de mí, pero cuando llevo las manos abajo para tocarlo no encuentro nada más que espacio vacío.

Me doy cuenta de que la habitación de Jamón huele a humedad, a lino sin lavar.

Poco después, el único olor es sangre, oxidada y cálida.

Llega un momento, tal vez una media hora, quizás un poco más, en el que entro en pánico, en el que veo todo lo que está sucediendo al mismo tiempo y que no puedo hacer nada por detenerlo y, aun así, quiero resistirme, quiero hacer algo, quiero que todo vaya bien otra vez.

—Jamón —lo llamo—. Jamón. Ve a buscar al apotecario. Ve a buscar a mi madre. Ve a buscar a mi hermana. —Está arrodillado a mi lado, con el rostro gris, los ojos rojos por la falta de sueño, y no hace nada—. Ve a buscar a mi madre —le insisto—. Ve a buscar a mi madre. Quiero que venga mi madre. —Se deben estar preguntando dónde estoy. Deben estar buscándome. Jamón no se mueve. Trato de decirlo en voz más alta, trato de gritarlo, y entonces me doy cuenta de que no he dicho nada, que todo ese tiempo solo he soltado gruñidos, y no palabras, y que es como estar sumida en uno de esos sueños en los que tengo que salir corriendo y no puedo, porque mis piernas no se mueven como es debido.

Hago acopio de todas mis fuerzas para pronunciar su nombre. Una vez más:

—Jamón —digo.

—¿Sí? —Se sobresalta—. ¿Sí?

Y entonces el pánico se desvanece y, cómo no, es demasiado tarde, ya no se puede hacer nada, y durante el resto del parto acabo muriendo con tan poco alboroto como puedo provocar. Hay tanta sangre por todas partes que no me debe quedar nada dentro, aunque, cuando mi hija aparece por fin, de color rosa azulado y resbalosa, viene acompañada de un chorrito rojo. Miro anonadada cómo se le mueven los hombros, primero uno y luego el otro, para separarse de mi cuerpo; y entonces me doy cuenta de que me estoy viendo a mí misma, a mi propia vagina, desde algún otro lugar de la sala. Jamón mira entre la cortina que se forma con sus propios dedos antes de estirar las manos, temblorosas, para guiar a mi hija lejos de mí y hacia el resto del mundo. La bebé llora. Jamón se sobresalta ante el sonido, como si le hubiera sorprendido encontrar algo vivo entre toda esa muerte.

Mi cuerpo está flojo, deshinchado, débil, rojo en algunas partes, gris en otras, muy muerto, y mi hija se está retorciendo, ágil y viva e inhala una gran bocanada de aire y grita. Mi confusión inicial es que tal vez estoy pasando por una resurrección, que yo soy ella o, mejor dicho, que ella es yo, que todo lo que noto, el mareo y la falta de peso y la desorientación y la sensación de ser pequeña y estar perdida son los sentimientos de un bebé recién nacido.

París

Ni se me había pasado por la cabeza no acompañarlos. Todo sucedió muy deprisa, y supongo que no tuve tiempo. George volvió a entrar en la celda y dijo:

—Tenemos que irnos. —Los rostros pálidos de Maurice y Solange—. El sacristán está muerto en la puerta —continuó George—. Y quieren quemar el lugar hasta los cimientos.

Corrieron hacia el patio para sacar a Adélaide de la esquina en la que se había dejado caer, la llevaron hasta el jardín y la dejaron junto al granado. Adélaide levantó la cabeza, olisqueó el aire que procedía de la colina, se acercó al muro y saltó por encima de él sin echar un solo vistazo atrás. El sonido de su aterrizaje y su galope hacia la oscuridad. Amélie regresó poco después de las tres de la madrugada, borracha y preocupada, y se encontró con María Antonia, quien le comunicó que se iban a marchar por la mañana.

Simplemente lo hice. Fui con ellos. Por la mañana, mientras la familia se encargaba de sus cajas y le pagaba al chico del burro el triple de su tarifa habitual y envolvía a Chopin en mantas, miré a mi alrededor en la cartuja, hacia la plaza, hacia el camino que conducía al pueblo y pensé: *Adiós.*

Valldemossa era mi hogar y había sido el de todas las personas que me habían importado antes de conocer a George. Había cuidado muy de cerca a mi hija, quien había crecido en la casa de mi hermana con sus primos, y luego había hecho lo mismo con sus hijos, con sus nietos y así hasta Bernadita. Y había querido a Constanza, había querido el hecho de quererla, pero ella, al igual que toda mi familia, ya no estaba. La cartuja, que había sido el origen de todos mis problemas cuando había estado viva, además de la fuente de tanto entretenimiento y propósito desde mi muerte, era un mapa vivo de mis recuerdos. Podía colocar cada uno de ellos en las baldosas de los claustros, en cada ladrillo de la pared, en la puerta. Según lo vi, en aquellos momentos estaba demasiado llena de mí. Se había convertido en una carga. Había llegado el momento de cambiar.

Por tanto, cuando George y su familia se subieron en la parte trasera del carruaje con todas sus pertenencias, dije:

—*Adiós.*

Y fui con ellos. Primero a Palma, y luego al barco con los cerdos. Lo vi todo: el mar desde el centro en lugar de desde la orilla, y luego desde el otro lado. Marsella. La casa junto al agua. Probé la tarta de manzana francesa en la boca de Solange y pensé que era lo más delicioso que había existido en todos los tiempos y todos los lugares. Aquello fue antes de llegar a París.

En París probé el champán. George bebía mucho champán.

Por supuesto, sabía todo lo que les iba a suceder. Había cometido el error de verlo todo de antemano. Sin embargo, también pensé: *Vamos a verlo otra vez.* Veamos cómo es cuando lo note al ritmo demoledor y arduo de la vida ordinaria, tan infinitamente lento, aburrido, entumecedor, y con tantos otros momentos impresionantes en medio.

Y, al contarte esta historia, bien podrías pensar: *¿Acaso no eres solo un parásito con mal de amores que se aferra a personas más interesantes y más vivas que tú solo para poder sentir algo?*

A lo cual te respondería: *Ah, pues sí, tienes razón.*

Y, cuando Chopin murió, cuando George murió, y Amélie y Solange y Maurice después de ellos, ¿qué hice? ¿A dónde fui?

Ah, pues lo hice todo. Fui a todas partes.

Y he acabado aquí, hablando contigo.

En ocasiones, y solo durante unos breves instantes, creo que puedes oírme.

AGRADECIMIENTOS

Muchas gracias…

A Rebecca Carter, mi agente en Janklow & Nesbit, cuya integridad y conocimientos me han hecho ser más valiente.

A Emma Parry en Janklow & Nesbit en Nueva York, por su visión y por tener fe en mí.

A Sophie Jonathan, mi editora en Picador, y a Sally Howe, mi editora en Scribner, quienes vieron la mejor versión de mi trabajo incluso cuando yo no podía.

A las muchas personas de Picador en el Reino Unido y de Scribner en Estados Unidos, entre ellas Dan Cuddy, Susan Brown, Tristan Offit y muchas otras, por hacer que la existencia del libro que tienes en las manos haya sido posible.

A MacDowell, donde encontré el equilibrio perfecto entre la paz y el caos, y a todos los amigos y artistas a los que he conocido allí; a Lauren Sandler por su inmenso espíritu generoso.

Al Premio Somerset Maugham de la Society of Authors, por financiar mi viaje de investigación a Valldemossa.

A Antonio y a su pug, Luna, por hacer que mi paso por Valldemossa fuera increíble y por sacar libros como de la nada.

A Laura Marris, por su continua guía e inspiración transatlántica.

A Amanda Walker, Claudia Gray y Grace Shortland, siempre.

A Margaret y Richard Stevens, por su paciencia, sabiduría y apoyo.

A Ambrose Williams, por su alegría.

A Eley Williams, quien hace que mi vida sea maravillosa para siempre.